# TRILOGÍA DEL MALAMOR

## Hacia el Fin del Mundo

### LIBRO I

JOSÉ IGNACIO VALENZUELA

ALFAGUARA

TRILOGÍA DEL MALAMOR. HACIA EL FIN DEL MUNDO
D.R. © del texto: José Ignacio Valenzuela, 2011

D.R. © de esta edición:
Santillana Ediciones Generales, S.A. de C.V., 2011
Av. Río Mixcoac 274, Col. Acacias
03240, México, D.F.

Éstas son las sedes del **Grupo Santillana**:

Argentina, Bolivia, Chile, Colombia, Costa Rica, Ecuador, El Salvador, España, Estados Unidos, Guatemala, México, Panamá, Paraguay, Perú, Puerto Rico, República Dominicana, Uruguay y Venezuela.

Primera edición: abril de 2011

ISBN: 978-607-11-1089-3

Diseño de interiores y portada: Víctor M. Ortiz Pelayo

Impreso en México

Todos los derechos reservados. Esta publicación no puede ser reproducida, ni en todo ni en parte, ni registrada en o transmitida por un sistema de recuperación de información, en ninguna forma ni por ningún medio, sea mecánico, fotoquímico, electrónico, magnético, electroóptico, por fotocopia o cualquier otro, sin el permiso previo, por escrito, de la editorial.

# TRILOGÍA DEL MALAMOR

## HACIA EL FIN DEL MUNDO

LIBRO I

## JOSÉ IGNACIO VALENZUELA

Alfaguara

A Cecilia y José Miguel,
que me regalaron un nacimiento
y el cuento de la Caperucita Verde.

## MALAMOR

Sustantivo, masculino.

1. Falta de amor o amistad.
2. Falta del sentimiento y afecto que inspiran por lo general ciertas cosas.
3. Enemistad, aborrecimiento.
4. Condición de ausencia total de amor producto de un conjuro o hechizo.

# PRIMERA PARTE

El héroe inicia su aventura desde el mundo de todos los días hacia una región de prodigios sobrenaturales y se enfrenta con fuerzas fabulosas.

Joseph Campbell, *El héroe de las mil caras.*

# 1

## 25 segundos

El teléfono sólo alcanzó a sonar unos instantes antes de que la mano de Ángela lo silenciara. Avergonzada por romper el silencio de la biblioteca de la Facultad de Ciencias Sociales, se apresuró a sonreír con timidez a una compañera que la miró con cierto reproche, así que abrió su mochila para echar dentro el aparato. En ese instante, se dio cuenta de que no había recibido una llamada: era un mensaje. Con sólo presionar un botón de su *iPhone* accedió a su *Message Inbox*. Ahí estaba: un SMS de Patricia Rendón.

Ángela frunció el ceño, molesta. Cómo se atrevía Patricia a escribirle, después de todo lo que había pasado. Su amiga no tenía el más mínimo sentido de humildad o de arrepentimiento. Ángela había sido muy clara al pedirle en un *email* que nunca más se comunicara con ella. Que ya no tenían nada que decirse. Que haberle robado el tema de su seminario de investigación no tenía excusa alguna, y mucho menos perdón el hecho de que se hubiera ido a Almahue para reconocer el terreno y hacer las entrevistas. La traición de Patricia la dejó sin proyecto alguno para su trabajo universitario y la puso en una incómoda posición frente a los profesores, quienes la urgieron para que buscara un nuevo tema de investigación antropológica. Y eso era algo que ella, una chica de diecinueve años dedicada por completo a sus estudios, no iba a olvidar de ninguna manera.

Con un brusco movimiento echó su *iPhone* dentro de la mochila.

Al salir de la biblioteca, el sol de las dos de la tarde la recibió llenándole de inesperados chispazos amarillos el interior de sus párpados. Tenía que aprovechar estas poco usuales temperaturas para la época. El verano ya casi quedaba atrás, y el otoño se acercaba a pasos agigantados. Y, cuando eso ocurría, los añosos pasillos de la universidad se llenaban de sombras y corrientes de aire que congelaban hasta los huesos. Por lo mismo, decidió que la próxima vez se amarraría a la cintura un delgado suéter en caso de que la sorprendiera una gélida ventisca atrapada entre los muros del campus.

El celular volvió sonar: un corto pitido le informaba que el mensaje seguía sin ser leído.

Decidió ignorar una vez más el anuncio y se puso los audífonos de su *iPod*. Buscó un *playlist* y seleccionó "Sale el sol" de Shakira. Apenas rozó la pantalla táctil, la música invadió el interior de su cabeza. *Y un día después de la tormenta, cuando menos piensas sale el sol...* Sin embargo, por encima de la voz de Shakira, sus propias preguntas sin respuesta consiguieron hacerse oír. ¿Qué quería Patricia? Ángela estaba segura de que no era una disculpa. Claro que no, su amiga era demasiado orgullosa para eso. ¿Quería contarle sus fabulosos avances en la investigación? Eso sería el colmo de la desfachatez y de la falta de respeto. Lo peor de todo era que la decisión de investigar sobre la *Leyenda del Malamor* en Almahue había sido su idea.

Ella, por casualidad, se topó con las fotocopias de unas notas publicadas por Benedicto Mohr, un explorador europeo de los años cincuenta, y quedó fascinada por una historia que sonaba tan increíble como fascinante: Mohr consignaba en sus apuntes que, a fines de la década de los treinta, una joven que conocía los secretos de las hierbas curativas se enamoró perdidamente de uno de los hijos de los fundadores del pueblo. La familia del muchacho, escandalizada, le prohibió que siguiera viendo a aquella mujer de la cual todos decían que era una bruja por su extraña afición a correr desnuda en el bosque o por encerrarse en su casa para preparar brebajes que luego bebía en ceremonias secretas. Así fue como el cobarde caballero abandonó a la joven para casarse con otra. Despechada, la supuesta hechicera quiso castigar a su enamorado traicionero, y maldijo al pueblo entero: a partir de ese día, ninguno volvería a sentir el amor.

Ángela, una amante del estudio sistemático y riguroso de las sociedades y grupos humanos, se apasionó desde el primer momento con la anécdota que se convirtió en leyenda. Por eso, cuando llegó la hora de elegir el tema para el seminario de investigación no dudó en presentar la indagación sobre la *Leyenda del Malamor* como eje central de su trabajo. Pensaba viajar a Almahue para entrevistar a los habitantes de aquel pueblo perdido y, con un poco de suerte, poder conversar con algunos ancianos que hubieran atestiguado el supuesto momento en que la bruja los maldijo a todos. No contaba sin embargo con la jugada de Patricia. Jamás se imaginó que su amiga se metería a su computadora, que copiaría en un dispositivo USB la información sobre el *Malamor* y que al día siguiente lo presentaría como suyo.

—¡Una gran idea, Patricia! ¡Brillante! —la celebró el profesor y Ángela, desde su silla, quiso morirse de desilusión y rabia.

Y ahora, el *iPhone* seguía anunciándole con un insistente ruidito que el mensaje de Patricia esperaba ser leído.

Armándose de valor, Ángela metió la mano dentro de su mochila y sacó el aparato.

*One new message*, leyó en la pantalla.

¡Sí, ya lo sé!, quiso gritarle al teléfono, pero reprimió su voz por temor a volver a hacer el ridículo frente a los estudiantes que entraban y salían de la biblioteca. Volvió a deslizar su dedo por la pantalla, abriendo la casilla de recepción. Su respiración se detuvo por un instante cuando se encontró con un video y no con un mensaje de texto. ¿Patricia le mandaba una imagen para molestarla aún más? ¿Acaso era una entrevista que hablaba sobre la bruja de los años cincuenta? ¡Hasta dónde iba a llegar su desfachatez!

*Play* o *Delete* eran las alternativas que ofrecía el celular.

Y, a pesar de ella misma, Ángela conectó los audífonos de su *iPod* al celular y oprimió la opción *Play*.

La pantalla del *iPhone* se llenó con el rostro de Patricia.

Lucía mucho más delgada y pálida de lo que Ángela la recordaba. ¿Cómo pudo bajar tanto de peso si apenas lleva dos semanas en Almahue?, alcanzó a pensar antes de que la sangre se le helara en el cuerpo al ver el contenido del video que reproducía su teléfono.

Cuando comenzó a verlo, Patricia abrió la boca y sus ojos quedaron marcados por dos profundas y oscuras ojeras. Era obvio que estaba muy nerviosa, quizá a punto de un ataque histérico. Temblaba. En dos ocasiones intentó hablar, pero la angustia y desesperación le bloqueaban las palabras. Ángela sintió la inminente amenaza de una desgracia en el pecho. El pasillo de la biblioteca, el campus y la universidad entera desaparecieron por completo: sólo podía mirar el video que mostraba a una Patricia irreconocible.

—¡Ángela, esto es horrible! ¡Horrible! —reprodujo la pequeña bocina del celular— ¡Tienes que ayudarme! ¡Por favor! ¡Por favor...!

Ángela se llevó una mano a la boca, ahogando un grito de angustia. Quiso salir corriendo y abrazar a su amiga, pero recordó que estaba a más de 1700 kilómetros de distancia.

Patricia abrió aún más los ojos reflejando un espanto que se transmitía más allá de la pantalla. Sacudió su cabello despeinado y lleno de hojas secas y ramitas. ¿Dónde estaba metida?

—¡Ven a salvarme te lo ruego! ¡La culpa es de... es de... esp...! —y no pudo seguir hablando porque la imagen se cortó abruptamente.

Ángela se quedó inmóvil un largo instante. Sus músculos se convirtieron en piedra e incluso su corazón se olvidó de bombear sangre.

¿Qué significaba eso? ¿Era una broma?

El video duraba veinticinco segundos. Veinticinco segundos que a Ángela le parecieron dos horas de horror. La sola idea de que en ese mismo instante su amiga estuviera atravesando una situación difícil y de riesgo, le revolvía el estómago. La culpa es de *esp...* ¿*Esp*...? ¿Qué quería decir con eso? ¿La culpa de qué? ¿Qué le había pasado a Patricia que la tenía en ese estado?

Cuando levantó la vista, se dio cuenta de que varios alumnos y compañeros la observaban desde el otro lado del pasillo con curiosidad e inquietud. Quiso sonreírles con cierta timidez, tal como había hecho cuando sonó su teléfono al interior de la biblioteca, pero esta vez su boca sólo consiguió torcerse en una mueca que en nada recordaba a una sonrisa. Después de renunciar a la idea de convencerlos de que no le pasaba nada, les dio la espalda y marcó el número de Patricia. Si le había mandado un mensaje, eso quería decir que su moderno celular Motorola —al que le había pegado una coqueta calcomonía de Hello Kitty para reconocerlo de un vistazo— estaba funcionando.

Cuando se apresuraba a escuchar la voz de su amiga, oyó un desalentador: *Lo sentimos, el teléfono al que está llamando se encuentra fuera de servicio.*

Volvió a insistir, pero obtuvo la misma respuesta.

Entonces, echando mano de sus mejores esfuerzos, se recompuso como pudo, guardó el *iPhone* dentro de su mochila, y echó a andar rumbo a la salida. Todos los presentes vieron su desordenado y encendido cabello color rojizo avanzando por el pasillo, siguiendo el paso de sus piernas enfundadas en ajustados jeans a la cadera.

A pesar de que los últimos rayos del verano iban entibiando su camino hacia la parada del autobús, Ángela no consiguió desprenderse de un frío de muerte que le congeló hasta la última célula de su cuerpo. No supo qué hacer, ni cómo proceder. ¿Cómo lograría salvar a su amiga, si ella era una estudiante a la que ni siquiera le darían permiso para viajar a Almahue...?

# 2

# Amigas inseparables

Á ngela Gálvez y Patricia Rendón se conocieron el día que ambas cumplieron trece años.

Esa mañana, Ángela despertó con la sensación de que una nueva etapa en su vida estaba a punto de comenzar. Apenas abrió los ojos, se quedó mirando desde su cama la repisa donde estaban todas sus muñecas, acomodadas por tamaño, peinadas con esmero y luciendo sus mejores vestidos. Pero por primera vez no se levantó de un salto para abrazarlas y saludarlas, una por una, con cariño infantil. Por el contrario, la mañana que cumplió trece años: se quedó unos instantes viéndolas en silencio, arropada en sus sábanas con dibujos de globos multicolores y nubes rosadas. Entonces decidió que había llegado el momento de hacer algunos cambios: desocuparía los anaqueles para acomodar ahí los cada vez más numerosos libros que empezaba a acumular, también dejaría más a la vista su radio con bocina incorporada y su pequeña colección de CD que tanto le gustaba escuchar. Cuando su madre entró al dormitorio, con una enorme sonrisa y arrastrando a Mauricio, su hijo mayor, para que juntos le cantaran feliz cumpleaños, se sorprendió de que Ángela, en lugar de agradecerle el gesto y preguntarle que a qué hora vendrían sus primas a jugar, le pidiera una caja.

—Es para guardar mis muñecas —le explicó—. Necesito espacio.

Al llegar al colegio, nadie la saludó ni felicitó por su cumpleaños.

No tenía amigas cercanas: la culpa, tal vez, era del insolente color rojizo de su cabello que siempre provocaba inquietud en sus compañeros; tal vez era su carácter retraído y algo solitario; tal vez era su poco entusiasmo para jugar con las niñas a intercambiar fotografías de los cantantes y los actores de moda. El hecho es que Ángela creció en silencio, medio oculta en una de las esquinas del salón, atenta a lo que los profesores le enseñaban y refugiándose detrás de un libro cuando se enfrentaba a un espacio de tiempo libre.

Hasta que Patricia hizo su entrada.

La maestra la presentó como una nueva compañera. Les explicó que venía de la provincia a vivir con su abuela paterna, y que por lo mismo tenían que apoyarla para que pudiera acostumbrarse con mayor facilidad al cambio. Además, explicó la señorita Hinojosa, la profesora de Español, que ese día era su cumpleaños.

Ángela tuvo un ligero sobresalto en su asiento. Hasta ese instante, no conocía a nadie que cumpliera años el mismo día que ella.

Patricia avanzó entre los pupitres con una sonrisa que Ángela no supo interpretar, pero que claramente mostraba que la recién llegada no estaba muy preocupada por enfrentarse a un grupo de desconocidos.

Apenas se sentó, en el banco contiguo al de Ángela, giró la cabeza. Ambas se miraron durante unos instantes tratando de descifrar el rostro que cada una tenía enfrente.

Al terminar la jornada, ya eran inseparables.

Ese mismo día, Patricia fue a conocer la casa de Ángela y la ayudó a guardar las muñecas en una caja.

Cuando terminaron, Patricia le preguntó si tenía maquillaje, para enseñarle algunas técnicas que había aprendido en una revista, y se rio a gritos cuando su nueva amiga le comentó que nunca se había pintado los ojos ni se había maquillado las mejillas. Soplaron juntas las trece velas que la mamá de Ángela acomodó en círculo en el pastel de chocolate e hicieron un listado de deseos secretos que querían que se hicieran realidad.

Esa noche, cuando Ángela se puso la pijama y por primera vez se acostó en sábanas que no tenían dibujos, supo que algo había cambiado: no podía decir aún que era una mujer, pero tampoco que seguía siendo una niña. Y tal vez la culpa de ese cambio la tenía Patricia, que llegó sin aviso como el mejor regalo de cumpleaños.

Cuando salieron del colegio se prometieron seguir juntas el resto de sus días. Hicieron un pacto de amistad: cada una escribió su nombre junto al de la otra y quemaron el papel en un ritual que Patricia improvisó una noche de luna llena. El tiempo pasó y las dos decidieron estudiar la misma carrera: Antropología social; ambas sentían inclinación por las ciencias humanas y el comportamiento del hombre.

Una promesa es una promesa, se dijo Ángela mientras recordaba la noche del juramento donde ella le garantizó a su amiga estar ahí siempre, para todo lo que hiciera falta. No podía negarlo: seis años después de su primer encuentro, Patricia, aunque la hubiera traicionado, seguía siendo una de las personas más importantes de su vida. ¿Cómo no acudir ante la súplica que le había mandado?

Era hora de cumplir lo prometido.

Ángela suspiró profundamente mientras se paseaba por su recámara.

Llevaba horas pensando en Patricia, en la amistad que ambas habían construido, en su inesperada partida hacia ese pueblo perdido al final del mundo.

¿Qué hacer? ¿Por dónde empezar a buscarla?

Volvió a revisar el video. Antes de apretar *Play*, sintió una vez más el leve zarpazo de la angustia en su estómago.

Ahí estaba de nuevo el desencajado rostro de su amiga, cruzado por sombras verdinegras. Tenía los ojos abiertos y los labios convertidos en una cáscara resquebrajada a causa de la deshidratación.

Tras ella se adivinaba la oscuridad del lugar que apenas se veía como un muro de piedra. Una pared casi tallada en la roca misma.

¿Estaba dentro de una cueva? Tal vez eso explicaba la falta de luz, y lo que parecía un enorme manchón de musgo del lado derecho de la imagen.

Ángela volvió a notar las hojas secas enredadas en el cabello de Patricia.

¿Habría estado tirada en el suelo antes de grabarse a sí misma con la cámara de su celular? ¿Habría tenido que huir de algo —o de alguien, lo que era mucho peor— atravesando arbustos o un bosque?

¡Es culpa de *esp*...!, fue el último grito de desesperación antes de que el video se cortara.

¿Qué quiso decir con eso?

Tuvo el impulso de ir a la recámara de su hermano Mauricio, a pesar de las advertencias de que nadie podía molestarlo aunque la casa se estuviera incendiando, para enseñarle el mensaje de Patricia.

Él era experto en asuntos electrónicos, de computación y todo lo que tuviera relación con la electrónica. Por lo mismo, tal vez sería capaz de rastrear la ubicación exacta desde donde su amiga apretó la opción *send*. Sin embargo, se arrepintió de su idea porque, en primer lugar,

Mauricio no iba a tomarla en serio: ningún primogénito considera importantes los problemas de su hermano menor. Y en, segundo lugar, podía alertar a alguien más sobre el asunto y ella no sería capaz de poner en práctica el plan que tenía en mente. Concluyó que lo mejor era mantener las cosas en secreto.

Encontró a su madre terminando de preparar la cena. La mujer revolvía un caldero mientras que, con la otra mano, vigilaba un par de pechugas de pollo que crepitaban sobre un sartén.

—Te estaba llamando, ¿no me oías? —le preguntó sin levantar la vista de la olla—. Necesito que pongas la mesa, mi amor. Esto ya va a estar. Avísale a Mauricio.

—¿Me das permiso de ir con Patricia a su casa en Concepción? —preguntó Ángela, sabiendo que no había vuelta atrás.

—¿A Concepción? ¿Cuándo?

—Nos iríamos juntas esta misma noche.

La mujer se quedó en silencio unos instantes. Frunció el ceño, cosa que siempre hacía cuando estaba debatiendo de manera silenciosa algún tema de importancia al interior de su cabeza. Ángela empezó a desesperarse por la prolongada pausa.

—Mamá, necesito que me contestes rápido. Patricia quiere ir a ver a sus papás unos días y me pidió que la acompañara. Tú sabes que no va mucho para allá. Es importante.

—¿Y en qué se van a ir? —quiso saber.

—En autobús.

—Mi amor, Concepción queda a más de quinientos kilómetros —dijo con la voz cargada de temor—. No me gusta la idea de que viajen las dos solas.

—¡Te juro que es muy importante! —exclamó Ángela mientras los ojos se le llenaban de lágrimas que no era capaz de contener. No podía quitarse de la cabeza la imagen de su amiga con su rostro devastado por la angustia.

—¿Y de verdad tienen que viajar esta misma noche? —volvió a preguntar su madre, sin estar satisfecha con la petición de su hija.

Entonces Ángela echó mano de su historia como hija modelo, alumna brillante y adolescente que nunca tuvo problemas de conducta para terminar de convencerla. Le juró que la llamaría todas las veces que fuera necesario, que la iba a tener al tanto de cada uno de sus pasos durante las dos semanas que pensaba quedarse allá, que a sus diecinueve años le iba a demostrar que ya se estaba convirtiendo en una mujer en la cual podía confiar.

—Muy bien —le dijo su madre sabiendo que podía arrepentirse en cualquier instante de su decisión—. Puedes ir a Concepción con Patricia, pero yo te llevo a la terminal de autobuses. ¿Está claro?

# 3

## Hay que encontrar a Patricia

Cerró la maleta y se sentó en la cama a repasar mentalmente si se le olvidaba alguna cosa que fuera a necesitar durante su viaje. Un par de jeans, algunas camisetas, dos suéteres y su enorme abrigo relleno de plumas de ganso eran suficientes para el exterior. También guardó algo de ropa interior, su cepillo de dientes, su *iPod* recién cargado y unos libros para no aburrirse: *Y no quedó ninguno*, de Agatha Christie, y el primer libro de Harry Potter, que seguía siendo su favorito. Apagó su computadora y guardó su cargador. Dudó en llevarse la carpeta con toda la información que había conseguido acerca de la *Leyenda del Malamor*. En un impulso la tomó y la metió en su maleta. Aunque estaba segura de que no iba a servirle para nada la escondió entre su ropa. Luego, fue hasta su escritorio, abrió un cajón, y sacó todo el dinero que tenía. Ya estaba listo su equipaje.

Una sensación de vértigo la obligó a sentarse en el borde de su cama. Nunca antes le había mentido a su madre. Era la primera vez, y estaba segura de que no iba a conseguir deshacerse del nudo de culpa que le atenazaba el estómago. Pero también sabía que sus razones eran de peso: la vida de su amiga estaba en juego. ¿Y si todo resultaba una broma de mal gusto? ¿Cómo iba a reaccionar si al llegar a su destino se encontraba con su amiga muerta de la risa, burlándose de su poca astucia para darse cuenta de que todo había sido una broma? La duda sólo duró un instante en el interior de su cabeza: la necesidad de saber qué había pasado con Patricia era tal, que alejó cualquier incertidumbre. La conocía demasiado bien como para entramparse en preguntas sin respuesta, aunque por lo visto, incluso, los amigos más cercanos esconden secretos y actitudes que no siempre se revelan. Sin embargo, una dolorosa puntada que le taladraba el cuerpo le indicaba que confiara en su intuición y se lanzara al viaje. Lamentó que Patricia nunca le hubiera hablado de su familia. Si hubiese tenido sus datos, podría llamar por teléfono para contarles la situación y dejar que ellos se hicieran cargo de recorrer el país entero hasta dar con ella. Pero no era el caso: ellos eran sombras, imágenes deslavadas.

¿Cómo le iba a hacer para llegar a Almahue?

Nunca había viajado sola. La desaparición de Patricia la forzaba a ir más allá de lo que hubiera querido. Tenía que cruzar sus propias fronteras, vencer el miedo que le producía salir de la seguridad de su mundo y lanzarse a lo desconocido.

Un par de golpes la sacaron de su concentración.

La puerta se abrió dejando ver la cabeza de su madre.

—¿Estás lista? ¿Nos vamos? —preguntó.

Con la angustia atorada en la garganta, Ángela tomó su maleta, se colgó la mochila al hombro, agarró el abrigo y caminó hasta el auto. Su mamá iba a su lado recitando una interminable lista de peticiones que debía cumplir al pie de la letra. Si no lo hacía, ella misma iría a buscarla a Concepción para traerla de regreso.

—Y me llamas desde el autobús para saber que están bien. Y me llamas cuando lleguen a la terminal. Y después me llamas cuando ya estén en la casa de Patricia, para hablar con su mamá. ¿Me estás escuchando? —le preguntó con las manos fijas en el volante.

Ángela le respondió que sí a todo, pero su mente estaba en otra parte: estaba en Almahue, en la Patagonia, a más de 2000 kilómetros de su hogar en Santiago.

Era una locura lo que estaba haciendo. Una verdadera locura. Pero así como un día despertó y supo que ya era hora de quitar sus muñecas de la repisa de su dormitorio, ahora sabía que debía dejar atrás sus temores y cumplir lo que su obligación de amiga la sometía a hacer.

Cuando descubrió que su madre buscaba estacionamiento para acompañarla a comprar el boleto y saludar a Patricia, Ángela abrió la puerta y tomó su maleta y mochila.

—No hace falta, mamá. Ya es tarde. Lo mejor que puedo hacer es irme sola, no te preocupes.

—Es que me gustaría hablar con Patricia, para explicarle que...

—Mamita, no tengo tiempo —la cortó Ángela—. Te quiero mucho. Y gracias... Gracias por confiar en mí.

Un beso en la mejilla fue la despedida de Ángela, que apenas escuchó cerrarse la puerta del vehículo se echó a correr hacia el interior del enorme edificio. Había visto en Internet que el autobús al sur salía a las diez de la noche, en punto. Tenía casi diez minutos para comprar el boleto, llegar al andén, subir al autobús, acomodarse en el asiento y dejar que la noche transcurriera sobre cuatro ruedas, hasta llegar a Puerto Montt, el lugar donde terminaba la carretera. Ahí tendría que encontrar la mejor manera para recorrer los más de 800 kilómetros que aún la separaban de Almahue.

No dejó que la angustia le echara a perder el inicio del viaje. Apretó con fuerza su abrigo en su mano y apuró sus pasos.

Iba a ir al encuentro de su amiga, costara lo que costara.

Y ésa no era la decisión de una adolescente: por primera vez en su vida, se sintió toda una mujer.

# 4

## Hacia el fin del mundo

"Esp... Esp... Espejo, espada, espalda, espanto, especial, espectro, espina, esperanza". Ángela hizo una pausa para acomodarse en el asiento del autobús. Con sólo mover una palanca, el respaldo se reclinó un poco más y pudo estirar las piernas. Si cerraba los ojos podía imaginarse que estaba en su cama, cómoda, dormida y no sentada en la parte trasera de un autobús que avanzaba por la interminable carretera al sur.

Separó un poco la cortinilla de la ventana y miró por ella. Nada: era imposible adivinar algo al otro lado del vidrio. El paisaje entero parecía haber sido borrado con un brochazo de pintura negra. Estiró el cuello por encima del respaldo del asiento delantero. Casi todos los pasajeros dormían, algunos de manera más ruidosa. El chofer, encerrado en una especie de burbuja de acrílico transparente, miraba con atención hacia el espacio que las luces iluminaban antes de ser vencidas por la oscuridad de la madrugada. Apenas salieron de Santiago, llamó a su madre y la tranquilizó diciéndole que Patricia estaba a su lado muy agradecida que le hubiera permitido irse con ella a Concepción. Le mandó un beso de cariño a la distancia, al tiempo que sentía crecer el nudo de la culpa en su interior.

Subió el volumen de su *iPod*. "I am", de Christina Aguilera se convirtió en una pequeña declaración de principios de los tiempos que empezaba a vivir: *I am timid, and I am oversensitive, I am a lioness, I am tired and defensive...*

Ángela consultó la hora en su *iPhone*: las cuatro y cuarto de la madrugada. Aún quedaban más de seis horas de viaje. Seis interminables horas de un total de casi trece.

Nunca antes había estado en Puerto Montt, pero ahí esperaba resolver de la mejor manera el problema de cómo llegar a Almahue. "No voy a pensar en eso ahora", se dijo, y volvió a acomodar la cabeza en la almohada que le dieron junto con una manta azul. Entonces, protegida por el ronroneo del motor, retomó su retahíla de palabras que comenzaban con E, S y P. "*Espantapájaros, espejismo, espuela, espeso, espiar, espíritu*". Sin saber por qué, se detuvo al llegar a esa palabra: *espíritu*.

¿Tendría algo que ver el terror de Patricia con la leyenda de la supuesta hechicera de Almahue? Nunca se le había cruzado por la mente que algo de lo que leyó en los documentos de Benedicto Mohr fuera cierto, pero como estudiante de Antropología social le interesó de inmediato tener una visión amplia de los fenómenos biológicos, medioambientales y socio-culturales del pueblo que creía estar maldito por aquella supuesta maldición. Decidió estudiar y comparar las características de las sociedades actuales, y de cómo una leyenda afectaba a un poblado. Pero el rostro de Patricia transmitía un terror real. Un pánico a algo que no era producto de la imaginación. Un *algo* que su amiga había visto cara a cara. "¿Qué?, ¿un espíritu?" Ángela no pudo reprimir una risita de burla. Si sus profesores la escucharan... ella, la alumna más racional, consideraba la posibilidad de que Patricia se había enfrentado tal vez a un fantasma.

"¡Qué estupidez!", se dijo, y se volvió a acurrucar en el asiento con los audífonos puestos. Cerró los ojos. A lo lejos seguía escuchando el monótono ruido del motor. Quiso seguir buscando palabras que comenzaran con *esp-*, pero un inesperado aleteo llamó su atención.

"¿Un aleteo?", pensó.

Agudizó el oído y escuchó claramente un batir de alas que se le acercaba. ¿Se habría colado un pájaro por alguna ventana abierta del autobús? Le extrañó el hecho que ningún pasajero hubiera gritado... el mismo chofer seguía manejando plácidamente, algo que no sucedería con un ave estrellándose contra los cristales para intentar volver al exterior. Pero ahí estaba: el aire nocturno cortado por el incansable movimiento de plumas. Entonces decidió abrir los ojos y participar del inesperado suceso.

Ni siquiera alcanzó a dar un grito.

Un enorme ave venía hacia ella, volando en el pasillo, las garras poderosas orientadas hacia su cuerpo, el pico filoso y dispuesto a enterrarse en su piel. Tenía el cuerpo cubierto de plumas, o escamas, o algún tipo de pelaje que brillaba a pesar de las luces apagadas al interior del autobús. Pero lo más impresionante eran sus ojos: dos enormes pozos amarillos sólo interrumpidos por una redonda y negra pupila.

Ángela quiso cubrirse la cara con ambas manos, pero no fue capaz de mover los brazos. El pájaro seguía planeando en línea recta, cortando el aire con su amenaza de ave de rapiña, de emisario de la muerte. Justo cuando la joven renunciaba a la idea de salir ilesa del ataque de aquella monumental lechuza, escuchó por encima de los ululados del ave, del rugido del motor y de su respiración agitada una voz que le decía:

—Señorita, despierte. Ya llegamos.

Ángela abrió los ojos y tuvo que cerrarlos de inmediato a causa de la luz que la cortina no alcanzaba a filtrar. Se demoró unos segundos en darse cuenta de que todavía estaba en el autobús, que la gran mayoría de los pasajeros ya había descendido y que el asistente del chofer estaba a su lado, en el pasillo, mirándola con cierta molestia por su atraso.

—¿Dónde estamos? —preguntó con la voz aún desafinada a causa del sueño.

—En Puerto Montt. Ya se tiene que bajar.

No quería bajarse. Un desconocido y repentino temor se apoderó de sus miembros. Volvió a cerrar con fuerza los ojos, añorando estar en su dormitorio, arropada con las sábanas de globos multicolores y nubes rosadas, y deseó ser custodiada por sus muñecas. Quiso pedirles perdón por haberlas abandonado en el fondo de un clóset, condenadas en una caja. Deseó con fuerza retroceder el tiempo y prolongar su infancia algunos años más. Pero no. Ese tiempo ya había quedado atrás. Estaba en Puerto Montt. Y seguía sin tener noticias de Patricia.

Una vez en la terminal, recibió su maleta y comenzó a andar hacia la calle. Lo primero que hizo fue llamar a su madre para decirle que ya estaba cómodamente instalada en la casa de su amiga, y que no podía hablar con la mamá de Patricia porque la señora había salido a hacer unas compras. La tranquilizó jurándole que estaba feliz y que seguiría poniéndola al tanto de sus actividades. Envió cariñosos besos para ella y Mauricio.

Al colgar, un intenso dolor producido por la incomodidad de la noche se le instaló en la parte baja de la espalda y la obligó a caminar con pasos más lentos de lo que hubiera querido. Le llamó la atención el cielo en el paisaje que se abría frente a sus ojos: una bóveda azul y redonda encapsulaba la ciudad entera, por la que se paseaban amenazantes nubes grises cargadas de lluvia. La costa que bordeaba la bahía era amplia y estaba transitada por cientos de personas que parecían ajenas a su preocupación.

Se detuvo unos minutos, para respirar hondo y tratar de orientarse. Buscó su celular y marcó el número de Patricia. La respuesta fue la misma: *Lo sentimos, el teléfono al que está llamando se encuentra fuera de servicio.*

# 5

## Puerto Montt

Ángela pegó el cuerpo al barandal y desde ahí apreció la enorme extensión metálica del ferri *Evangelistas*. En su cubierta estaban casi una veintena de automóviles, un par de motocicletas, algunos autobuses de turismo y un camión cargado de ovejas que mansamente esperaban el desembarco. Los ferris eran los medios más usados para llegar de una orilla a la otra. La proa del barco cortaba como un cuchillo el agua plateada que se abría en dos columnas de espuma blanca. Frente a ella el horizonte se hacía uno con el cielo, ambos eran del mismo color y textura. El viento, convertido en una mano gélida que le golpeaba las mejillas, hizo que Ángela se levantara el cuello del abrigo y se apretara aún más la bufanda para evitar que el aire se le colara hasta la piel. Faltaban unos minutos para el final del día, y el mundo entero parecía haber suspendido sus actividades para presenciar el instante en que la luz sería devorada por los cordones montañosos. Los pájaros que sobrevolaban el canal regresaron a sus nidos para esperar un nuevo amanecer. Ángela paseó la vista por los bosques de Coihue, sus oscuros verdes recortados de manera nítida contra las nieves eternas cubiertas por jirones de nubes. El frío no sólo se sentía en el cuerpo, sino también en los ojos que sólo divisaban un camino de agua gris más parecido a un espejo brumoso que a un lugar lleno de vida y aventuras.

Había tenido mucha suerte luego de llegar a Puerto Montt. Aunque el mediodía la sorprendió caminando por la costera sin saber qué hacer, tuvo la idea de acercarse a un quiosco de información turística. El lugar era atendido por una joven de su misma edad que leía una revista de chismes del espectáculo. Ángela le explicó que necesitaba llegar lo antes posible a Almahue, que era una emergencia y que el tiempo jugaba en su contra.

La muchacha dejó a un lado la revista y se acomodó con gesto profesional en la silla. Consultó algunos folletos que tenía enfrente, y le preguntó a Ángela cuánto dinero tenía para gastar en el viaje.

—No mucho —fue la desalentadora respuesta—. Tiene que ser lo más barato posible.

Descartaron con ello la posibilidad de rentar un auto o comprar un boleto para viajar en avioneta. Mientras discutían diferentes opciones de traslado, la joven aprovechó para mirar con disimulo a Ángela de pies a cabeza: a pesar de la seguridad y la firmeza que reflejaban sus palabras, estaba claro que se trataba una muchacha que apenas estaba rompiendo el cascarón familiar, y que para ella el mundo se abría como un enorme y desconocido espacio que conquistar.

Por lo cual la única alternativa que le pareció viable ofrecerle fue la de subirse a un ferri, donde compartiría con otro pasajero el más económico de los camarotes. Luego de un día de navegación llegaría a Puerto Chacabuco. Ahí podría tomar un minibús hasta Coyhaique y cubrir el resto de los kilómetros hasta Almahue en el auto de algún turista que circulara por la zona. Ángela recordó la expresión de horror de Patricia, balbuceando por ayuda en la pantalla de su *iPhone*, y extendió sin pensarlo los billetes que la muchacha le pidió para reservar el pasaje.

Una vez que realizó la compra se sintió más cerca de Patricia.

Ángela entró al camarote que le asignaron. Era el último de un pasillo repleto de puertas. En el interior había dos estrechas literas de madera que compartían una mesita de noche. Una claraboya permitía ver hacia el exterior. En la pared, cerca del minúsculo clóset, estaba un radiador de agua caliente para calentar la temperatura. ¿Quién dormiría con ella esa noche? El recorrido hasta Puerto Chacabuco duraba 24 horas, y si a eso le sumaba las trece del autobús desde Santiago hasta Puerto Montt... Ni siquiera quiso hacer la cuenta. Sólo sabía que llevaba dos días de viaje, y que necesitaba con urgencia una buena ducha caliente y un poco de descanso. Tenía razón de pensar que estaba yéndose al fin del mundo.

Cerró las cortinas y así, en la penumbra, se recostó sobre la cama y se entregó al ligero vaivén. De pronto un hondo carraspeo se dejó oír al otro lado de la puerta cerrada del baño. Se incorporó, alerta. Por lo visto su acompañante ya había entrado a la cabina antes que ella. Buscó con la vista alguna maleta o bulto que delatara la presencia de otra persona, pero no encontró nada.

Escuchó un nuevo tosido, esta vez más fuerte que el anterior.

Tal vez no había sido tan buena idea comprar un pasaje para una habitación compartida, alcanzó a pensar con inquietud justo cuando la puerta del baño se abrió y una silueta se recortó en el umbral. La oscuridad no le permitió identificar el rostro del extraño, pero alcanzó a notar un brillo cargado de intensidad en sus pupilas cuando se encontraron con ella.

Era un hombre, no muy alto. Tenía el vientre abultado y sus hombros se curvaban hacia delante, como si cargara un enorme peso sobre su espalda.

Luego de una vacilación inicial, empezó a caminar despacio hacia su esquina, apoyándose en la pared para no perder el paso. Ángela no se atrevió a moverse ni hablar, hasta que el silencio se hizo insoportable.

—Buenas noches —dijo ella.

El hombre se detuvo frente a su cama. Con evidente esfuerzo dobló las rodillas hasta quedar sentado sobre el colchón, de espaldas a la joven. Esperó unos instantes, seguramente para recuperarse de la agitación de su cuerpo cansado.

—Buenas… —le dijo sin mirarla.

Ángela quiso prolongar la conversación, pero no supo qué decir. Su compañero de cabina no le inspiraba la más mínima confianza, ni mucho menos le resultaba estimulante para iniciar una plática.

Se quitó los zapatos y se masajeó los pies cansados. No quiso separarse de su mochila y la metió debajo de la almohada: sólo así podría protegerla. Volvió a consultar la hora en su celular. Tenía hambre, pero —por alguna razón incomprensible— no quería abandonar el lugar y dejar ahí, con ese desconocido, sus pocas pertenencias.

—¿A dónde vas? —dijo el hombre de pronto.

Ángela se tardó unos segundos en contestar, sorprendida de la inesperada pregunta.

—A Almahue —respondió.

—¿Y qué va a hacer tan lejos una jovencita sola como tú?

—Voy a buscar a una amiga —explicó tratando de que su voz no se afectara con el inexplicable temor que comenzaba a invadirla.

El viejo chasqueó la lengua. Tosió una vez más mientras se acomodaba en la almohada.

Ángela aún no era capaz de verle la cara, y tampoco se atrevía a encender la luz. El silencio reinó unos instantes entre los muros de la estrecha habitación. Afuera, el silbido del viento al cortar la noche se dejaba oír como la nota aguda de una flauta que nunca se callaba. Por lo visto la conversación se había acabado.

—No va a aparecer —oyó de pronto, y se sobresaltó.

—¿Perdón? —preguntó Ángela.

—Tu amiga. No va a aparecer. Lo que allá se pierde, nunca se encuentra.

Ángela no supo qué responder. ¿Cómo sabía ese hombre que Patricia estaba perdida? Ella no se lo había dicho. De hecho, ni siquiera era algo que ella hubiera considerado hasta ese peciso momento. Se arrepintió de no haber encendido la luz, de no poder verle la cara y descifrar en esa mirada ajena si era alguien de buena voluntad. Deseó que su amiga le contestara el teléfono cuando ella la llamara, y que nunca más oyera ese maldito mensaje de *Lo sentimos, el teléfono al que está llamando se encuentra fuera de servicio*. Deseó no estar a bordo de ese ferri, cruzando canales desconocidos, acompañada por un viejo que parecía leerle el pensamiento.

—¿Cómo se llama tu amiga? —escuchó nuevamente entre las sombras.

—Patricia —respondió.

La cama vecina crujió levemente cuando el hombre se acomodó. El viento arremetió con más fuerza al otro lado de la claraboya. Ángela se quedó en vilo, esperando que su vecino siguiera hablando.

—Regresa a tu casa —fue todo lo que dijo.

Ángela consideró que ya era suficiente, que no tenía por qué seguir escuchando a ese desconocido, ni mucho menos le iba a permitir que siguiera opinando sobre Patricia y su desaparición. Iba a decirle que la conversación llegaba hasta ahí, cuando un golpe seco la sobresaltó. Algo había chocado contra el cristal de la claraboya. A través de la cortina se adivinaba un cuerpo, un pequeño bulto dibujado en negro recortado contra el otro negro. Ángela, desconcertada, descorrió la cortina. Se echó hacia atrás, asustada por el par de enormes ojos amarillos que vio al otro lado del vidrio. El hombre se puso de pie con sorprendente agilidad. La joven lo oyó retroceder hacia la puerta.

—Es sólo una lechuza —lo calmó Ángela al ver que se había alterado por culpa del ave.

—No —le contestó—. Es el Coo.

Antes de que pudiera preguntarle qué quería decir con eso, el anciano salió de la cabina. Ángela encendió la luz: se vio sola en una cabina estrecha, con la respiración agitada y un inconfesable temor en el pecho. Cuando volteó hacia la ventana, ya no vio nada. Probablemente la luz había espantado al pájaro. ¿Es el Coo? ¿Y eso qué era? Del interior de su maleta sacó su *iPhone* y lo encendió.

Con alivio comprobó que había una débil señal, la suficiente como para navegar en Internet. Cuando la página de Google se terminó de abrir en su pantalla, tecleó *Coo* y apretó *return*. Varios links aparecieron en perfecto orden. Eligió al azar. Cuando comenzó a leer, tuvo que contener un grito de angustia que seguramente se hubiera escuchando hasta el último rincón de la cubierta del barco: *"La leyenda dice que el Coo es una lechuza con cuernos, que tiene dos enormes ojos amarillos, y que cuando ulula en una ventana es seguro que pronto morirá alguien por ahí cerca".*

# 6

## Mitos, leyendas

Luego de un día de navegación, el ferri *Evangelistas* atracó en el muelle de Puerto Chacabuco. Durante el último tramo del recorrido, la mayoría de los pasajeros se encerró en el salón central a ver películas en DVD. Ángela decidió recorrer el navío de proa a popa, intentando apaciguar su creciente ansiedad. En su trayecto consiguió entablar diálogo con el capitán, un simpático y bonachón hombre que le enseñó algunos términos náuticos y la llevó a conocer la sala de máquinas. Pasó parte del tiempo viéndolo operar el enorme barco y comunicarse con tierra usando un aparato de radio transmisión. Al poco rato ya estaba familiarizada con los "cambio", los "cambio y fuera", y el mecanismo para operar el transmisor. Estuvo todo el día en cubierta, mirando el horizonte y viendo surgir el puerto del corazón de un espejismo reverberante. Varias casitas multicolores comenzaron a pintarse en la ribera, y el aleteo frenético de los pájaros se dejó sentir sobre su cabeza. La joven miró con cierta angustia las suaves lomas cubiertas de un pelaje verde parecido al terciopelo: se veían tan delicadas y apacibles; aunque para ella sólo representaban un obstáculo en su camino para encontrarse con Patricia. Ya había recorrido casi 1700 kilómetros, en tres días, y aún le quedaban muchas horas de viaje. Además, no había previsto que su desembarco en Puerto Chacabuco ocurriría después de las diez de la noche, lo que la obligaría a dormir en el lugar para retomar su camino cuando despuntara la mañana.

Mientras dejaba que sus ojos se perdieran en el espectáculo que la naturaleza ofrecía de los picachos nevados, las cascadas que se descolgaban como velos de novia desde lo alto de un peñasco y la vegetación tan desbordante como salvaje, volvió a escuchar las palabras del viejo: "es el Coo".

Luego del incidente de la lechuza, el hombre no había regresado a la habitación. Por un lado Ángela sintió alivio de no tener que meterse en su cama sabiendo que ahí, a unos pocos pasos de distancia, dormía alguien a quien nunca pudo verle la cara y que parecía saber más de lo debido.

"Es el Coo", recordó una vez más y un estremecimiento le recorrió la espalda. "Supersticiones", se dijo. Como estudiante de Antropología conocía la influencia de los mitos y las leyendas en la vida cotidiana de las civilizaciones humanas, y lo importante que eran para algunas personas. Y precisamente la zona donde se encontraba había recibido un importante influjo de chilote que aportó un inmenso caudal de creencias en brujos, demonios, aparecidos y fantasmas marinos que aterrorizaban a la población. Los seres mitológicos llamados la Pincoya, el Caleuche y el Trauco formaban parte de las conversaciones coditianas de los habitantes de la región y para ellos era normal que una lechuza de enormes ojos amarillos y plumas grises fuera un espíritu maligno que presagiaba la muerte con su presencia. Esa reflexión casi tranquilizó a Ángela, que intentó quitarse de la cabeza la sensación que le dejó su encuentro con el misterioso acompañante de su dormitorio. Durante algunas horas se dedicó a buscarlo entre los turistas que vagaban por el ferri, pero no consiguió dar con su particular anatomía: con el cuerpo curvado hacia delante, con una prominente barriga y una notoria calva.

Las últimas horas de viaje transcurrieron con la desesperante ansiedad de una película en cámara lenta. Mientras la tripulación se preparaba para lanzar amarras y ultimaba los detalles para el descenso de los pasajeros, ella se paseaba de proa a popa, e intentaba calmar su apuro por bajar a tierra firme. Llamó un par de veces a su madre e incluso le mandó algunos mensajes de texto para no seguir respondiendo sus preguntas.

Cuando sintió cómo la embarcación tocaba el puerto, alzó su maleta, se acomodó la bufanda al cuello, se ató el cabello en una cola, colgó su mochila de un hombro y corrió para ser la primera en descender.

En el preciso instante que sus zapatos tocaron la pasarela metálica que desplegaron desde cubierta, el cielo tronó y dejó caer un aguacero que parecía anunciar el fin del mundo. Cortinas de agua le cerraban el paso a medida que intentaba avanzar por el muelle, en busca de algún alerón donde protegerse. El diluvio se extendió, esfumando el paisaje y borrando incluso el negro de la noche. El abrigo de pluma de ganso no fue suficiente para contener el agua y, de pronto, Ángela sintió que algunas gotas heladas empezaban a escurrir por su espalda.

Se acomodó bajo un techo de lámina que a duras penas contenía el embiste de metralleta que resonaba al caer. Pero aun ahí, ovillada y cubriéndose la cabeza con ambas manos, sentía que el fango espumoso del suelo se la tragaría en cualquier momento.

Tuvo ganas de ponerse a llorar.

Las personas de la localidad siguieron con sus actividades como si nada, completamente ajenos a la forastera que luchaba por conservar algo de dignidad ante las inclemencias de la naturaleza.

Cuando Ángela ya no sabía qué hacer, puesto que su refugio estaba tan mojado como los alrededores, escuchó dos golpes de claxon que llamaron su atención.

A través de la lluvia y las pocas luces que iluminaban la calle, descubrió la imprecisa silueta de una camioneta Van pintada de blanco, que tenía en su costado un cartel que anunciaba con perfectas letras negras: Biblioteca Móvil. El vidrio de la ventanilla se bajó unos instantes, y vio en la penumbra una mano que le hacía señas.

—¡Ven, súbete! —le ordenó alguien desde el interior del vehículo.

Sin pensarlo dos veces, se echó a correr cargando su maleta y mochila. Estuvo a punto de perder el equilibrio a causa del barro, pero consiguió llegar hasta la puerta del copiloto. Abrió y de un salto se lanzó hacia el interior, arrastrando con ella un desorden de gotas y el frío de la noche. Frente al volante, un hombre de mejillas coloradas, con un pronunciado bigote negro y una camisa de cuadros rojos y negros, le sonrió con amabilidad.

—Aquí puedes esperar —mencionó.

Se presentó como Carlos Ule, y era profesor.

Después de enseñar durante muchos años en la escuela pública de Puerto Chacabuco, él había decidido hacer algo más por la región en la que nació y que tanto quería. Con una parte de sus ahorros se compró una camioneta usada y la habilitó como biblioteca rodante. Con el apoyo de algunas autoridades, adquirió varias cajas de libros usados que acomodó en las improvisadas estanterías que estaban en la parte trasera del vehículo. Una vez a la semana emprendía una aventura de varios cientos de kilómetros al recorrer los poblados más lejanos y olvidados de aquel paisaje inclemente. Los niños salían a recibirlo con gritos de algarabía, mientras que los adultos hacían fila para devolver la novela que habían tomado prestada durante su viaje anterior, y recibir de manos de Carlos —luego de pagar unos pocos pesos— el nuevo volumen con el que se entretendrían los siguientes días.

Ángela escuchó con atención su relato, estaba maravillada de que existiera gente con esa pasión en las venas y un sentimiento de generosidad tan grande como para abandonar la comodidad de su casa y compartir su amor por la lectura.

—Bueno, ¿adónde te llevo? —preguntó el hombre mientras encendía el motor del auto al ver que la lluvia comenzaba a amainar.

Ángela levantó los hombros. Le explicó que su intención era llegar lo antes posible a Almahue, pero que, por lo visto, tendría que pasar la noche en Puerto Chacabuco.

Los vivaces ojos de Carlos relampaguearon en la penumbra del automóvil.

—¡Qué coincidencia! —exclamó—. Mañana temprano parto a Almahue. Si quieres te llevo.

—Yo puedo pagar —dijo Ángela que tenía ganas de gritar de alegría.

—No hace falta. Me basta con que me ayudes a ordenar los libros mientras vayamos en el camino. Con los baches algunos se caen de las estanterías.

Cerraron el trato con un sincero apretón de manos. Luego de eso, el bibliotecario le comentó que él y su mujer rentaban algunos cuartos de su casa a los turistas de paso, y le propuso que si ella quería, podía llevarla a echar un vistazo. Ángela pensó que todo comenzaba a estar a su favor. "¡Qué suerte tengo!", se dijo, y se abrochó el cinturón de seguridad.

La casa de Carlos Ule estaba enclavada en la ladera de una montaña. Eran casi las once y media de la noche cuando las luces de la Van rompieron la profunda oscuridad de la noche, y comenzaron a trepar por un empinado sendero. Las puertas vibraron por el esfuerzo de subir la cuesta, y el tembleque al interior del vehículo se redobló. Algunas ventanas de la planta baja se encendieron y —aunque Carlos y Ángela aún no se habían bajado— la puerta principal se abrió.

Ahí, en el umbral, estaba una mujer de baja estatura, fornida y con un delantal en la cintura.

—¡Traigo una huésped para esta noche! —le gritó Carlos mientras apagaba el motor.

La mujer se llamaba Viviana, y olía a pan recién hecho. Ángela inhaló con agrado el aroma a especias, a leña y café colado que también salió a recibirla junto con la dueña de la casa.

El matrimonio le mostró la habitación que rentaban y que a la joven le pareció la imagen más paradisíaca de los últimos tres días. Luego de más de 36 horas de viaje, encontrarse de pronto frente a una cama de inmaculadas sábanas blancas, cubiertas por un esponjoso edredón de plumas y cuatro cojines, le provocó una sensación muy parecida al llanto que ella interpretó como exceso de alegría. Viviana atravesó el cuarto y cerró la cortina.

—Gracias. No queremos que el Coo se asome por la ventana, ¿verdad? —bromeó Ángela.

De inmediato, el rostro de la mujer se congeló en un rictus de piedra. Volteó despacio hacia la joven clavándole una mirada llena de reproche y evidente temor.

—En esta casa no se habla de *eso* —balbuceó.

Y salió cerrando la puerta bruscamente.

# 7

## Un libro inesperado

A las seis en punto, Ángela despertó al escuchar tres golpes en su puerta. Ésa era la señal de Carlos Ule para que se levantara, se metiera a bañar y se vistiera en media hora. A las siete tenían que estar en la Van. Si las condiciones estaban de su lado, llegarían a Coyhaique cerca de las ocho y media; ahí harían una pausa, para luego seguir por un sinuoso camino de tierra hasta Almahue. Ángela pensó que el esposo de Viviana era uno de los hombres más trabajadores que había conocido. Además, era un privilegiado al amar de ese modo su profesión. "Esposo, otra palabra que comenzaba con *esp-*", reflexionó.

La noche anterior, antes de caer rendida, llamó a su madre. La escuchó haciéndole mil preguntas, mientras la oía lavar algunos platos y prepararse un café. La tranquilizó diciéndole que estaba con Patricia en un concurrido restaurante de Concepción. La mujer se alegró mucho y le mandó saludos a su amiga.

A Ángela se le hizo un nudo en la garganta: odiaba mentir; además, el hecho de desconocer el paradero y el estado de Patricia sólo aumentaba su angustia y temor. Tuvo el deseo de desandar el camino, de correr de regreso hasta su casa, abrazar a su madre y quedarse en sus brazos el resto de su vida con la certeza de que nada malo le pasaría mientras ella estuviera ahí, a su lado, protegiéndola como cuando tenía siete años y empezaba a aprender a andar en bicicleta. Antes de apagar la luz de la mesita de noche —una encantadora lámpara de madera coronada por una antigua pantalla de encajes—, decidió hacer un último intento. Marcó el número de Patricia y esperó unos segundos. Cuando comenzó a escuchar la grabación de siempre, cortó la llamada. No podría dormirse con esas palabras de horror resonando en su cabeza.

Ángela entró a la sala a las siete en punto, cargando su maleta y mochila y completamente lista para el viaje. Encontró a Viviana guardando algunos sándwiches en una canasta; también había llenado un termo con café y acomodado algunos envases con un poco de arroz, carne y sopa que su marido y ella podrían calentar en un microondas que alguien les prestara. Viviana le preguntó si quería hacer alguna llamada telefónica antes de subirse a la Van. Ángela le dio las gracias y le explicó que no era necesario mientras le mostraba su *iPhone*.

Carlos no pudo contener una carcajada de burla.

—¿Tienes idea de adónde vamos? —inquirió el profesor—. Almahue está metido en un hoyo, rodeado por una altísima cordillera. Allá no llega la señal para los celulares.

—¿Pero habrá Internet? —preguntó Ángela tratando de que su pregunta sonara a afirmación.

Carlos volvió a sonreír mientras se ponía un grueso abrigo de tela impermeable.

—No. No hay Internet. Sólo hay un teléfono público que, según me contaron, hace algún tiempo se echó a perder después de una intensa nevada.

—¿Y cómo se comunican? —se sorprendió Ángela que de inmediato supo que iba a tener un grave problema con su madre.

—Tengo entendido que hay uno o dos radioaficionados, que en caso de emergencia transmiten por un aparato de onda corta más viejo que mi bisabuela. Y eso es todo.

Ante el estupor de la forastera, que se quedó mirando desolada su moderno y próximamente inútil aparato, el dueño de la casa se apuró en aclarar las cosas:

—Cuando entres a Almahue, vas a retroceder cincuenta... no, cien años en el tiempo. ¿Te sientes preparada para viajar hasta allá? —dijo el hombre acercándose a su esposa para despedirse.

El bibliotecario puso el canasto con víveres en la parte trasera de la Van, firmemente sujeto contra uno de los anaqueles con libros, y después se dirigió al volante. Luego de pagarle el alojamiento, Ángela se acomodó a su lado, y desde ahí le hicieron señas de adiós a Viviana que pronto desapareció al ser engullida por la exuberante vegetación que rodeaba la casa. Los gigantescos árboles de tepa formaban un espeso muro hecho de troncos cubiertos de musgo. El camino que descendía la cuesta rumbo a la carretera se abría paso entre variados tonos de verdes, aún húmedos y reverberantes por la lluvia nocturna. Durante algunos minutos reinó el silencio al interior del vehículo. Luego, sin razón aparente, Carlos preguntó haciéndose oír por encima del escándalo del motor:

—¿Y qué vas a hacer al fin del mundo?

Ángela dudó unos momentos en contestar. No quería exponerse una vez más a una desconcertante respuesta como la del viejo del ferri. Por eso sopesó sus alternativas y dijo:

—Estoy haciendo una investigación sobre la *Leyenda del Malamor*.

No hubo réplica por parte del conductor. Sólo se escuchó el chirrido del pavimento bajo los neumáticos, y el lejano susurro del viento despeinando la copa de los árboles patagónicos.

—¿Ha oído hablar de ese mito? —insistió la joven.

—Claro que sí —masculló Carlos peinándose el bigote con una mano, asumiendo la caricaturesca imagen de un profesor relamido—. Y no es un mito.

—Bueno, entonces es un cuento... —contestó Ángela.

El hombre apretó las manos sobre el volante. Sus nudillos se marcaron en la tensa piel enrojecida por el frío y el trabajo.

—¿Conoces la diferencia entre un mito y una leyenda? —preguntó con su mejor voz.

Ángela iba a responderle que sí, que era una buena estudiante de Antropología, pero antes de que tuviera tiempo de abrir la boca, el bibliotecario se lanzó a explicarle que un mito es un relato de acontecimientos imaginarios o maravillosos, habitualmente protagonizados por seres sobrenaturales o extraordinarios. Y, levantando con entusiasmo un dedo que chocó en el techo del vehículo, siguió declamando que una leyenda era una narración oral o escrita, con una mayor o menor proporción de elementos fantasiosos, y que está ligada en su origen a un hecho de la realidad.

La muchacha se quedó en silencio: ¿qué quería decirle Carlos con esa explicación? ¿Qué la historia del pueblo maldito por una bruja cascarrabias era cierta?

—Claro que es cierta —dijo el hombre luego de que ella le hiciera la pregunta—. Y la bruja, como tú le dices, se llamaba Rayén.

Ángela permaneció en silencio, la vista fija en la interminable carretera que se desenrollaba frente a ellos.

Ese nombre era un dato de valor incalculable. Durante los meses que estuvo estudiando y leyendo los textos de Benedicto Mohr, jamás consiguió averiguar nada sobre la responsable del hechizo. La información que tenía a su alcance era escasa y los textos del explorador sólo eran fotocopias de algunos pasajes de su diario. Con esos pobres datos apenas había sido capaz de reconstruir una parte de la historia del pueblo. Pero la revelación que Carlos le ofrecía le daba un nuevo punto de partida: tuvo la sensación de no saber absolutamente nada sobre la leyenda que, de pronto, se había convertido en una realidad. Sintió el impulso de tomar su celular y llamar a Patricia para contarle su descubrimiento, pero su rostro se ensombreció al recordar que no podía hacerlo.

—Ve a la parte trasera de la Van —pidió el Carlos.

Sin preguntar para qué, Ángela se deslizó entre los dos asientos del vehículo y se coló hacia la sección de los anaqueles. Los libros daban pequeños saltitos en las repisas, bailaban al ritmo de las ruedas de aquella biblioteca ambulante. Desde el asiento del conductor, el profesor la iba guiando: "No, en la otra fila, más arriba, ahí, el que tiene el lomo color verde". Así siguió hasta que consiguió que los dedos de Ángela tomaran el volumen que quería. La joven leyó el título: *Rayén*.

El autor era Benedicto Mohr.

—Mohr desapareció misteriosamente poco después de publicarlo —dijo Carlos Ule como si estuviera contando un secreto—. Nadie lo volvió a ver y su cuerpo nunca apareció.

La joven revisó el antiguo volumen: casi tenía doscientas páginas. Tal vez —si le daban un par de horas o quizá una noche entera— conseguiría leerlo para devolverlo a tiempo a su lugar en la repisa.

—Te lo regalo —dijo el profesor peinándose el bigote—. Eres la primera que demuestra interés en él. Hasta ahora, nadie había querido leerlo.

# 8

## El fin del mundo

Aunque Carlos buscó llenar las largas horas de viaje con comentarios y datos prácticos sobre la vida de Almahue, Ángela sólo tenía ganas de observar el libro que sostenía en las manos. Cuando la Van entró a un estrecho camino de terracería, y comenzó a internarse en una vegetación que cada vez se hacía más frondosa y exuberante, ella intentó sumergirse en el primer capítulo; pero de inmediato se dio cuenta de que el bibliotecario no se lo permitiría. Él estaba interesadísimo en darle una pormenorizada explicación sobre la pesca artesanal, que era la mayor fuente de ingresos del pueblo y una de las más antiguas actividades de la región. También le contó que los pescadores se internaban en mar adentro durante varios días, arriesgando vida y embarcación, para regresar con sus redes llenas de merluza, mantarraya y congrio.

A la joven no le quedó más remedio que fingir interés y asentir un par de veces con la cabeza. Vencida, guardó el libro en su mochila. Ya tendría tiempo de leerlo de principio a fin. Para escapar de las palabras que revoloteaban a su alrededor, decidió cumplir su promesa de ordenar la biblioteca: se instaló frente a los anaqueles y fue acomodando los volúmenes que se habían caído por el zangoloteo.

Ahí estaban *La isla del tesoro, Viaje al centro de la tierra, Moby Dick, Robinson Crusoe, La vuelta al mundo en ochenta días.* Por lo visto, Carlos era un fanático de la clásica literatura de aventuras. Como si adivinara que en ese instante la joven reflexionaba sobre él, Carlos retomó con más bríos su disertación mirándola por el retrovisor. Le aconsejó que, si ya había llegado hasta ahí, no podía irse sin visitar los majestuosos ventisqueros de la zona, uno de los principales atractivos del pueblo. También podía dedicarse a cabalgar y observar desde el lomo del animal la fauna y la flora, tan especiales y únicas.

—Por ejemplo, esas plantas que ves ahí se llaman nalca —explicó el hombre señalando con el dedo unas enormes hojas verdes del tamaño de un paraguas abierto—. Las usan para tapar los curantos. ¿Has comido curanto? ¡Ay, qué hambre!

Ángela se ofreció a sacar los sándwiches del canasto, cosa que Carlos agradeció con entusiasmo. Ya era casi la una. Llevaban seis horas de viaje. Luego de devorar hasta la última migaja y de beberse el termo de café, ambos se entregaron a la plácida contemplación del último tramo del recorrido.

Al final del camino, iluminado por un pálido sol de comienzos de otoño, Ángela vio aparecer un delgado hilo de plata. Se tardó unos instantes en comprender que era agua. A medida que la camioneta se acercaba, el parpadeante espejo líquido fue creciendo y se convirtió en un extenso brazo de mar que se adentraba en el continente. Los matorrales de chilco y fucsia que bordeaban el camino le daban color al paisaje que se ofrecía en su estado original.

De pronto, al costado derecho de la ruta, Ángela miró una lejana construcción.

Parecía una casita de muñecas. Y era casi idéntica a la que ella tuvo a los seis años y que su padre le instaló al fondo del patio trasero. Ésta, a diferencia de la suya, era de madera oscura. Tenía una ventana pintada de rojo del mismo tono que el techo que caía en dos aguas. Una chimenea sin humo parecía esperar a que alguien se apiadara de ella y quemara algunos leños que justificaran su existencia. "¿Quién puede vivir en un lugar tan pegado al camino?", se preguntó en silencio. Pero, un par de metros más adelante, comprendió que no era una casa, sino el ingenioso cartel de recibimiento al pueblo, "Bienvenido a Almahue" se leía en letras blancas.

El corazón le dio un brinco en el pecho. ¿Era cierto? ¿Ya estaba ahí?

—Llegamos —confirmó Carlos, y luego lanzó la frase que terminó de convertir en inolvidable a aquel día—. Ojalá puedas encontrar a Rayén que, según dicen, todavía vive escondida en el bosque.

Y con la fuerza de su intuición que crecía igual que los kilómetros en el marcador de la Van, Ángela supo que su viaje hasta el fin del mundo iba a cambiarle todos sus planes. No sólo eso: estaba segura de que le alteraría también el resto de su vida.

# 9

## El bosque profundo

Los árboles son sus mejores aliados. Como fieros soldados verticales la protegen de los intrusos que buscan adentrarse en sus terrenos. Velan su sueño, abrigan sus días, sombrean su descanso. No hacen preguntas: ya se han acostumbrado a su presencia, a escuchar los pasos que casi no rozan el suelo, que ni ruido hacen cuando pisan las ramas y hojas secas que pueblan el lugar. Simplemente la dejan habitar ahí, en su vientre, sabiendo que ella nunca hará nada en su contra. Hay noches donde la oyen hablarle a la luna, y siempre es la misma historia: la de una joven e inocente mujer, casi una niña, que fue burlada de la peor manera. El final del cuento llega —junto con un corazón roto—, con un juramento de venganza, una huida al monte más alto de la región. Desde ahí, al amparo de la cima de vegetación indomable, ella velará la eternidad para asegurarse de que nunca nadie vuelva a ser feliz. Ha aprendido a vestirse de neblina y humedad. Por eso, los pocos que se animan a llegar hasta aquella altura no pueden verla, ya que su cuerpo sabe esconderse tras el vapor que se eleva como un bostezo desde el humus que alfombra la tierra. Con el paso de los años su piel se ha endurecido y adquirido las grietas de un tronco centenario. Sus dedos se han curvado, largos y llenos de nudos, como varillas a las que sólo le faltan las hojas y los brotes florales de primavera. Sus ojos se han acostumbrado a ver más allá del forestal universo que la rodea: con ellos es capaz de recorrer y sobrevolar los canales y fiordos que despedazan al continente en cientos de islas; a veces los usa para espiar a través de las ventanas de los infelices que viven bajo el yugo de su maldición. Los oye gritarse palabras cargadas de odio y desesperanza. Ella sonríe satisfecha, oculta en las sombras que tan bien conoce, aunque su boca olvidó hace mucho tiempo cómo moverse al compás de una risa. Sabe que su poder es infinito. Le basta con hundir los pies en la tierra para convertir sus dedos en kilométricas raíces que se nutren de minerales, aguas profundas, de la misma energía que la naturaleza. Y entonces su cuerpo se estremece, vibra con la intensidad de un volcán en erupción, crece, alcanza las copas de sus guardianes, abre los brazos para atraer relámpagos, grita truenos que desordenan las corrientes marinas, deja que el viento le despeine y agite sus cabellos que provocan marejadas, tinieblas universales y vientos huracanados que los humanos temen y tratan de sobrellevar. Mientras nadie vuelva a amar, ella seguirá siendo lo que es: Rayén, la mujer más poderosa que alguna vez lloró por un traicionero amor.

# 10

# El árbol de la plaza

La desvencijada Van que anunciaba "Biblioteca Móvil" en uno de sus costados entró al pueblo que, a esa hora del día, parecía desierto. Las calles de Almahue seguían la ruta del brazo de mar: ahí, rindiéndole culto al fiordo patagónico, vivían un poco más de doscientos habitantes que le daban la espalda a los cerros de tupida vegetación.

Desde su asiento, Ángela vio un puñado de casas de madera reblandecida por el agua. Algunas estaban cubiertas de musgo y de enredaderas, otras levantaban sus techos en torreones, como buscando desprender trozos del cielo que inexorablemente estaba a punto de partirse para derramar su contenido. También aprecieron las inmóviles y coloridas barcas que reposaban como en una idílica postal. Hasta el agua estaba quieta, idéntica a la superficie de una noria que reflejaba la silueta de las montañas nevadas. Nada de olas, ni viento. Sin embargo, el frío se adivinaba en cada una de las piedras azuladas, en el brillo acerado de los charcos que marcaban la ruta, en el vaho que salía de los hocicos de un puñado de ovejas que campeaban el día en busca de alimento.

Carlos apagó el motor. El estruendo de la carrocería se terminó al girar la llave y permitió que se escuchara el quejido de las bisagras cuando las puertas se abrieron. Ángela revisó la pantalla de su *iPhone* y con angustia comprobó lo que ya le habían dicho: *No signal.* ¿Qué haría para comunicarse con su madre? Con un suspiro de desaliento saltó hacia el exterior y sus pies se hundieron en una poza color café claro que le llegó hasta los tobillos. Agradeció por llevar botas impermeables y se prometió poner más atención cada vez que diera un paso. Sacudió las piernas y se limpió el fango frotando su calzado contra una verja que orillaba el camino. Cuando abrió la boca para hablar, una gélida corriente de aire le congeló la lengua y las fosas nasales. El bibliotecario sonrió, divertido: ésa era siempre la primera reacción que sufrían los forasteros al llegar al pueblo.

—¿Y dónde está todo el mundo? —preguntó Ángela al conseguir revivir del frío sus músculos faciales.

Al momento en que Carlos iba a responderle que no lo sabía, sus ojos se abrieron para dar cuenta de su gran desmemoria.

—¡Cómo lo pude olvidar! —exclamó—. Hoy es el día de la quema de la bruja.

Acostumbrada a que su acompañante nunca contestara sus preguntas, Ángela no tuvo más remedio que echarse a correr tras el hombre que avanzaba con grandes pasos hacia uno de los montes que encajonaban al pueblo.

Recorrió las solitarias calles de tierra y alcanzó a divisar una tienda de abarrotes, una panadería, una oficina de correos. Todas estaban cerradas y sin clientes. Atravesó lo que supuso era una desolada cancha de futbol, con sus precarias graderías de madera y un marcador de goles cuyos números debían ser cambiados a mano con la ayuda de una larga escalera.

Bordeó lo que conjeturó era la plaza central: un cuadrado de cemento con algunas bancas y cuatro barandales de hierro forjado, curtidos por la lluvia y el frío, que se asentaban en torno a un imponente árbol que Ángela no pudo identificar. Su tronco era tan ancho como la imposible ronda de veinte hombres. Las raíces, en su gran mayoría a la vista, levantaban parte del pavimento de la plaza y se enterraban en la tierra como tentáculos para sostener al coloso y su descomunal ramaje. Lo que más la impresionó fue que —a pesar de su porte y lo extraordinario que parecía a simple vista— se veía débil y reseco. Bastaba un enérgico golpe de viento para que la parte superior del árbol se viniera al suelo con estrépito. Sus ramas lucían opacas y sin vida. Todas, excepto una: en lo alto, de cara al cielo donde se apretaban las nubes grises, brillaba una vara donde las hojas ofrecían su verde intenso y recién barnizado por la lluvia. La única rama sana de ese extraño árbol —tan vivo como muerto— le recordó que la esperanza era lo último que podía perderse.

Ángela quedó hipnotizada por la presencia totémica de ese tronco y su follaje agónico. Pero, cuando vio a Carlos perderse al otro lado de una de las pocas y viejas casas que se levantaron en los tiempos de la fundación del pueblo, volvió a correr tras él.

Sin embargo, estuvo a punto de detenerse y volver la cabeza: creyó ver una silueta femenina en una de las ventanas de una vieja construcción, recortada por las cortinas. Sacudió la cabeza tratando de borrar la imagen y se internó en la vegetación. Siguió al profesor a través de un bosque de arbustos de calafate y helechos que sólo permitían ver su chaleco. Sintió el cuchillo del frío sobre sus mejillas, y escuchó el crujido seco de las maderas.

De pronto, un clamor sordo llegó hasta sus oídos.

Desconcertada, aguzó el oído intentando reconocer el origen del ruido que le recordó la masa bulliciosa durante el único concierto de rock al que había ido, acompañando a Patricia. Cientos de gritos se unían en una sola e intensa voz.

¿Qué pasaba en el pueblo? ¿Qué era la *quema de la bruja*?

Atravesó la loma que la separaba de aquel alboroto y tuvo que frenar en seco.

Incrédula de lo que veía, se apoyó contra una roca y volvió a mirar el espectáculo que sus ojos no terminaban de asimilar. Una multitud estaba en un pequeño valle: centenares de hombres y mujeres saltaban y alborotaban con antorchas en las manos. Las llamas resplandecían por encima de las cabezas como un encabritado mar de fuego, alimentado por todos los presentes que encendían cirios y palos cubiertos con telas empapadas en gasolina. Al centro de la turba se alzaba una descomunal imagen de una bruja tallada burdamente en madera. Ésta debía tener cuatro pisos de altura. Alguien le había pintado una boca mezquina, de labios delgados y crueles. Los ojos eran dos círculos amarillos con pupilas negras como el carbón. Las cejas y la nariz eran simples trazos rectos. La estatua sólo podía inspirar temor y respeto a la vez.

Ángela vio cómo Carlos se integraba a la muchedumbre.

Tenía una antorcha en ristre, gritaba y pronunciaba letanías que hablaban de maldiciones, hechizos y conjuros que debían ser revertidos.

A pesar de que todos sabían qué hacer y ejecutaban los mismos movimientos, ninguno parecía cómodo con la situación. Algunos se empujaban con molestia. Otros suspendían los gritos en contra de la bruja para ofender al que estaba junto a ellos. Ángela vio cómo una mujer abofeteaba a un hombre que sin querer tropezó con ella, y cómo éste le respondió con gestos obscenos y sonoros insultos.

—¿Qué está pasando? —masculló la joven, atónita por aquella locura de fuego, aullidos y cuerpos malhumorados.

De pronto, a la orden de una voz que se alzó por encima de las demás, todos se volvieron hacia la bruja de madera.

Los más cercanos a ésta inclinaron sus antorchas hacia delante: de inmediato las llamas prendieron las tablas, y una negra fumarola se alzó hacia lo alto.

El gentío comenzó a aplaudir enloquecido al tiempo que las lenguas de fuego trepaban por la efigie, alcanzando la cabeza y cubriendo con sus inflamados colores el rostro de furia y terror.

Ángela vio al grupo separarse cuando la ardiente construcción se tambaleó. Se produjo un instantáneo silencio. Nadie respiró durante lo que pareció una eternidad hasta que la figura colapsó sobre sí misma, convirtiéndose en un montón de despojos calcinados.

Un rugido de satisfacción estremeció la zona, y el eco de aquel bramido se fue a contar el suceso a riberas lejanas.

Algunos lloraban, otros caían de rodillas, y los más enfurecidos pateaban las maderas cenicientas como si estuvieran ultimando el cadáver de la bruja.

Ángela quiso volver al pueblo antes de que le hicieran lo mismo. Pero no consiguió avanzar. Inesperadamente se sintió empujada hacia delante y, casi al instante, la lanzaron en dirección contraria. Su cabeza se golpeó contra una piedra en el suelo. El ferroso sabor de la sangre le llegó a la boca.

Al intentar ponerse de pie, una nueva sacudida la lanzó de bruces. Vio su *iPhone* rodar cuesta abajo y desaparecer en una grieta que se abrió como un tajo desde la base misma de la montaña.

Escuchó a lo lejos el escándalo de las personas que, como ella, sintieron de golpe su vida en peligro. La tierra se convulsionó como el lomo de un animal herido, quitándose de encima todo lo que le incomoda. El estallido de rocas se sumó al ruido de los troncos que se partieron.

Una nueva grieta avanzó a la usanza de una negra serpiente, zigzagueando directo hacia Ángela que dio un grito de espanto: si no se movía rápido sería devorada como su celular.

Pero los empellones le impedían ponerse de pie. Cerró los ojos, como si la oscuridad pudiera salvarla de la muerte. Pero en lugar de caer al fondo de la tierra, alguien la levantó con un violento tirón. Escuchó una respiración agitada y dos manos la tomaron de la cintura. Cobarde, apretó con más fuerza los párpados. El dolor del golpe en la cabeza coloreó de amarillo sus pensamientos, su conciencia, el resto de su cuerpo. Entonces supo que había llegado al límite de sus fuerzas.

Después de cuatro días de viaje y sufrir la más agresiva bienvenida, se abandonó y permitió que las manos se la llevaran lejos, tan lejos como fuera posible de la desgracia.

# 11

## Sobrevivir

Ahí está Patricia. Le sonríe mostrando una hilera de dientes blancos y perfectos. Arruga un poco la nariz con ese gesto tan suyo. Parece que le quiere decir algo. Pero se mantiene en silencio. Sólo le sonríe.

¿Se acercará un poco más o sólo se va a quedar ahí, parada, casi lejana?

Patricia no se mueve, no hace nada. Sus pies están clavados en el suelo pedregoso. Sus pies han sido tragados por la tierra. Sus piernas se hunden hasta el tobillo. Por eso Patricia no se mueve: no puede hacerlo. Ésa es la razón de su silencio: está concentrada tratando de escapar.

Ya no sonríe. Por el contrario, su boca se tuerce en una mueca de angustia.

—Patricia, ¿me oyes? Vine a buscarte. Escuché tu mensaje de auxilio, y llegué hasta el fin del mundo sólo para buscarte, para llevarte de regreso conmigo. Pero no pensé que iba a encontrarte así, como te veo ahora.. ¿Me escuchas? ¡Dime algo!

Cuando Ángela intenta acercarse, el cuerpo de su amiga comienza a vibrar como sacudido por un viento que no la golpea desde afuera, sino desde adentro. Se mueve hacia delante y hacia atrás, cada vez más rápido. Estira los brazos hacia los lados y alcanza con ellos una distancia imposible.

Patricia crece, se hace grande, supera la copa de los árboles.

Las raíces que le brotan de los pies se levantan, no caben en la tierra, emergen como serpientes de madera que la anclan. Abre la boca para gritar y su bramido llena de espuma la superficie del mar, desgarra las nubes en el cielo, desorienta a las aves que prefieren caer en picada antes de enfrentarse a ese tifón que ella provocó. Su cara se ha convertido en un rostro hecho de palos en llamas: dos ojos pintados de amarillo, una boca con labios crueles y delgados, una nariz y un par de cejas definidas sólo por breves trazos. El cabello se derrama como un manto de hojas secas que cubre las laderas y que al plegarse forma nuevas y enormes montañas.

El suelo se abre en islotes por culpa de las raíces que siguen triturando todo a su paso.

—¡Patricia! ¡Patricia, soy yo! ¡Tu amiga! ¿No me ves aquí abajo?

Su sombra ya no cabe en el paisaje, el cielo le queda chico al árbol gigante, a la mujer naturaleza. Una de las ramas, la única que tiene hojas verdes, se alza amenazante sobre la cabeza.

—¿Patricia? ¿Qué vas a hacer?

Y, antes de que tenga tiempo de correr, la rama cae de un violento latigazo, chicoteando el aire con un silbido de serpiente, y oscurece de golpe su visión.

Ángela abrió los ojos, asustada. Una intensa puntada le taladraba la sien izquierda.

—Cuidado, mejor quédese recostada —oyó a su lado.

Sólo entonces pudo ver a su salvador.

Tenía una gruesa camisa de un tono indefinido, desteñida por el viento y el uso, seguramente había sido lavada mil veces por la lluvia. El cabello negro le caía en mechones sobre los ojos, oscuros como dos aceitunas que la observaban con preocupación. Los labios eran el único toque de color en el rostro del desconocido. Un rostro tan atractivo como enigmático.

—Se golpeó en la cabeza. Si quiere que le busque un médico...

Ángela descubrió que la había llevado hasta la plaza del pueblo.

Estaba recostada sobre una banca metálica, al amparo del enorme árbol casi seco que aún mostraba una rama llena de vigorosas y saludables hojas verdes. Se estremeció al recordar su sueño producto del desmayo: la visión terrible de Patricia convertida en un monstruo de la naturaleza, golpeándola con sus brazos de madera. ¿Por qué su amiga querría hacerle daño? Y lo más importante de todo: ¿dónde estaba?

Se incorporó con dificultad, apoyando la espalda en el respaldo de la banca.

—¿Qué pasó? —preguntó, sacando la voz con dificultad.

—Hubo un temblor —le explicó el joven que tomó asiento junto a ella—. Uno muy fuerte.

—¿Y es normal que tiemble de esta manera en esta zona? —quiso saber.

—Antes no. Pero ahora sí —contestó él.

Ángela quiso comprender la respuesta que le estaba dando, pero no fue capaz de despegar la vista de aquella boca de labios generosos que pronunciaba palabras que no estaba comprendiendo del todo. Su acompañante tendría veinticinco años, tal vez un poco más. Sus manos eran fuertes, de uñas cortas. Cuando hablaba, el contorno de sus párpados se llenaba de arrugas que acentuaban la expresión de su rostro.

—¿Tú me ayudaste?

El joven asintió bajando la vista.

"Encantador" —pensó Ángela—. "Además de guapo, es tímido".

—Gracias. Me salvaste la vida.

Él negó con la cabeza e hizo un movimiento con la mano como queriendo decir: "no fue nada".

Se levantó con intención de marcharse y ponerle de ese modo fin a la plática. Ángela trató de seguirlo, pero prefirió quedarse quieta: un súbito mareo convirtió el suelo en agua.

—¿Cómo te llamas? —inquirió tratando de darle a su voz un tono despreocupado, natural.

—Fabián.

—Yo soy Ángela, Ángela Gálvez.

Fabián volvió a hacer un gesto con la mano, que esta vez Ángela no supo cómo interpretar. Se alejó unos pasos, y se puso un gorro de lana que ocultó su cabello azabache y barrió con sus mechones sobre la frente.

De pronto Ángela supo que la estaban observando. Podía adivinar los ojos clavados en su espalda, recorriendo su nuca y cuello. Inquieta, volteó en el preciso instante en que un gato le brincó encima, rebotó sobre sus piernas, y saltó hacia otra banca. Ángela gritó, asustada por el inesperado embiste de aquel animal tan negro como la noche, y que parecía desafiarla desde la distancia con la fija insolencia de sus pupilas alargadas. Miró a Fabián, buscando ayuda en caso de que el gato volviera a lanzarse sobre ella, pero el lugareño no se había dado cuenta de nada.

—Vengo llegando al pueblo —dijo mientras trataba de reponerse del susto—. No conozco a nadie. ¿Sabes donde puedo pasar la noche?

—En casa de Rosa —contestó él sin dudarlo—. Ella arrienda una habitación.

—¿Y podrías llevarme? Todavía me siento un poco mareada —eso último ya no era tan cierto, pero por alguna razón Ángela quería volver a sentir la mano de Fabián en su cintura.

El muchacho asintió con la cabeza. "Es un hombre de pocas palabras", concluyó la joven, lo cual provocó que le agradara mucho más.

Había algo en Fabián que le llamaba poderosamente la atención: una especie de misterio, una velada invitación a buscar en él una existencia oculta, una historia secreta. Todo aquello despertó en Ángela su sentido de la aventura. Al fin y al cabo, ella estudiaba Antropología y quería descubrir la verdad de la vida, o al menos acercarse a ella, utilizando sólo la observación de las evidencias.

Se levantó despacio, no quería acelerar el latido de dolor que palpitaba en su sien. Fabián la tomó con fuerza de un brazo. Su mano estaba tibia, pudo sentir cómo su calor traspasaba la manga del abrigo y llegaba a su piel. Ángela lo miró a los ojos en el mismo instante en que él levantó la vista. Durante un brevísimo instante sus pupilas se encontraron.

El árbol agitó de golpe el ramaje de su copa, sacudido por una ráfaga que pareció afectarlo sólo a él. Varias hojas amarillas cayeron sobre la pareja, y se hicieron polvo apenas tocaron el suelo. El gato, que aún circulaba por el lugar, dio un estridente maullido y erizó el lomo. Su pelaje se alzó alerta unos instantes, brillando como negras y mortales espinas. De un certero brinco se trepó en una rama.

—Qué pena que se esté secando —dijo Ángela que ya se había apoyado en Fabián para empezar a caminar.

—El día que ese árbol se seque, a este pueblo se lo tragará la tierra —fue la respuesta del joven.

Ángela se detuvo.

Tuvo que voltear a mirarlo para saber si estaba bromeando. Pero los ojos de Fabián sólo mostraban un profundo temor, una real y concreta rabia inexplicable. Su intenso brillo delataba que por desgracia sí estaba diciendo la verdad.

—Es la maldición de Rayén —continuó—. Antes de desaparecer, le echó un maleficio al pueblo. Cuando ese árbol se muera, todos los que aquí vivimos moriremos con él.

Ángela levantó la vista: contra el cielo encapotado se recortaba la única rama que anunciaba que aún corría algo de savia por el tronco centenario. La cola del gato se dejó ver allá arriba unos instantes, para luego volver a desaparecer entre el follaje.

—Éste es el árbol en el que el padre de Rayén practicó sus injertos. Y según las estaciones del año, a veces daba manzanas, después peras y en ocasiones ciruelas. Por eso la gente se asustó, porque uno no juega con la naturaleza. Don Ernesto dice que eso fue lo que provocó la desgracia —le contó Fabián casi sin respirar.

Luego, arrepentido de hablar más de la cuenta, guardó un profundo silencio.

Ángela notó que el cuerpo de su salvador estaba tenso, sobre todo cuando ella lo miraba a los ojos. La contemplación de ese rostro se convirtió en una necesidad, en una urgencia que nació sin aviso. El vértigo se le instaló en el estómago, era el mismo vértigo que sentía cuando estaba frente alguien que se convertiría en una persona importante en su vida... como el día que conoció a Patricia. Pero esta vez su intuición fue aún más fuerte: al desbocado galope de su corazón se sumó el hecho de que Fabián era el hombre más atractivo que había visto en sus diecinueve años de existencia.

El viento pareció quejarse al cruzar entre las ramas del árbol.

El joven levantó la vista, asustado. Su rostro se contrajo en un rictus de dolor que lo hizo curvarse por un segundo, para recuperarse de inmediato.

Ángela leyó la desesperanza en sus ojos: no sólo era por él, sino por sus antepasados. Un miedo heredado con el que aprendió a vivir. Sin decir una palabra se separó de ella. Apretó la boca con fuerza, impidiendo que una nueva palabra se le escapara. Entonces se echó a correr, dejando tras de sí un rastro de temor y confusión. Antes de que la joven reaccionara, Fabián ya había dado la vuelta en la esquina. Sólo se oía el eco de sus pisadas. Después, Ángela no pudo escuchar nada más. Apenas el barullo de las ramas del árbol que, impulsadas por una invisible corriente de aire, parecieron aplaudir la huída de Fabián.

# 12

## Razón de ser

La casa de Rosa. ¿Cómo encontrar la casa de Rosa? Cuando estaba a punto de caminar sin rumbo determinado, un ruido de latas le hizo volver la cabeza: al final de la calle apareció la Van de Carlos, que desde el volante le hizo señas de saludo con la mano.

Ángela avanzó hacia el vehículo. El bibliotecario pisó el freno, que sonó como el quejido de un animal agónico.

—¿Qué te pasó en la cabeza? —preguntó mientras se bajaba asustado del auto al ver la huella del golpe en la sien izquierda.

Imitando el gesto de Fabián, la joven movió su mano como queriendo decir "no es nada". A pesar de eso, Carlos metió medio cuerpo dentro del vehículo a través de la ventanilla, hurgó en la guantera y reapareció con una caja blanca con una cruz roja en la tapa. La obligó a sentarse en el asiento del copiloto y humedeció una mota de algodón con desinfectante.

—Vaya bienvenida que te dio el pueblo, ¿no? —comentó el improvisado enfermero, mientras aplicaba alcohol con ligeros toques sobre su piel.

—¿Sabe dónde puedo encontrar la casa de una tal Rosa? —pregunto Ángela.

—En la próxima calle —respondió Carlos al instante.

Con la frente limpia de restos de sangre y una herida empezando a cicatrizar, Ángela se echó la mochila a la espalda y tomó su maleta que aún estaba en la parte trasera de la biblioteca ambulante Se despidió de Carlos que debía regresar a Puerto Chacabuco: ya se le había hecho tarde por participar en la quema de la bruja.

Cuando le dio un último abrazo, ella volvió a sentir el aroma a leña seca, a pan recién hecho, a fragantes especias que tuvo la oportunidad de conocer en la cocina de Viviana, y que tan bien la hicieron sentir después de su interminable viaje.

—Cuídate, Ángela. Cuídate mucho —le pidió Carlos.

Lo vio alejarse en su carro que amenazaba con desarmarse en cada curva y que cargaba su valioso tesoro de historias, cuentos y aventuras.

Cuando la Van se convirtió en un minúsculo punto blanco en medio del verde paisaje y desapareció en una vuelta del camino, Ángela comenzó a caminar rumbo a la dirección que Carlos le había señalado mientras sus huellas quedaban tatuadas en la tierra húmeda.

La casa de Rosa resultó ser la construcción que Ángela identificó como la más antigua del pueblo. Fue precisamente en una de sus ventanas donde ella creyó ver la silueta de una mujer al otro lado de los cristales, enmarcada por la tela de las cortinas. Tenía dos pisos, de techos altos y puntiagudos, la pintura estaba descascarada por los años y la inclemencia de la lluvia. La joven tuvo la impresión de que la construcción se inclinaba hacia un costado, al igual que los ancianos que poco a poco se van curvando por la fragilidad de sus huesos. Junto a la puerta principal, un cartel anunciaba: "Alfombras La Esperanza".

"Esperanza", pensó Ángela: una palabra que también comienza por *esp-*.

Tuvo la intención de llamar al celular de Patricia, anhelaba escuchar por fin su voz. Pero, al buscar el *iPhone* en sus bolsillos, recordó con horror que su teléfono yacía en el fondo de una grieta, seguramente destrozado. Se sintió más sola que nunca, incapaz de comunicarse con su madre o con su amiga desaparecida.

Luego de golpear un par de veces, creyó escuchar ruido al otro lado de la puerta.

Los pasos se fueron acercando, despacio, sin apuro. El ruido de las bisagras anunció que una persona estaba abriendo, tal vez alguien de edad muy avanzada a causa de la lentitud que se adivinaba en sus movimientos. Sin embargo, al otro lado del umbral, apareció una joven de cuerpo delgado, cuello muy fino y erguido, y un rostro más parecido a una pintura medieval que a una muchacha de este siglo. Era hermosa y casi transparente. El cabello negro le caía a los lados del rostro con perfecta simetría. Sus ojos eran tan blancos como su piel, sin huella alguna de color. Una de sus delicadas manos, de largos e inmaculados dedos, se levantó en el aire y se acercó a la recién llegada.

—¿Quién? —preguntó con una voz que se parecía al tañido de una campanita de cristal.

—Busco a Rosa —respondió Ángela aún sorprendida por la frágil ciega que tenía enfrente—. Me dijeron que aquí rentan un dormitorio.

La dueña de casa dio un paso al frente. Volvió a levantar la misma mano y la posó sobre la frente de Ángela, apenas rozando su piel. Deslizó sus dedos hacia la curva de la mejilla, dejando una huella tibia al contacto de sus yemas. Al llegar al mentón, bajó el brazo y se hizo a un costado, dejándole libre el paso.

—Adelante. Estás en tu casa —sentenció Rosa.

Ángela caminó hacia la sala y de inmediato tuvo la sensación de haber retrocedido un siglo, justo como Carlos le dijo que sucedería.

Cuando cerró la puerta, el interior se sumió en una espesa penumbra apenas interrumpida cada tanto por los débiles rayos de sol que se colaban por algún hueco en la pared, o por los postigos que tapiaban las ventanas, y que señalaban como largos dedos amarillos muebles polvorientos que nadie parecía haber usado en mucho tiempo.

Le llamó la atención que todo estuviera tan pulcramente ordenado y en su sitio después del violento temblor.

El suelo de largas tablas de madera crujía cada vez que el pie de Ángela daba un paso, pero no emitía sonidos cuando Rosa avanzaba. Las manos de la dueña palpaban los muros, guiándose con toda confianza por un camino tantas veces recorrido.

Una confusión de olores —entre los que destacaban el perejil, el romero y la manzanilla— salió a su encuentro para darle un abrazo.

Juntas atravesaron el pasillo que conducía a la parte trasera de la construcción. Se detuvieron frente a una puerta cerrada, que Rosa abrió con una llave que sacó de su bolsillo.

—Bienvenida —dijo con una sonrisa mientras sus ojos descoloridos le mostraban un dejo de dulzura.

Ángela entró al dormitorio. Tenía una cama doble con cabecera de bronce, y estaba arropada con un cobertor de lana de hermosos motivos geométricos. El enorme ropero con puertas de espejo biselado, a un costado del lecho, era perfecto para guardar sus cosas durante el breve tiempo que pensaba quedarse en el pueblo. Una mesa de madera oscura, una silla y una mesita de noche con una lámpara completaban el acogedor mobiliario. A la mitad del alto techo colgaba un foco desnudo.

Cuando la joven avanzó hacia el centro del cuarto, una tabla crujió más de la cuenta. Una de las puertas del ropero se abrió ligeramente y reflejó la imagen de un hombre al otro lado de la ventana.

Ángela dio un pequeño salto, asustada por la inesperada visión del extraño.

Al voltear, descubrió que se trataba de un espantapájaros clavado en el jardín, con su rostro de ahuyenta aves hecho con un saco de harina. Tenía los brazos abiertos y un gorro con una larga pluma negra. El viento jugueteaba con su ropa remendada y lo hacía bambolearse como una solitaria criatura bailando en medio de la desolación. Ángela decidió que no era una imagen muy agradable de ver —sobre todo cuando se quedara sola de noche— y por eso mantendría cerradas las cortinas todo el tiempo que estuviera dentro de esa habitación.

Un trueno estremeció la casa de Rosa desde sus cimientos hasta el torreón del techo. Al instante, un aguacero se dejó caer y llenó de ruidos el enorme caserón.

—Si aparece alguna gotera, me avisas —dijo Rosa desde la puerta sin perder nunca la sonrisa—. ¿Tienes hambre? —preguntó enseguida, como adivinando los pensamientos de su nueva huésped.

La cocina era tan oscura como el resto de las habitaciones. Al calor de los fragantes vapores que salían de una enorme estufa de leña, Ángela fue testigo de cómo Rosa se movía por el espacio con una asombrosa eficiencia y certeza. Sin titubeos, abrió las puertas de anaqueles, encontró vasos, platos, cubiertos, calentó un delicioso guiso de cordero y lo acompañó con el arroz que perfumó con una ramita de albahaca que cortó ella misma de una de las tantas macetas que repletaban la repisa.

Ángela paseó la vista por aquella larga tabla de madera que exhibía más de un centenar de recipientes de greda, tarros, vaso de plástico, y todo lo que pudiera contener tierra y una planta. Una infinidad de hojas, tallos, flores y diferentes tonos de verdes se apretaban en un concurrido y fragante abrazo al calor de aquellas paredes. Ella se preguntó cómo haría Rosa para mantenerlas tan saludables y frescas: todas lucían recién abonadas y podadas.

Mientras Ángela saboreaba el platillo, la dueña de la casa fue hasta una de las ventanas y, en consideración a su huésped, separó los postigos dejando que la luz entrara a borbotones. Ángela levantó la vista y descubrió que el enorme árbol de la plaza se veía con toda claridad estilando agua desde la copa hasta las raíces.

En eso, se distrajo viendo a una mujer que discutía a gritos con un hombre. Él hacía gestos de profunda molestia y alzaba las manos para dejarlas caer de inmediato en claro rechazo. Ella, por el contrario, tenía los brazos en jarra y sus ojos parecían despedir chispas de furia. A ninguno le molestaba la lluvia que los empapaba: sólo parecían preocupados por demostrar su profundo resentimiento que exhibían el uno por el otro.

—Parece que nadie en este pueblo puede sentir amor... —murmuró la joven, sin darse cuenta si de verdad lo había dicho o pensado.

—Por lo visto conoces la historia de Rayén —dijo Rosa.

—Sí. Por eso estoy aquí. Vine a investigar su leyenda —respondió Ángela con la vista fija.

—Y también vienes en busca de tu amiga, ¿verdad?

Ángela dejó el bocado ensartado en el tenedor y guardó silencio mientras trataba de poner en orden sus pensamientos.

¿Cómo sabía aquella mujer sobre la desaparición de Patricia? ¿Tenía algo que ver en eso? ¿"Es culpa de *esp-*" quería decir "es culpa de Esperanza"?

—Ella se alojó aquí la primera noche que estuvo en Almahue y ocupó la habitación que tienes —le dijo Rosa sin darle tiempo para hacer una pregunta.

—¿Y dónde está ahora? —exclamó la joven poniéndose de pie con urgencia y acercándose a la ciega.

—No lo sé. A la mañana siguiente, cuando fui a verla, ya no estaba.

Ángela se pasó la mano por la cara. Estaba aturdida de tanta información. La imagen de Patricia en la casa donde ella se encontraba la hizo sentirse más cerca de su amiga. Ahora sólo tenía que empezar a desenredar la madeja en la que se había convertido su viaje. Tenía que decidir cuál era el siguiente paso que le convenía dar.

—¿Cómo supiste que yo la conocía? —quiso saber Ángela.

—Porque ella también me contó que había venido al pueblo para investigar sobre la leyenda de Rayén. Y, al terminar, se puso a llorar y me habló de una amiga a la que quería mucho, y que traicionó por pura ambición.

Un nuevo trueno hizo saltar las macetas en las repisas y provocó un tintineo en los vasos y cubiertos al interior de los anaqueles. Un relámpago dibujó un tajo de luz en la piel del cielo, y por una fracción de segundo llenó de movedizas sombras la cocina.

Ángela se estremeció al ver que una de esas sombras brincaba desde una esquina y caía sin hacer ruido cerca de sus pies. Al dar un segundo vistazo, descubrió más aliviada que se trataba de un gato negro, que cayó indiferente sobre sus cuatro patas, arqueó su lomo azabache, y que se metió ronroneando entre la estufa y la pared. ¿Era acaso el mismo gato de la plaza? Imposible saberlo: para ella, todos los gatos negros eran iguales. Por lo menos, a diferencia del otro, éste no mostraba el más mínimo interés en mirarla o acercársele.

—¿Por qué crees que se fue sin decirte nada? Por favor piensa, es muy importante —rogó Ángela.

—Tal vez se asustó cuando le conté que, a mitad del siglo pasado, en esta misma casa vivían Rayén y su padre. ¿Tú crees en las coincidencias? —preguntó Rosa sin alterar la voz.

Y antes de que la recién llegada tuviera tiempo de pensar una respuesta, la joven ciega sentenció:

—Yo no. Todo tiene una razón de ser.

Sin decir más, salió de la cocina dejando a Ángela sola y perpleja por la revelación.

# 13

## Prohibido amar

Lo primero que se veía al llegar al ático era una curiosa ventana redonda. Desde ahí se podía observar, como si se hiciera a través de un enorme ojo, todo lo que ocurría en el pueblo sin tener que moverse del interior de aquella habitación. Contra una de las paredes estaba la cama que tenía una altísima cabecera de madera tallada, a sus costados había dos elegantes mesitas de noche. Sobre una de ellas estaba una lámpara de bronce con pantalla de cristal opaco que se esforzaba por iluminar el espacio pleno de sombras. Completaba el mobiliario un extraordinario escritorio de cortinilla plegable, lleno de cajones y gavetas, cubierto con un tapete verde, donde se acumulaban sus más preciados recuerdos: una colección de bolígrafos, portarretratos con fotografías en sepia y en blanco y negro, y uno que otro trofeo de algún evento deportivo. En una esquina, a un costado de la puerta que comunicaba con el baño, habían instalado una estufa salamandra de hierro forjado, de hermosos acabados en bronce fundido, con una puerta de vidrio templado que permitía ver la leña que ardía en su interior.

A juzgar por el silencio reinante, se diría que nadie vivía en aquel ático. Pero ahí moraba don Ernesto Schmied, un anciano de casi noventa años, que desde hacía tres décadas no abandonaba su habitación. Un día cualquiera exigió que lo instalaran en el desván de la que fuera su casa de infancia, la misma donde nació, se casó, tuvo a su único hijo, y la misma donde pensaba morir cuando le llegara la hora.

Walter, su primogénito, por expresa orden de su padre, mandó habilitar el ático: un extenso y abandonado cuarto apenas iluminado por una extraña ventana redonda, y al que se accedía por una empinada escalerilla de quejumbrosos peldaños. Durante varios días una cuadrilla de hombres estuvo limpiando, acomodando, subiendo muebles, ropa, la cama, y el noble escritorio donde don Ernesto trabajó tantos años. Al cabo de una semana de esfuerzos todo quedó listo para que el patriarca hiciera uso de su nuevo dormitorio. Ordenó que ahí le sirvieran sus alimentos, ya que él no pensaba salir de su aposento, ni tampoco bajaría más al comedor. Walter se indignó y le pareció una decisión inadmisible. Sin embargo, Silvia, su nuera, no hizo el más mínimo esfuerzo para convencer a su suegro de que volviera a compartir la mesa con ellos, y dispuso que, cada vez que fuera hora de tomar algún alimento, le prepararan una bandeja y se la subieran sin preguntarle su opinión.

De ese modo, don Ernesto Schmied se encerró en vida a aguardar el día que la muerte se apiadaría de él para llevarselo lejos, muy lejos, a pagar por sus pecados, especialmente por el que más lo atormentaba. Era lo menos que podía esperar después del daño que había provocado.

Cada noche, al cerrar los ojos, volvía a sentir sobre su conciencia el peso de la culpa: el pueblo entero sufría a causa de su cobardía. Almahue no conocía el amor gracias a que él, hacía ya casi setenta años, no se enfrentó a su familia y nunca tomó la decisión correcta. Ernesto estaba seguro que no existía un poder en la tierra que pudiera perdonarle lo que había hecho: sólo le quedaba purgar en vida el dolor de haberle roto el corazón a la mujer que más había amado.

Por eso, cada mañana al levantarse, se vestía con toda la calma del mundo. Se acomodaba los tirantes bajo el saco, se anudaba con gran cuidado el nudo de la corbata, se calzaba sus zapatos de charol negro, siempre relucientes, se peinaba con agua de colonia inglesa sus escasos cabellos y se cepillaba el bigote y las cejas. Una vez que estaba listo, se acercaba con pasos cortos e inseguros a la ventana redonda. Se apoyaba en su bastón de brillante empuñadura y ahí se quedaba largas horas, mirando con dolor el enorme árbol de la plaza al cual tenía acceso desde su privilegiada posición. Ésa fue la razón de habilitar el ático como su recámara: gracias a su altura podía divisar el árbol sin obstáculos. Los recuerdos se agolpaban en su memoria. Cada nueva rama que se secaba, le hería el alma; cada hoja que cambiaba de verde a café le recordaba las palabras de Rayén, furiosa y descontrolada, mirándolo directamente a los ojos:

—¡Te maldigo, Ernesto Schmied! ¡Te maldigo a ti y a toda tu descendencia!

La voz de Rayén. Cómo era posible que aún la recordara con tanta claridad.

De pronto, tres golpes en la puerta lo sacaron de su honda reflexión. Giró despacio y carraspeó antes de decir:

—Adelante.

Fabián asomó la cabeza, y le regaló al anciano una cariñosa sonrisa mientras que un alto y delgado reloj de péndulo anunció sus siete campanadas.

—¿Se puede?

—Claro que sí, entra. Tú siempre eres bienvenido —respondió, alejándose con dificultad de la ventana y haciéndole señas para que se acercara.

El muchacho lo ayudó a sentarse en un sillón de cuero, gastado por el uso. Para que se recuperara del esfuerzo, le acercó un vaso de agua cubierto por una delicada servilleta de hilo, que Ernesto bebió a tragos cortos.

Las venas de sus manos se marcaban con toda precisión, y se perdían tras los almidonados puños de su camisa.

—Quería saber si se asustó con el temblor —preguntó.

—Un par de sacudidas ya no le hacen nada a este esqueleto —rio con amargura el anciano—. Qué bueno que viniste a verme. Me estaba preguntando a qué hora aparecerías.

—Llegó una forastera al pueblo, don Ernesto —dijo Fabián luego de una pausa.

—Vaya, eso sí que es una novedad —señaló el viejo moviendo la cabeza.

—Y parece que anda averiguando sobre Rayén —expresó.

Ernesto Schmied alzó la vista y buscó los ojos de Fabián.

El joven no fue capaz de sostenerle la mirada y bajó la cabeza sintiendo que su voz lo delataba. El anciano supo que la preocupación de Fabián por la forastera no sólo era por sus indagaciones que estaba haciendo sobre la hechicera, sino que por desgracia iban un poco más allá. Lo conocía desde el día que llegó al mundo, hacia veintiséis años, cuando Elvira Caicheo —su madre y cocinera del hogar de los Schmied—, anunció al mismo tiempo que estaba embarazada y que estaba próxima a parir, para impacto de todos los presentes que nunca se dieron cuenta de su estado de gestación. Desde esa primera tarde, apenas lo vio envuelto en las sábanas toscas y algo amoratado por el esfuerzo del parto, Ernesto decidió que sería un padre para ese bebé. A él no le importó que la cocinera nunca revelara la identidad del hombre que la embarazó.

—¿Estás seguro? —inquirió el viejo.

—Seguro, don Ernesto. La mandé a la casa de Rosa, porque necesita quedarse en el pueblo unos días.

El hombre se apoyó en su bastón, cuya empuñadura destelló en la penumbra. Con un gran esfuerzo se levantó de su asiento y atravesó el desván con pasos temblorosos. Fabián quiso ayudarlo, pero Ernesto rechazó el ofrecimiento con un movimiento de mano. Fue al escritorio. Alzó la cortinilla de madera que como un acordeón cubría las gavetas. Comenzó a abrir y cerrar algunas hasta que encontró lo que buscaba. Se quedó unos instantes inmóvil mirando el contenido del cajón, indeciso, su respiración estaba agitada.

—¿Don Ernesto? —preguntó Fabián preocupado.

Pero el anciano volvió a detenerlo con un brusco movimiento de mano. De una gaveta sacó una libreta negra. La cubierta estaba gastada y rota en las esquinas. Estaba amarrada con una cinta negra. Y gracias a ella las páginas se mantenían en su sitio. Volteó hacia el joven que lo miraba expectante.

—¿Tú sabes lo que es esto? —inquirió.

Fabián negó con la cabeza.

—Aquí está todo. Todo —susurró en un hilo de voz—. Desde el día que conocí a Rayén hasta que...

Dejó la frase a medio concluir. Casi un siglo después, el dolor era el mismo. Se quedó mirando la libreta un instante, buscando dentro de sí el valor para recuperar las palabras.

—Mañana tienes que buscar a la forastera en casa de Rosa, y la traes hasta aquí —sentenció—. Tal vez le interese leer lo que he escrito. ¿Está claro?

—Como usted diga, don Ernesto.

El anciano iba a regresar a su asiento, pero se detuvo. Con calma giró la cabeza hacia el muchacho que se hundía en las sombras a causa de la llegada de la noche y la poca luz del desván.

—Tú no puedes sentir nada por esa joven, ¿verdad? —dijo, intentando sonar firme y categórico.

Fabián sintió nuevamente que su rostro hervía ante la pregunta, y agradeció que ya estuviera lo suficientemente oscuro como para que no pudiera ver aquel color tan humillante arrebolándole la piel. No podía permitir que el descontrol de su corazón fuera más allá de un simple cosquilleo en el pecho. Por esa razón había huído, dejándola sola a mitad de la plaza. Sólo así podría evitar que las cosas pasaran a mayores. Pero, ¿cómo podría dominar un impulso tan agradable y natural, y que además nunca había sentido?

—Tu vida está de por medio —sentenció Ernesto y el brillo de sus ojos se ensombreció al pronunciar las palabras—. Es mi culpa, lo siento.

El joven se acercó al anciano. Cariñoso, le puso una mano sobre el hombro para demostrarle que no tenía que disculparse. Se sorprendió de lo flaco que estaba: podía sentir cada uno de sus huesos a través de la tela del saco y la camisa.

—Fabián, estoy hablando en serio... No puedes enamorarte de la forastera.

—¡Don Ernesto, no hace falta que...! —alcanzó a decir.

—¡Sé muy bien porqué te lo digo, carajo! —lo cortó, severo—. Te conozco, te he visto crecer y hacerte hombre, y puedo leer en tu cara la impresión que te causó. Ahora escúchame bien: si ese sentimiento se convierte en amor, vas a morir.

El reloj de péndulo marcó con un ronco gong la media hora. El anuncio quedó haciendo eco unos segundos entre las cuatro paredes. Y aunque hizo el esfuerzo de no pensar en eso, a Fabián se le antojó la música de su propio funeral.

# 14

## Despertar

La primera noche que durmió en esa enorme casa, Ángela no pudo dejar de imaginar a Patricia ovillada en esa misma cama extraña, cubierta por un edredón de lana pura, con la cabeza hundida entre almohadones de pluma y los ojos muy abiertos tratando de vencer la oscuridad. Por más que lo intentó, le fue imposible conciliar el sueño y se pasó las primeras horas de la noche sobresaltándose por cualquier ruido que de pronto interrumpía la quietud de su dormitorio. No había dejado de llover desde la tarde y la ventana no se cansaba de escurrir agua. La cortina se iluminaba cada tanto por los relámpagos, y dibujaba en el muro sombras misteriosas que enmarcaban la silueta del espantapájaros.

Ángela calculó que el caserón de Rosa debía tener por lo menos seis habitaciones. "¿Cuál habrá sido la de Rayén?", se preguntó. "¿Y la del laboratorio de su padre?" En aquellos momentos recordaba haber leído en uno de los textos de Benedicto Mohr que el padre de la joven, un misterioso europeo llamado Karl Wilhelm, era un avezado botánico que llegó al poco tiempo de fundarse el pueblo. Se instaló en compañía de su única hija, a quien seguramente bautizó con ese extraño nombre como un homenaje a las palabras que aprendía en el continente donde recién había construido un nuevo hogar.

Encerrado largas horas en su laboratorio, Karl experimentaba con plantas, combinando diferentes tipos de savias, alterando la composición de las semillas y estimulando el crecimiento de los tallos y ramas con abonos de su invención. "Éste fue el árbol en el que el padre de Rayén estuvo practicando sus injertos. Y según las estaciones del año, a veces daba manzanas, después peras o a veces ciruelas", las palabras de Fabián volvieron a su mente, cerrando de alguna manera un círculo: ya sabía la razón por la cual el botánico había aterrorizado a la escasa población de Almahue a finales de los años treinta. El hombre desafió la naturaleza y para los colonos eso era imperdonable. Ángela estaba segura de que ese hecho originó que llamaran bruja a la hija de Karl Wilhelm. Si su progenitor era capaz de alterar el ciclo natural de la vida, lo más probable era que su primogénita hubiera heredado sus mismos poderes y malas artes. Tal vez la pobre muchacha sólo fue víctima de la intolerancia e incomprensión de la época.

Al pensar en Rayén, recordó el libro que Carlos le había regalado. ¿Dónde lo había puesto? Dentro de su mochila, y ésta descansaba sobre la silla que estaba al otro lado del cuarto. La idea de abandonar la cama para cruzar de esquina a esquina el lugar en medio de la oscuridad y el frío, le erizó los cabellos y la hizo desistir de la idea de aventurarse en busca de aquel volumen. En un segundo se convenció que lo mejor que podía hacer era comenzar la lectura al día siguiente, con el sol brillando al otro lado de la ventana.

La mañana sorprendió a Ángela dormitando a sobresaltos. Cuando abrió los ojos, un suave baño de luz ámbar pintaba los colores de un nuevo día los cuatro muros de su cuarto. Una de las puertas del ropero estaba abierta. Al incorporarse, vio la imagen de su rostro asomado entre las sábanas y, tras ella, la ventana donde se divisaba el espantapájaros que parecía saludarla desde el jardín con los brazos en cruz.

—Lo único que me faltaba —masculló sentándose en la cama—. Que desde cualquier esquina se vea ese monigote.

"Espantapájaros", reflexionó. También una palabra que empieza por *esp-*.

Se imaginó a Patricia corriendo a través de un bosque de arbustos y espinos mientras era perseguida por el espantapajaros relleno de paja. Se levantó y cerró con fuerza la puerta del ropero: quería que se quedara en su sitio y dejara de provocarle sorpresas.

Sacó el libro de su mochila y con él en la mano se asomó por el pasillo: quería ver a Rosa para preguntarle sobre la ducha y dónde y cuándo se servía el desayuno. Ni siquiera sabía la hora. Su reloj había fallecido junto con su *iPhone*. Tendría que resolver ese problema lo antes posible. ¿Existiría alguna tienda de relojes en Almahue? Y no sólo eso: ¿dónde iba a conseguir un nuevo teléfono para comunicarse con su madre? La imaginó ansiosa junto a su celular, esperando que sonara en cualquier minuto para así ponerse al día de las actividades de su hija que supuestamente estaba en Concepción. Ése era un asunto que tenía que solucionar de la manera más urgente, concluyó con un suspiro de resignación.

El largo corredor estaba desierto y oscuro. El único problema de vivir de manera temporal bajo el mismo techo que una persona ciega era que se tendría que acostumbrar a encender lámparas a su paso; de lo contrario, debía asumir que sus días transcurrirían en tinieblas. Y esa idea no le hizo gracia.

—¿Rosa…? —exclamó.

Como nadie le respondió, decidió aventurarse por el pasillo en busca de la dueña de la casa. Se arropó con su pijama, porque la temperatura fuera de su dormitorio estaba mucho más baja de lo que había pensado. A tientas dio un par de pasos, palpando el muro para encontrar el interruptor de la luz. Aliviada, lo halló cerca de la puerta de su cuarto que se cerró de golpe sumiendo al lugar en una negrura absoluta. Oprimió el botón pero ningún foco se encendió. Lo intentó un par de veces hasta que, frustrada, comprendió que perdía el tiempo. Entonces, algo crujió al otro extremo del corredor.

—¿Rosa? ¿Eres tú?

El caserón enmudeció luego de su pregunta.

Trató de convencerse que la madera suena al expandirse o contraerse con los cambios de temperatura, y que es normal que las construcciones viejas estén llenas de extraños sonidos imposibles de identificar. A pesar de que se lo repitió una y otra vez, como un mantra destinado a darse valentía, Ángela no estaba convencida de su explicación mientras se internaba pasillo abajo. "En esta misma casa vivían Rayén y su padre a comienzos del siglo pasado", las palabras de Rosa volvían en oleadas a sus oídos en el momento menos oportuno.

Durante un instante tuvo el impulso de regresar corriendo a su dormitorio, de meterse a la cama de un salto, de taparse con los cobertores y esperar a que Rosa fuera a buscarla extrañada de su prolongada ausencia esa mañana. Sin embargo, siguió avanzando con el libro firmemente apretado contra su pecho. Llegó a una esquina y a su derecha, creyó identificar un nuevo tramo de corredor. A su izquierda, palpó lo que supuso era una puerta: su mano se topó con el picaporte. Una línea de luz se filtraba por debajo a la altura de sus pies descalzos. Iba a abrir cuando un nuevo crujido, esta vez a sus espaldas, le congeló la sangre. No había duda: alguien... algo... se acercaba hacia ella. ¿Sería el gato? No, el animal era pequeño y nunca habría producido ese sonido. En su mente irrumpieron los rostros de Rayén, de Karl y un estremecimiento la recorrió de pies a cabeza. Sin pensarlo, giró la manija y entró a la habitación. Frenó en seco al encontrarse frente a Rosa que, plácida y ajena a todo, tejía largas hebras de lana en un telar vertical.

—¿Eres tú, Ángela? —preguntó, orientando sus ojos sin vida hacia la recién llegada.

Iba a contestarle que sí, cuando una mano se le posó en el hombro.

El grito se ahogó a mitad de camino apenas reconoció la tibieza y la dulzura de aquella mano perfecta. Entonces, con toda la tranquilidad del mundo se volteó para encontrar el rostro de Fabián. Olía a bosque, a madera recién cortada, en tanto, Fabián reaccionó turbado por la cercanía y por la enorme sonrisa con la que ella lo recibió.

—Buenos días a los dos. ¿Desayunan conmigo? —dijo Rosa mientras suspendía el tejido de la alfombra.

# 15

## El desayuno

La tetera anunció en un estridente grito que el agua ya estaba lista en su vientre de aluminio. La delicada mano de Rosa sirvió tres tazas de una fragante infusión de hojas de menta y cedrón que ella misma cortó de diferentes macetas. Luego, se las entregó a Ángela y Fabián, quienes estaban sentados en los extremos de la mesa. Apenas se acomodó en la silla, la joven se dio cuenta de que el muchacho no se atrevía a mirarla. Y no sólo eso: hacía todo lo posible para evitar que sus ojos se encontraran.

Ángela lo asumió como un halago: era obvio que ambos se encontraban atractivos, y que cuando estaban juntos el deseo les atenazaba el estómago, alterándoles los sentidos y confundiéndoles la mente. Sin embargo, para Fabián, la realidad no era color de rosa. Al descontrol de sus deseos debía sumar una dolorosa punzada que le paralizaba el corazón y que lo obligaba a doblarse. Así de terrible era el hechizo. ¡El cuerpo entero se le convertía en piedra y tenía la sensación de que todo, por dentro y por fuera, dejaba de moverse! Cuando pensaba que el desmayo era inevitable, pues no conseguía inhalar la más mínima bocanada de oxígeno, su organismo reaccionaba casi por milagro y los pulmones se le inflaban de golpe como un fuelle que ponía en marcha el mecanismo de la vida, revitalizándole la circulación sanguínea, los latidos cardiacos y el movimiento de sus músculos. "Ay, don Ernesto —pensó en silencio—. Cómo me gustaría que estuviera equivocado".

—¿Dormiste cómoda? —quiso saber Rosa mientras se sentaba entre los dos.

—Sí, muy bien. Comodísima —contestó Ángela.

—¿Y qué estás leyendo? —volvió a preguntar la joven ciega, dándole una mordida a su pan con mantequilla y queso fresco.

Ángela se demoró unos segundos en comprender que se refería al libro que aún sostenía entre sus manos. "¿Cómo se había dado cuenta de su existencia si nadie ha hecho un comentario al respecto hasta ese momento? ¿Sería realmente una persona invidente?", se cuestionó Ángela, "¿o los estaba engañando a todos?"

—Es sobre Rayén, la bruja de Almahue —respondió.

—¿Y qué te parece la historia? —Rosa dio ahora un sorbo a su infusión.

—Todavía no empiezo a leerlo.

Ángela notó que la dueña de casa esbozó una sonrisa. ¿Se estaba riendo de ella? Volteó hacia Fabián que permanecía mudo. No pudo verle el rostro, pues tenía la cabeza inclinada hacia delante y sus ojos estaban fijos en el vapor humeante de su taza. De pronto, algo rozó su pie descalzo bajo la mesa. Ángela dio un salto y un grito que los asustó a todos: de entre las patas de su silla irrumpió el gato negro, distante y despectivo, que con toda la calma del mundo atravesó la cocina y se metió tras uno de los muebles.

—Vas a tener que disculpar a Azabache —dijo Rosa—. Le encanta hacerle bromas a los recién llegados.

Ángela sólo consiguió esbozar una mueca que inútilmente intentó disfrazar de sonrisa. Era muy difícil disimular que detestaba a ese animal.

Rosa, ante el silencio, comenzó a contarles que estaba terminando una nueva alfombra. Le comentó a Ángela que el proceso de fabricación empezaba con el teñido a mano de la lana con colorantes naturales obtenidos de flores y raíces. Después, las madejas se cortaban en hilos de igual tamaño, para ser anudados uno a uno en un enorme telar. Una vez que la alfombra estaba tejida en el bastidor, se cortaba el paño, se anudaban las orillas y se eliminaban las impurezas de la lana. Después de escarmenar el pelo, se procedía a rasurarlo para darle así una altura regular.

La última etapa era el de apresto, hecho a base de aplicarle cola de hueso soluble en agua: gracias a este pegamento, la alfombra adquiriría cierta rigidez.

—¿Tú diseñas los dibujos que tienen? —preguntó Ángela sorprendida.

—Sí, Rosa es la mejor artista del pueblo —respondió Fabián, sacando la voz por primera vez.

El joven tampoco miró a la forastera en esta ocasión, pero pudo sentir claramente como sus ojos se volvían hacia él y le recorrían el cuerpo. Su pulso se aceleró, y un estridente zumbido le invadió los tímpanos. Por una fracción de segundo estuvo dispuesto a enfrentar los hermosos ojos que lo buscaban, pero se arrepintió: estaba jugando con su vida. Nadie había podido vencer al *malamor*. Nadie. El cementerio de Almahue estaba lleno de los infortunados que desafiaron al embrujo y murieron padeciendo los más violentos dolores de cuerpo y alma. Y él estaba camino a convertirse en uno de ellos, sólo por no resignarse a dejar de mirar a aquella joven de cabellos rojizos y de piel tan blanca como el ventisquero que, por alguna extraña razón, era todo en lo que podía pensar.

Se puso de pie, dándole la espalda.

—Don Ernesto me pidió que te viniera a buscar —dijo mirando hacia la pared y sintiéndose completamente estúpido.

—¿Y quién es don Ernesto? —exclamó ella.

—El patriarca del pueblo —respondió Rosa desde su lado de la mesa—. Ésta sí que es una sorpresa... hace años que ya no quiere ver a nadie. Seguramente va a contarte la historia de Rayén —concluyó en tono cómplice.

—¿Y qué puede saber él de la bruja? —inquirió Ángela.

Fabián y Rosa apretaron los labios y guardaron silencio, provocando que Ángela tuviera la certeza de que había dicho un disparate. ¿Existiría alguien en Almahue que no estuviera relacionado a esa hechicera de alguna u otra manera?

—Don Ernesto es la única persona que queda viva en este pueblo, que conoció a Rayén —dijo Fabián muy serio.

—Voy a vestirme y vengo —fue todo lo que atinó a decir la joven antes de abandonar la cocina.

Fabián siguió con el rabillo del ojo el rastro rojizo que dejó su cabello en el aire, antes de desaparecer al otro lado de la puerta. No pudo evitar que un indiscreto suspiro se le escapara. Veloz, hizo el intento de disimular sus sentimientos frente a Rosa, pero supo que su estado era más grave de lo que había imaginado. Ya no podía dejar de mirar el rostro de Ángela. Para eludir a la muerte tendría que tomar decisiones mucho más drásticas; aunque por ella bien podría quemarse en el infierno el resto de la eternidad. Estaba seguro que un beso bien valía su sacrificio.

# 16

## Bienvenida a casa

Cuando Fabián y Ángela cruzaron la plaza rumbo a la casa de los Schmied, los ojos de la joven quedaron atrapados por la hilera de personas que formaban una larga cadena humana desde el pozo hasta el árbol inmenso. De mano en mano se pasaban cubetas llenas de agua, que el último de la fila le vertía en las raíces para luego devolverla y recibir otra. A pesar de la coordinada ejecución de movimientos, el ánimo no era bueno. Varios se gritaban insultos, que otros contestaban aún más alterados y coléricos. Cuando Ángela se detuvo unos segundos a mirar, sorprendida del despliegue, la furia colectiva y el trabajo en equipo, Fabián frenó sus pasos y se le acercó por detrás.

—Una vez al día se organiza un grupo para tratar de mantenerlo con vida —explicó el muchacho.

—¿Tanto miedo le tienen a la leyenda? —le preguntó Ángela.

—No es una leyenda, es nuestra realidad —contestó mirando la lejanía para no encontrarse con el arrebato de sus pupilas.

Ángela tenía muchas dudas, pero la más grande era descubrir porqué Fabián no la miraba a los ojos. Por su parte, el joven quería hablarle del *malamor* para completar su respuesta, quería contarle de la inclemente lanza invisible que le atravesaba el pecho cada vez que pensaba en ella y en lo afortunado que era de sentirla cerca. Y ese espasmo que lo atormentaba no era una leyenda: era un hecho tan concreto como la inminente muerte del árbol de la plaza o los temblores que cada vez eran más violentos.

La joven le iba a hacer otra pregunta, pero Fabián siguió avanzando sin esperar a que ella retomara la marcha. Ángela, con un gesto de desagrado, se dio por vencida: valía más que guardara silencio. Sin embargo, no había nada en ese muchacho taciturno y terco que le desagradara. En el fondo le divertía su esforzado empeño por mantener su distancia, y la poca capacidad que tenía para evitar que sus orejas se encendieran de rojo cada vez que le decía algo. Lo vio alejarse calle arriba. Se quedó unos instantes contemplando su espalda de nadador, la camisa tensa a causa del ancho de sus huesos y el recorte algo tosco de su cabello en la nuca, su bamboleo de marinero acostumbrado a las olas y no a la tierra firme.

Antes de correr tras él, Ángela dio un último vistazo a la larga hilera de habitantes de Almahue que se esforzaba por regar el árbol. De pronto, la respiración se le ahogó en un nudo ciego al mirar a un hombre de poca estatura, curvado hacia delante, con una prominente barriga y una notoria calva. Era *él*. Claro que era él: el viejo del ferri, el que le habló del Coo por primera vez, el que parecía saber mucho más de lo que debía.

El hombre la miraba con sus ojos pequeños y oscuros, rodeados por una piel tensa y brillante, como si le quedara chica al tamaño de su calavera. Tuvo el impulso de ir a su encuentro, envalentonada por la idea de que ese anciano tuviera alguna noticia de Patricia. Pero un griterío llamó su atención: dos hombres se trenzaban a golpes porque, al parecer, uno de ellos dejó caer la cubeta al suelo, derramando el agua. Los demás de la fila, en vez de separarlos, comenzaron a discutir con el que tenían más cerca, tomando partido por alguno de los dos luchadores. La batahola subió en intensidad y la joven tuvo miedo de que alcanzara proporciones de tragedia, considerando la agresividad que se apoderó de la turba.

Buscó al viejo, pero no lo vio por ninguna parte: había desaparecido. Una mano la tomó por el codo y la empujó hacia atrás.

—¡Vamos! —le ordenó, y ella dejó que Fabián la sacara de ese lugar.

La enorme casa de los Schmied estaba al final de una calle sin salida. Remataba el camino con sus tres pisos, varios techos en desniveles, y su bien cuidada sucesión de ventanas y torreones. Una gruesa capa de pintura amarilla cubría las maderas de sus muros externos, mientras que la de los marcos de las puertas y la reja que bordeaba el jardín era blanca. Lo que más le llamó la atención a Ángela fue una redonda claraboya en el vértice superior del tejado, un gran ojo cíclope que oteaba Almahue desde lo alto. La muchacha caminó hacia la entrada principal, pero Fabián se desvió por un sendero lateral.

—Yo tengo que entrar por la cocina —le anunció—. Espéreme aquí, que vuelvo para abrirle.

Antes de que ella pudiera replicar, el joven corrió bordeando la casa.

Ángela quedó desconcertada con la situación: ¿qué significaba eso? ¿Acaso la familia Schmied no le permitía el acceso por la puerta principal? ¿Qué clase de gente era ésa, que aún mantenía viva la costumbre de seleccionar a los que podían cruzar el umbral de su residencia? Sumida en sus reflexiones, no se percató de que Fabián ya le había abierto y la esperaba.

—Adelante —dijo.

Ángela entró a un elegante lobby, que lucía un suelo de elaborado parquet y un sutil papel tapiz color lavanda en los muros. Un candelabro se balanceaba sobre sus cabezas e iluminaba con delicadeza la estancia. La joven se sintió trasportada a una película de época, donde la decoración hablaba de rancios abolengos y pujante economía. Por un momento sintió que sus gastados jeans y su enorme abrigo desentonaban con la escenografía que la rodeaba.

—¿Aquí vives? —preguntó sorprendida.

—Mi mamá es la cocinera de la casa —respondió Fabián—. Y yo vivo aquí con ella.

Ángela comprendió la situación, y más cerca se sintió del joven que hacía hasta lo imposible por no mirarla a la cara. Lo imaginó durmiendo en una oscura habitación al fondo de la residencia, en un estrecho y húmedo cuarto, mientras los demás gozaban del lujo excesivo en un pueblo como Almahue. El inquieto latido de la injusticia se le instaló en el pecho y la hizo fruncir el ceño. Algo le dijo que no le sería fácil tolerar a ningún Schmied.

—¿Tenemos visitas? —oyó a sus espaldas.

Al girar, se encontró con una atractiva mujer de unos cincuenta años, de riguroso cabello peinado en un moño sobre la nuca y una falda larga y oscura que tan sólo dejaba a la vista la punta de sus zapatos.

—Vaya, a ti nunca te había visto —dijo mientras terminaba de bajar las escaleras—. Silvia Poblete de Schmied —se presentó, y Ángela se preguntó cuál sería el interés por recitar tanto apellido en lugar de simplemente decir "hola".

La visitante respondió con un movimiento de cabeza. Por alguna razón supo que la mujer que tenía enfrente era la responsable de que Fabián no pudiera entrar por la puerta principal. La tirantez del pelo, la tensión de sus facciones, el altivo aplomo de su cuello y mentón, eran las señales que definían a Silvia como una estricta y severa dueña de casa.

—Don Ernesto mandó a buscar a la señorita Ángela —intervino Fabián.

—Eso es imposible. Hace muchos años que mi suegro no quiere ver a nadie —contestó Silvia sin quitarle los ojos de encima a la recién llegada—. Me temo que aquí hay algún mal entendido. Te hicieron venir en vano —sentenció, avanzando hacia la puerta.

—¡Pero qué dices, mujer! —se escuchó en ese momento.

Ángela vio entrar al lobby a un hombre de cabellos canos, vestido con una gruesa chamarra repleta de bolsillos. Una bufanda de lana le rodeaba el cuello y la punta de su nariz se veía enrojecida por el frío.

—¡Vaya, hasta que por fin apareces! —exclamó la mujer—. ¿Se puede saber dónde estuviste metido?

Acusando una ligera cojera en su pierna derecha, el recién llegado se acercó hasta Silvia y desde ahí le sonrió a Ángela.

—Bienvenida a nuestro hogar. Soy Walter Schmied —dijo solemne. Y luego se volvió hacia su esposa, evitando responderle—. No seas mala anfitriona. ¿Hace cuánto que no recibimos una visita?

—Pero dice que tu papá la mandó llamar —se defendió ella.

—Fabián, lleva a… Disculpa, ¿cómo te llamas?

—Ángela —contestó sintiendo una súbita amistad por el hombre que le sonreía.

—Muy bien. Muchacho, lleva a Ángela con mi papá —sentenció.

Fabián asintió con la cabeza y le señaló a Ángela el camino a seguir. Ella, con cierto desagrado, comprendió que Fabián estaba al servicio de una familia que sólo lo veía como un sirviente. Se dio cuenta de que la palabra "señorita" con la que recién se había referido a ella —al igual que la imposibilidad de Fabián de mirarla a los ojos— tenía la lógica del hombre obligado al respeto. Pero, en el fondo, ella sabía que Fabián era más que un simple sirviente: se lo dictaban el corazón y la razón. Sumida en esas reflexiones, empezó a subir junto a él que le transmitía la tibieza de su cuerpo.

Estaba dando la vuelta en el quiebre de la escalera, cuando escuchó quejarse a Silvia en la planta baja:

—Tú vas a ser el único responsable, Walter. ¡Ya no te reconozco! ¡Tú vas a tener la culpa de toda la desgracia!

La joven siguió a Fabián por un largo pasillo. Hizo el intento de mantener la boca cerrada, pero no fue capaz. Por eso, a la menor oportunidad que se le presentó, murmuró con complicidad:

—Qué señora tan desagradable. No sé cómo la aguantas.

El muchacho no le respondió y continuó caminando.

"Y además de todo es discreto y leal", pensó Ángela. Aunque por alguna razón que aún no comprendía, estaba segura que Fabián era mucho más rebelde y peligroso de lo que aparentaba. Y era precisamente el misterio lo que lo dotaba de un irresistible atractivo.

Un portazo a sus espaldas los hizo detenerse.

Sobresaltada, volteó para ver salir de una de las habitaciones a un hombre de unos treinta años. De inmediato reconoció en él los ojos y la nariz de Walter Schmied, y el gesto altivo y distante de Silvia Poblete. Era la combinación perfecta de ambos, el resumen absoluto de sus padres. No le cupo duda alguna que era hijo de los dueños de la casa.

—¿Y no me piensas presentar a esta encantadora visita? —dijo, la mirada fija en ella, acercándose al tiempo que lucía una sonrisa de galán y mientras le guiñaba el ojo.

"Ay, no", se quejó Ángela en silencio. Lo único que le faltaba: tener que enfrentarse a un pedante que la recorría de pies a cabeza.

—Egon Schmied Poblete —se presentó de la misma manera que su madre, echando mano de todos sus apellidos y linajes.

Ella le devolvió el saludo sin mucho entusiasmo. Egon llegó a su lado. Su intenso aroma a perfume le provocó cosquillas en la garganta. De manera instintiva, Fabián se pegó un poco más a Ángela. La joven sintió su hombro contra su cuerpo y una oleada de calor la recorrió por dentro.

—Qué suerte la mía. En menos de tres semanas he tenido la posibilidad de conocer a dos bellas forasteras

—exclamó Egon con una forzada sonrisa—. ¡Qué he hecho yo para merecer una...!

Pero, sorpresivamente, dejó inconclusa su frase. Ángela notó un brillo de temor en los ojos del primogénito de Walter y Silvia, un brusco arrepentimiento que lo hizo retroceder unos pasos y cerrar la boca con un golpe de sus dientes.

—Disculpa —lo encaró la joven con inquietud—, ¿pero de qué otra forastera estás hablando?

La respuesta tardó unos segundos en llegar.

Ángela vio que las manos de Egon temblaban.

—Hace un par de semanas tuvimos la visita de un grupo de excursionistas argentinos, y entre ellos venía una atractiva turista. También era pelirroja, como tú. Y bueno... pues hubo una química especial entre los dos... Tú me entiendes —contestó disimulando su nerviosismo, y alzó las cejas con picardía.

Un silencio incómodo se instaló entre los tres. Ninguno supo bien qué decir.

—Don Ernesto nos está esperando —interrumpió Fabián, retomando la palabra después del prologando mutismo.

El joven llevó a Ángela con él, rumbo a la escalerilla que desembocaba en el ático.

Egon se quedó solo en mitad del pasillo, tenía la sonrisa congelada y un hilo de sudor le corría por la sien. Estuvo a punto de cometer un gran error pero, al parecer, nadie se había dado cuenta. Tendría que ser más cuidadoso. Lo único que faltaba era que, por un descuido que podía costarle la vida, se le escapara el nombre de Patricia Rendón. Se prometió no hablar más de lo necesario, especialmente frente a la forastera que le provocó una enorme desconfianza. Iba a tener que tomar cartas en el asunto... y lo antes posible.

Con ese pensamiento puso fin a la falsa sonrisa y dejó que un brillo de oscuridad regresara a sus pupilas. Con un estudiado movimiento de su mano peinó hacia atrás sus engominados cabellos y se metió en su dormitorio.

Apenas entró Ángela a la habitación, sintió la agradable temperatura del cuarto.

Al instante vio la estufa salamandra encendida en una esquina, con su largo caño de aluminio que subía hasta el techo en declive. Dejó que sus ojos recorrieran el ático de lado a lado, y que se detuvieran en los voluminosos muebles de nobles maderas, en las fotografías que cubrían paredes y estanterías, en las postas de libros que hacían torres junto a la cama. "Es un lugar agradable", pensó Ángela. "Ideal para encerrarse a leer, escribir o ver una película en la computadora".

—Don Ernesto... —murmuró Fabián apenas entró.

Fue entonces que Ángela lo vio.

Al principio lo había confundido con las sombras que se proyectaban sobre los muros. Aquella delgada figura se desprendió en silencio de la oscuridad que rodeaba la ventana redonda, donde estaba parado cuando los jóvenes entraron al dormitorio.

Ernesto Schmied posó sus ojos azules sobre Ángela y dejó que sus noventa años le sonrieran a modo de bienvenida.

—Así es que tú eres la que anda preguntando sobre Rayén —susurró, casi inaudible.

Ella asintió con la cabeza, súbitamente conmovida por la imagen del anciano de elegante estampa y frágil complexión que, ayudado por un bastón, se le acercó a pasos cortos. Estiró la mano marcada por el tiempo y cruzada de venas, y le palmeó uno de sus hombros con infinita ternura.

—Me alegro de conocerte, Ángela. Llevo muchos, muchísimos años esperándote —dijo con emoción—. ¿Puedo ofrecerte algo?

La casa de Rosa casi estaba en completo silencio. Sólo se escuchaba el roce de las hebras de lana al frotarse en el telar donde se confeccionaban las alfombras. El pasillo, siempre a oscuras, también parecía reposar del ajetreo de la mañana. La habitación de la forastera, sin embargo, bullía de actividad. Primero fue la puerta, que se abrió despacio con un quejido. Un vientecillo helado se coló al interior, sacudiendo el ruedo de las cortinas y el borde del edredón. Las maderas crujieron ante el brusco cambio de temperatura. Incluso el libro, dejado inocentemente sobre la mesa de noche, abrió sus páginas. *Rayén*, decía su título en la portada. Después, las dos hojas de la ventana se separaron impulsadas por la corriente de aire que las golpeó desde afuera. Un pequeño remolino alborotó las pocas pertenencias que ahí estaban. Empujó la mochila hacia un costado, deslizó el cierre de la maleta y fue sacando una a una las prendas que contenía. Y, por último, al cruzar frente al ropero, rozó una de sus puertas que se entreabrió lo justo para reflejar al espantapájaros en el jardín, sacudido por aquel tiempo inclemente. Su impertérrito rostro hecho de costuras no se inmutó al ver volar el libro ventana afuera, cual pájaro de papel, impulsado por las corrientes intrusas. El volumen se perdió, sin remedio, entre las nubes de tormenta.

# 17

## Parece que fue ayer

—Era cosa de tiempo para que alguien se interesara en esta historia —dijo Ernesto Schmied mientras tomaba asiento en su sillón de cuero—. No quería morirme sin saber que, al menos, alguien mantendría vivo el interés en Rayén.

—¡No diga eso! —lo encaró Fabián con un brillo de temor en la mirada—. A usted todavía le queda mucho tiempo.

—Eso no es cierto, muchacho. Este cuerpo ya no aguanta mucho más —respondió sin alterarse.

Dicho esto, volteó hacia Ángela que lo miraba en silencio.

—¿Me podrías contar cómo fue que te enteraste de la *Leyenda del malamor*?

La muchacha le narró su primer encuentro con aquellas fotocopias en la biblioteca de la Facultad de Ciencias Sociales hacía ya más de un año. Fascinada con el tema, buscó un poco más de información y consiguió ampliar los documentos escritos por Benedicto Mohr. Su profesor del seminario le aportó alguna bibliografía, sobre todo aquella que tenía relación con la mitología mapuche y de la Patagonia.

—¡Benedicto Mohr! —exclamó el anciano y hizo un gesto con las manos—. Él era un hombre de buenas intenciones... Pero nunca supo realmente la verdad. Inventó muchas cosas para completar las lagunas de su trabajo.

—¿Usted lo conoció? —preguntó Ángela, fascinada.

—Claro que sí. Mohr vivió en Almahue durante un tiempo, mientras escribía un libro sobre Rayén. Después de terminarlo, desapareció misteriosamente.

—Yo tengo ese libro —declaró la joven.

Ernesto Schmied alzó las cejas con un gesto de agrado, afirmó con la cabeza y apoyó sus manos en los brazos del sillón.

—Vaya... estás mucho más preparada de lo que pensé. No es fácil conseguir ese libro.

—Digamos que he tenido suerte —le replicó, regalándole una sonrisa de satisfacción.

Fabián no pudo ocultar un suspiro de admiración por la jovencita que conversaba de igual a igual con el patriarca de la familia. Le sorprendió el tono calmado de su voz, el aplomo con el que se dirigía a don Ernesto como si lo conociera de toda la vida. A pesar de que estaba en un pueblo lejano, en una casa extraña, viviendo una situación bastante insólita, ella se daba el tiempo incluso para ser amable y contestar todas las preguntas que le formularan. "Por un beso de ella bien vale la pena sufrir las consecuencias del *malamor*", pensó Fabián al tiempo que asintió despacio con la cabeza. De inmediato, un inequívoco espasmo sacudió la boca de su estómago: un ardiente volcán le nació entre las costillas y lo hizo respirar más rápido de lo necesario. Con disimulo, para no preocupar a nadie, se apoyó contra una de las paredes y se quedó quieto, dejando que ese sudor frío, que lo bañó de pies a cabeza, se evaporara de su piel y le permitiera retomar la conversación.

Don Ernesto le hizo un gesto a Fabián una seña para que se acercara.

El muchacho se sacudió los restos de dolor y acudió veloz. Lo tomó por un codo, y lo ayudó a ponerse de pie. Los huesos del anciano crujieron como una castañuela cuando enderezó su espalda y emprendió la marcha rumbo al escritorio. Ángela lo vio avanzar paso a paso. Con toda la calma del mundo abrió uno de sus cajones y metió la mano dentro.

—Hace mucho, mucho tiempo, que estaba esperando poder darle esto a alguien —murmuró, sacando del interior de la gaveta una libreta de tapas negras—. Comprenderás que tenía que entregársela a una persona que no viviera en Almahue, y que no estuviera bajo el influjo del *malamor*... como todos nosotros.

La forastera recibió el cuaderno en silencio.

Curiosa, de inmediato desató la cinta que mantenía las páginas en su sitio y comenzó a hojearlas. En la primera página leyó: "28 de febrero de 1939". Su corazón dio un salto. Alzó la vista y se encontró con los ojos del anciano que le sonreía con dulzura.

—Sí. Ahí está toda la historia de amor que viví con Rayén.

Aquellas palabras tuvieron el efecto de una bomba en Ángela. Por un segundo se quedó inmóvil, incapaz de articular algún sonido. ¿Era cierto, entonces? ¿La famosa leyenda, la de la bruja despechada que sometió a un pueblo entero al tormento de su maldición no era un cuento que se había mantenido vivo de generación en generación? ¿Y Patricia? ¿Estaba en peligro?

—¿Usted? ¡¿Usted es el enamorado que la rechazó?! —exclamó sin poder creer lo que le estaba pasando.

—Sí, fui yo. Y créeme que no me siento muy orgulloso de mi decisión —contestó el anciano—. No hay un día que no piense en ella. La recuerdo como si nuestra última cita hubiese sido ayer.

Ángela se llevó una mano a la boca, atrapando un gritito que intentó escapar de sus labios. Sintió que aquella libreta de tapas negras, que contenía un centenar de páginas escritas con perfecta caligrafía, le latía en las manos. Tuvo el impulso de salir corriendo de ese ático, bajar las escaleras, lanzarse a la calle, atravesar la plaza y meterse de un brinco debajo del cobertor, allá en casa de

Rosa, para dedicarse a la lectura del cuaderno de Ernesto Schmied. Escuchó el fuego crepitar dentro de la estufa salamandra.

—Necesito que alguien se encargue por fin de buscar la solución del hechizo —pidió el hombre, bajando el tono de su voz—. Almahue ha sufrido demasiado por mi culpa. Ángela, ¿tú me ayudarías a devolverle el amor a mi gente? —pidió.

Ángela no supo qué responder.

La cabeza le daba vueltas: un torbellino de imágenes se sucedían como brevísimas fotografías. Ahí estaba el grito de desesperación de Patricia, su madre esperando por una nueva y tranquilizadora llamada, la devastadora presencia de Rayén, su largo viaje por el país, el paisaje del fin del mundo, los ojos de Fabián, la boca de Fabián, las manos de Fabián, las palpitaciones que sentía cada vez que él se le acercaba, la petición de Ernesto Schmied de salvar un pueblo entero de desaparecer tragado por las fauces de la tierra. A tropezones buscó una pared donde apoyarse.

Fabián corrió a su encuentro, la sostuvo y evitó que sus piernas se doblaran. Fue entonces cuando Ángela miró hacia la ventana redonda: la tarde comenzaba a apagarse por la prematura oscuridad de la tarde. Y también lo vio a él: los enormes ojos amarillos fijos en ella, su plumaje de lechuza sacudido por el viento, la ferocidad de su breve pico golpeteando el cristal como si quisiera entrar.

—¡El Coo! —gritó.

Su primer deseo fue atravesar la estancia rumbo a la puerta. Pero no fue capaz. El Coo venía por ella. ¿Acaso la estaba siguiendo? Primero en el ferri. Ahora en el dormitorio de don Ernesto Schmied. Tenía que escapar de ahí, correr para alejarse de la maldición, de la bruja que parecía reírse de ella con cada gota de lluvia que caía sobre el pueblo.

Por fin consiguió despegar los pies del suelo, anclados de puro miedo y salió fuera del dormitorio.

Apenas cruzó la puerta, sintió una mano que la retenía.

Se dio vuelta y quedó cara a cara con Fabián, sus ojos encendidos la miraban hasta el fondo de sus pupilas.

—No voy a dejar que nada malo te pase —le susurró mordiendo las palabras.

La acercó con fuerza y su boca rozó su nariz, la curva de la mejilla. Ángela cerró los ojos, y dejó que su aroma a madera ahumada, a bosque mojado por la lluvia, a cielo cubierto de nubes, la invadiera enteramente.

Fabián la besó con urgencia, rechazando en silencio los malos augurios que aleteaban en su mente, tratando de concentrarse en aquel estallido de placer que por un instante lo elevó en un aleteo de paraíso. Por una breve eternidad sólo existieron sus labios, sus manos que se trenzaron en un abrazo inseparable, sus dos corazones se desbocaron al mismo compás.

Una sacudida hizo crujir el pasillo.

Dos gritos se oyeron en la planta baja.

Y, casi al instante, un rugido ensordecedor llegó desde la calle acompañado de fuertes pisadas, carreras y empujones.

—¡Reverdeció! ¡El árbol reverdeció!

Ángela comprendió lo que estaba escuchando.

Avanzó hacia una ventana en el pasillo para ver la multitud que se acercaba a la casa de los Schmied. Todos alzaban los brazos, aplaudían, se felicitaban los unos a los otros. Sus rostros estaban iluminados por las sonrisas.

—¡El árbol reverdeció! —escuchó claramente que decían.

Ángela alzó la vista por encima de los cientos de cabezas apostadas en la zona. Su mirada voló sobre los techos de las casas vecinas, de la vegetación circundante, y chocó con la monumental fronda del árbol de la plaza: junto a la única rama que aún se mantenía vivía, descubrió el nacimiento de una nueva rama, todavía débil por el reciente parto, con tres o cuatro hojas que terminaban de desenrollarse y que se movían sacudidas por el viento de la tarde.

—¡Alguien en el pueblo pudo sentir amor! —gritó eufórica una mujer dando brincos junto a la verja de la casa de los Schmied.

Cuando volteó para celebrar la noticia con Fabián, lo encontró de rodillas en el suelo. El muchacho levantó la cabeza con gran dificultad. Su rostro estaba pálido, sudoroso; la sombra de la muerte le cruzaba los ojos que no pudo mantener abiertos por mucho rato. Trató de balbucear alguna palabra, pero su cuerpo cayó sobre el parquet como una marioneta a la que le cortan los hilos. Don Ernesto tenía razón: se estaba jugando la vida.

# SEGUNDA PARTE

La peligrosa jornada es una labor
no de adquisición sino de readquisición,
no de descubrimiento sino de redescubrimiento.
Se revela que las fuerzas divinas buscadas
y peligrosamente ganadas
han estado siempre dentro del corazón del héroe.

Joseph Campbell, *El héroe de las mil caras*.

# 1

## Pueblo hostil

E l diagnóstico del médico fue categórico: luego de una cuidadosa observación, dijo que Fabián padecía anemia fulminante. Ésa fue su manera de justificar las palpitaciones, la fatiga, los vértigos, la falta de concentración, la respiración agitada y la palidez de su piel. Aunque sus palabras parecían sensatas, Ángela, Ernesto Schmied y Elvira sabían que estaba equivocado: su mal nada tenía que ver con enfermedades de la sangre. Lo suyo simplemente se llamaba *malamor*. Por eso, Elvira fue tan dura con Ángela cuando encontró a su hijo tirado en el pasillo del segundo piso, y ni siquiera se detuvo a dedicarle una mirada. Tampoco le dirigió la palabra mientras lo bajaban a su habitación para recostarlo en la cama y llamar con urgencia al doctor Sanhueza, el director de la única clínica del pueblo. Y por ello, apenas se aseguró de que su retoño seguía respirando, Elvira le exigió con voz cortante que la dejara con él sin darle las gracias por pedir ayuda cuando Fabián cayó desmayado. Para ella, la forastera tenía la culpa de que su único hijo estuviera al borde de la muerte. ¡Lo había cautivado con su presencia!

Sin embargo, Elvira tuvo que reconocer que la muchachita era muy hermosa, que tenía un rostro único, pálido y pecoso, enmarcado por ese cabello de un color que nunca antes había visto. Ángela empezaba a dejar atrás la primera juventud para parecerse a la adulta que llegaría a ser. Y eso siempre es muy atractivo. Elvira comprendió el efecto que debió causar en Fabián: Ángela era capaz de provocar un enorme deseo de protección, y Elvira no dudó que eso había sentido su hijo cuando la vio por primera vez. Por lo mismo, debía mantenerla lejos, lo más lejos posible de su hijo, costara lo que costara.

Cuando Ángela salió de la casa de los Schmied, levantó la vista hacia la ventana redonda. A través del vidrio vio a don Ernesto haciéndole adiós con la mano, como un fantasma a punto de desvanecerse en la penumbra de la tarde. Ella le devolvió el gesto, apretando contra su pecho la libreta que empezaría a leer apenas regresara a su dormitorio.

La calle aún estaba invadida por los habitantes de Almahue, que gritaban su alegría y alivio ante lo que parecía ser el primer revés del hechizo: una segunda rama, de un verde lustroso, se alzaba firme y robusta en lo alto de la copa. Familias completas estaban en torno del árbol. Los más viejos jugaban dominó y baraja española, otros brindaban, y los más pequeños se correteaban y se escondían tras el tronco.

Por un instante, la plácida imagen convenció a la joven de que la normalidad había vuelto al pueblo. Entonces recordó el rostro de profundo dolor de Fabián: ahí estaba, en el piso, mirándola desde el precipicio de la agonía. Su estómago se apretó por la angustia. Toda la felicidad era producto de su sufrimiento. Aquella nueva rama había nacido porque él tuvo las agallas para desafiar al *malamor* y torcerle la mano al destino, sólo por seguir el impulso de sus sentimientos.

Ángela detuvo sus pasos y se concentró unos instantes en la algarabía que se adueñaba de la plaza. Hombres y mujeres, viejos y niños, todos estaban ahí para celebrar. Tuvo deseos de gritarles que eran crueles, desalmados, que no podían alegrarse ya que en ese momento un muchacho trataba de recuperarse de un terrible mal, sólo porque se atrevió a besarla, a amarla sin que su futuro le importara. Un escalofrío de certeza le recorrió la espalda: Fabián estaba enamorado de ella. La intensidad del beso, la manera como la miró a los ojos, las toscas pero infinitamente dulces palabras que le susurró al oído: "No voy a dejar que nada malo te pase", eran razones irrefutables de su pasión.

Con dificultad frenó el impulso de volver sobre sus pasos, entrar a la casa de los Schmied, llegar hasta la habitación de Fabián y abrazarse a él aunque el mundo entero se viniera abajo. Pero no, no iba a provocar que su salud empeorara. ¿Podría volver a verlo? ¿Elvira le permitiría acercársele, aunque sólo fuera para decirle adiós cuando llegara la hora de regresar a Santiago? Su garganta se apretó en un nudo que le impidió tragar. No estaba en sus planes toparse con alguien así en su viaje a Almahue. De hecho, no podía permitir que nada la alejara de su objetivo: encontrar lo antes posible a Patricia. ¿Qué hacer?

De pronto, una sombra sobrevoló su cabeza. Al alzar la vista descubrió que se trataba de una enorme ave, de blanco plumaje, que giraba en círculos alrededor de la plaza. Sus estilizadas formas y la gracia de sus movimientos le recordaron una garza, aunque no fue capaz de confirmar qué clase de pájaro era. Pudo apreciar sus enormes ojos negros que brillaban con inteligencia, como si supiera lo que estaba sucediendo. El ave planeó unos instantes, rozando con sus largas patas la copa del árbol, elevándose para luego bajar. Enfiló su vuelo hacia Ángela, como si quisiera embestirla, atraparla con sus garras. Entonces emitió unos sonidos monocordes y guturales: verdaderos gritos ásperos y desgarrados que erizaron la piel de la forastera, que se arrojó a un costado de la calle para evitar el encontronazo.

Un grupo de niños pasó corriendo junto a ella, golpeándola sin querer. El cuaderno de don Ernesto Schmied cayó al suelo, y desapareció entre los zapatos que levantaban tierra y dejaban sus huellas al perseguirse. Ángela dio un grito y se lanzó a recuperarlo, empujando a quien fuera necesario.

Un llanto infantil cortó el jolgorio y un brusco silencio se apoderó de la plaza. Todos miraron a la forastera que nadie reconoció: la vieron de rodillas, forcejeando con una niña de siete años que, bañada en lágrimas, aún tenía la suela de su bota sobre la libreta de tapas negras.

Cientos de ojos endurecieron su expresión. Nerviosa, se puso de pie. Se sacudió los pantalones, siempre observando a sus hostiles vigilantes. Con gran disimuló miró hacia las alturas y comprobó con alivio que el ave había desaparecido. Entonces, echando mano de los movimientos más suaves y amistosos, recuperó el cuaderno, lo guardó en un bolsillo y le hizo un torpe cariño en el pelo a la niña que redobló sus lamentos para seguir llamando la atención.

Dos mujeres y un hombre se abrieron paso entre la muchedumbre y empezaron a acercarse a Ángela con cara de pocos amigos. Un repentino sentimiento de alerta hizo que la joven decidiera que ése era el momento para salir de ahí. Ya había sido testigo de cómo las cosas en Almahue se convertían en episodios de inusitada violencia, y no tenía el más mínimo interés de verse envuelta en uno de ellos. Retrocedió algunos pasos. Sus músculos estaban tensos, y su corazón bombeaba arrítmicas oleadas de sangre.

Al girar, descubrió que otro grupo de mal encarados venía aproximándose a ella en actitud de confrontación. Quiso cerrar los ojos para esfumar el miedo y todo lo que la rodeaba, pero eso no hubiera dado resultado: nada iba a cambiar el hecho de que estaba ahí, sola, acorralada en una plaza invadida por gente muy poco amistosa.

No había para dónde correr.

Apretó con fuerza los puños, dispuesta a defenderse hasta donde su cuerpo se lo permitiera. Calculó con un rápido vistazo que eran más de veinte los que venían a su encuentro. Hasta la naturaleza se quedó en completo silencio a la espera de los acontecimientos.

El círculo se seguía estrechando, cada vez más amenazante.

—¡Basta! —se escuchó de pronto.

La inesperada orden paralizó a todos.

Ángela vio a Walter Schmied, muy serio y compuesto. Su sola presencia disgregó el tumulto que se formaba a su alrededor.

Cojeando de su pierna derecha, encaminó sus pasos hacia la joven.

—Ven conmigo —dijo sin derecho a réplica, y a Ángela no le quedó más que tomar su brazo y seguir su camino junto a él.

A sus espaldas, los desafiantes ojos se clavaron en ella: las cosas aún no estaban resueltas entre Ángela y los habitantes de Almahue.

—No voy a poder salir tranquila a la calle —se quejó Ángela con angustia al darse cuenta que eso sólo dificultaba la búsqueda de su amiga y la posibilidad de encontrar un teléfono para llamar a su madre.

Con una buena parte del pueblo en su contra, las alternativas para conseguir aliados para su pesquisa se hacían casi imposibles. Sintió la tranquilizadora mano de Walter darle unos golpecitos en el antebrazo.

Entonces comprendió que no le quedaba más que confiar y escapar de ahí lo antes posible.

# 2

## Paz

Walter y Ángela se detuvieron frente a la casa de Rosa, con el cartel de "Alfombras La Esperanza" exactamente sobre sus cabezas. La muchacha sacó el juego de llaves que la ciega le dio el día de su llegada y abrió la puerta.

—¿Quiere entrar? —le ofreció al hijo de don Ernesto.

Él negó con la cabeza. Con un gesto nervioso no dejaba de pasear su vista por la fachada de la casa: sus ojos iban desde el alto techo puntiagudo hasta el marco de las ventanas. Era obvio que secretas emociones lo sacudían. La mirada se le humedeció y tuvo que voltear para disimular frente a la joven.

—¿Sabías que ésta es la casa más antigua de Almahue? —preguntó, intentando darle a su voz el tono más natural que pudo conseguir.

—Sí, ya me lo dijeron. Aquí vivían Rayén y su...

—¡Ésos son cuentos de viejas! —la interrumpió Walter con agresividad—. ¿Para eso te mandó llamar mi padre?, ¿para llenarte la cabeza con sus estupideces?

Ángela se paralizó ante el exabrupto del hombre que respiró profundamente y siguió como si nada hubiera pasado:

—¿Qué hablaste con él?

Sin tener muy claras las razones, pero echando mano de la intuición, Ángela decidió no decir nada de la liberta que tenía en el bolsillo. Al parecer, la conversación no fluía en la familia Schmied. ¿Por qué razón Walter quería conseguir información sobre su padre?

—Vine a Almahue en busca de una amiga —respondió con su mejor sonrisa—. Y don Ernesto se ofreció para ayudarme. Por eso fui a verlo.

Acto seguido le contó de la desaparición de Patricia, del video que recibió, de su viaje, de las escasas pistas que tenía para encontrarla y de lo preocupada que estaba porque su compañera de estudios no se veía bien en las imágenes que le mandó.

Walter la escuchó moviendo de lado a lado la cabeza. Por lo visto, no daba crédito a lo que estaba oyendo.

—¡Esto merece que actuemos de inmediato! ¡No hay tiempo que perder! Yo mismo hablaré con el jefe de la policía para formar una brigada de búsqueda. No te preocupes por nada. Tu compañera va a aparecer antes de lo que crees —remató con la más grande de las convicciones.

Por primera vez, Ángela sintió que daba un paso importante para resolver el misterio de Patricia. Emocionada, se abrazó a Walter que la estrechó para darle un par de tranquilizadoras palmaditas en la espalda. Fue entonces cuando ella le preguntó si tenía un celular para hacer una llamada. Cuando él asintió y le entregó su teléfono, ella sonrió como no lo había hecho desde su llegada a Almahue.

—Pero te advierto que aquí la señal casi es inexistente. Yo sólo lo uso cuando viajo, en Almahue no sirve de nada... A veces, lo único que se consigue es mandar un mensaje de texto.

Ángela decidió que por la tranquilidad de su madre bien valía la pena hacer el intento. Escribió: "Nos vamos de paseo a la montaña con los papás de Patricia. Estoy muy bien. Te llamo cuando regresemos". Eso le daría la justificación para no comunicarse con ella durante un par de días. Con toda la ilusión oprimió la tecla *Send* y se quedó rogando para que el mensaje llegara a su destino.

—Gracias —expresó Ángela con infinito consuelo—. Muchas gracias.

El hombre infló el pecho y asintió con la cabeza, adoptando la postura del héroe que ha triunfado en la batalla. Luego de despedirse intentó seguir su camino, pero se detuvo. Volteó hacia la forastera y la miró. Abrió la boca. Respiró hondo y dudó unos segundos antes de atreverse a decir:

—Mi padre... él... ¿te dijo algo sobre mí?

Ángela no comprendió qué quería decir. Pero no alcanzó a formular una pregunta: Walter se le acercó, envolviéndola con el temor y la rabia de sus pupilas.

—¡Cualquier cosa que te haya dicho sobre mí es mentira! ¿Oíste? Después de mi accidente, él cambió mucho conmigo. ¡Muchísimo!

Con cierta dificultad a causa de su pierna lisiada, Walter se alejó unos pasos. Volteó hacia Ángela y se quedó mirándola en silencio, dejando que su expresión de víctima hablara por él.

—Yo no tuve la culpa... ¡No tuve la culpa, carajo! —se exaltó y pateó un bote de basura.

El tambor se partió por la mitad: su contenido se desparramó sobre la acera y la calle.

La joven se quedó muda ante esa demostración de vigor.

El hombre no dijo nada. Sólo miraba el daño que provocó. Se acomodó la bufanda y se cerró un poco más su grueso abrigo.

—No te preocupes por tu amiga. La vamos a encontrar —dijo a modo de despedida, y se alejó calle abajo silbando una tonada monocorde.

Ángela ingresó a la casa de Rosa tan confundida como cansada. Habían pasado demasiadas cosas. El interior estaba en penumbras y sumido en un hondo silencio. El quejido del suelo de madera la acompañó hasta la entrada de su dormitorio. Se detuvo, inquieta: la puerta no estaba cerrada. Y ella recordaba haberla dejado con el seguro puesto. ¿Habría entrado Rosa a dejarle un juego de toallas limpias?

Empujó despacio, asomando con cierta inquietud la cabeza.

Lo primero que llamó su atención fue el golpe de aire frío que le dio de lleno en el rostro: algo malo había sucedido, pues el radiador de agua caliente mantenía el cuarto tibio y estable.

Fue entonces cuando vio el estropicio: la ventana estaba abierta de par en par, las cortinas ondeaban como banderas al viento; su ropa fuera de la maleta y esparcida por el suelo, lo mismo que las sábanas, el cobertor y el contenido del ropero; la mochila yacía bajo la cama, abierta y con evidentes signos de haber sido forzada.

Ángela fue incapaz de reaccionar. Sólo atinó a buscar el libro que Carlos Ule le había regalado. No lo vio por ninguna parte.

Sus sospechas eran ciertas: alguien la estaba siguiendo. *Alguien* no quería que siguiera investigando sobre la bruja. Se asomó por la ventana, pero lo único que consiguió fue asustarse con la imagen del espantapájaros que, desde su estática posición en el jardín, parecía reírse de ella con su boca de cordel.

No tuvo que pensarlo dos veces para comprender lo que había pasado: alguien no quería que leyera ese libro.

Sacó el cuaderno de don Ernesto Schmied, y lo apretó con fuerza. Tendría que ser más hábil, más astuta y, sobre todo, mucho más valiente.

—¡No tengo miedo! ¿Oyeron? ¡No les tengo miedo! —gritó rabiosa al exterior.

Cuando escuchó apagarse el eco de su voz que chocaba contra algunos de los picos que encajonaban Almahue, cerró la ventana de golpe. Sólo entonces se permitió reconocer el terror que la embargaba, y tembló ante el desafío que lanzó al viento… *Alguien*, fuera quien fuera, vendría a cobrárselo.

# 3

## Fuego en el bosque

La noche se alarga dentro del bosque. Avanza a ras de suelo, agitando las hojas secas, tiñendo de oscuridad los árboles que encuentra a su paso. Junto a ella, las corrientes de aire se cuelan entre los troncos, susurran al cruzar entre las ramas, sacuden follajes y se convierten en remolinos cuando llegan a su destino. Las llamas de la fogata no se inmutan con la presencia del viento: se mantienen verticales, rojinegras, ardiendo entre las brasas que las alimentan.

A la hora señalada, la naturaleza hace una reverencia cuando la mujer surge de las sombras, dueña de todo cuanto le rodea. Su cabello suelto flamea, su ropa se confunde con el paisaje, sus ojos son dos pozos sin fondo que perforan a quien ose mirarla. Sus pies arrastran las largas raíces que la mantienen erguida. Su mano se estira hacia el frente, un objeto queda atrapado entre sus dedos: parece un ave de alas blancas, agitadas por la furia de la naturaleza. Es un libro de tapas verdes: *Rayén*, dice en la portada.

La mujer guarda silencio. En su mente se confunden las imágenes, los recuerdos se atropellan en busca de una salida para ser olvidados: el insistente explorador europeo buscándola para hablar con ella, los gritos del pueblo de Almahue en su contra, el sabio rostro de su querido padre, la sonrisa de Ernesto Schmied, las manos de Ernesto Schmied, las promesas de Ernesto Schmied. La sangre que aún recorre su cuerpo hierve al pensar en él, el traidor más grande, y su grito es un llanto ronco de puro dolor. Su brazo se alza por encima de su cabeza, el libro sacude sus páginas en un último aleteo de vida y cae sobre las llamas que lo abrazan, para arrugar cada una de sus letras hasta convertirlo en un manojo ilegible.

El fuego se apaga. La noche sigue su camino, dispuesta a seguir con su trabajo hasta que el nuevo día la obligue a acostarse durante un par de horas. La mujer se repliega sobre sí misma. El viento, cómplice fiel de su reinado, le susurra al oído algunas novedades que ella desconocía.

Cuando se entera que una rama ha reverdecido en el árbol de la plaza, su cuerpo comienza a vibrar, desdibujando sus contornos. La situación es más grave de lo que pensó. La forastera es un peligro que debe erradicarse, justo como lo hizo con Benedicto Mohr. La muchachita puede darse por muerta. Y, mientras permite que sus raíces se hundan en la tierra, en busca de minerales y alimentos que calmen su malestar, cierra los ojos para volver a verlo. "Ernesto Schmied", susurran todas las hojas del bosque. "Ernesto… Ernesto…"

4

# Cocina fragante

Después de ordenar su dormitorio, Ángela decidió no decirle nada a Rosa sobre el extraño robo: si alguien quería que no leyera *Rayén*, ése era un asunto que tendría que descubrirlo por ella misma. No pensaba involucrar a más personas en sus problemas. Ya suficiente tenía con cargar el delicado estado de salud que afectaba a Fabián, como para provocar que Rosa se sintiera responsable por el misterioso hurto.

Intentó pensar en otra cosa. Agradeció el hecho de haberle preguntado a Walter si tenía un teléfono para comunicarse con su madre. Eso la tranquilizaba. Había sido muy inteligente al decirle que se iba con los padres de Patricia unos días a la montaña. Ahora sólo quedaba esperar a que el mensaje de texto hubiera llegado sin problemas. "Cuando entres a Almahue, vas a retroceder cincuenta... no, cien años en el tiempo": las palabras de Carlos Ule regresaron de golpe a su memoria, y tuvo que reconocer que el profesor no exageraba. Una sensación de profundo aislamiento se apoderó de ella. Nunca antes había estado tan sola.

En la cocina, la luz que colgaba del techo estaba encendida y la dueña de la casa se movía apurada por el espacio libre que quedaba entre la mesa, la estufa de leña y un gran canasto con verduras frescas. Rosa había dispuesto una gran cantidad de hierbas, hojas, tallos y tubérculos sobre el lugar donde estaba trabajando. Ángela entró atraída por el ruido que escuchó desde su cuarto.

—Qué bueno que estás aquí —le dijo sin voltear hacia ella—. Ven, ayúdame, que se me hace tarde.

Le pidió que seleccionara un fresco ramito de romero: era lo único que le hacía falta para comenzar con el cocimiento que pensaba preparar. Rosa estaba enterada de lo que le había pasado a Fabián, y quería ayudarlo con algo que sabía hacer muy bien: pócimas y brebajes naturales para mejorar la salud.

Mientras se hacía cargo de triturar con la mano una corteza de canela para luego dejarla macerar en una taza que contenía alcohol, Ángela paseó la vista por la infinidad de macetas y recipientes que poblaban el jardín de especias. ¿Romero? ¿Cuál de todas esas plantas era la que le estaba solicitando?

—Voy a preparar una infusión de melisa, romero, ruda, valeriana y zarzaparrilla —le dijo mientras comprobaba si el agua de la tetera ya hervía—. Con eso, Fabián va a controlar el vértigo, los espasmos, las palpitaciones y los desmayos mucho antes de lo que se imagina.

—Para que Fabián se recupere hay que vencer primero la maldición de Rayén —respondió Ángela con la mirada fija en la repisa.

Rosa guardó silencio unos instantes y suspiró.

Considerando que la forastera se tardaba mucho con su encargo, se acercó y con un suave movimiento le pidió que se moviera. La ciega estiró la mano, cortó una serie de hojas largas y delgadas, parecidas a las agujas de un pino, y regresó frente a la mesa con ellas en la palma. Se olió los dedos y sonrió satisfecha.

—Necesito diez gramos desmenuzados de romero, hervidos en medio litro de agua. ¿Sabías que es muy bueno para la anemia?

Siguió explicándole que la melisa tiene una fragancia muy similar a la del limón, a diferencia de la ruda cuyo sabor es ligeramente picante. Sus manos se movían ágiles, cortando, y revolviendo con energía mientras le advertía que la zarzaparrilla era un gran depurativo, pero que debía ser administrada por un experto porque una dosis alta podía provocar intensos vómitos.

La cocina se llenó de un vapor espeso que se adhirió a las paredes y les regaló su perfume de paraíso. La enorme olla burbujeaba sobre la llama, y dentro fueron cayendo las diferentes hojas que Rosa picó con pericia.

—¿Puedo hacerte algunas preguntas sobre Fabián? —dijo Ángela superando el pudor que le daba iniciar esa conversación.

—¿Qué quieres saber de él? —le respondió Rosa hundiendo una cuchara en el contenido hirviente de una olla.

La joven se arrepintió de haber planteado el tema. El solo hecho de haber formulado la consulta ponía en evidencia sus sentimientos. Por otro lado, se sentía culpable por su estado de salud y temió que Rosa reaccionaría de la misma manera que Elvira o quizá como lo harían los otros habitantes de Almahue.

Mientras se animaba a seguir hablando, la hábil cocinera fue hacia una maceta que tenía una planta de tallo muy erguido y un racimo de flores azules en lo alto. Con un certero movimiento la extrajo de la tierra, dejando a la vista las raíces que resultaron ser tres tubérculos parecidos a las zanahorias. Los cortó usando un afilado cuchillo, y los echó dentro del fregadero para lavarlos.

—No sé qué quieras saber, Fabián es el hombre más bueno del mundo —sentenció Rosa mientras frotaba los bulbos con una escobilla—. Y yo sólo deseo lo mejor para él.

"Y eso no es precisamente quedarse a mi lado", pensó Ángela con tristeza. "Él está condenado a morir por amor, y yo a recordarlo el resto de mi vida como algo que pudo haber sido, pero que debió acabarse antes de convertirse en lo que debía ser". Abatida, buscó una de las sillas para tomar asiento. Azabache salió de debajo de la mesa, la miró a los ojos y, a diferencia de otras ocasiones, se acercó a sus piernas y se frotó contra una de ellas. Hasta el gato le daba sus condolencias por el afecto imposible que afligía su corazón.

—Éstas son raíces de acónito —dijo Rosa cambiando bruscamente de tema, y señalando los tubérculos—. Los voy a mezclar con azafrán y áloes. Es una magnífica pócima para protegerse y alejar los malos espíritus.

Ángela se preguntó por qué la dueña de la casa se esforzaba tanto en explicarle cada uno de los procedimientos. ¿Pretendería enseñarle parte de sus habilidades?

—Necesito que abras el segundo cajón, de abajo hacia arriba, y me traigas lo que está adentro —pidió.

La joven obedeció. Se acercó al mueble y abrió la gaveta. En su interior se encontró con una blanca e impecable servilleta de hilo, doblada en cuatro.

—Tómala con mucho cuidado, por favor —dijo Rosa con voz solemne.

Al sostenerla sobre sus palmas, Ángela se dio cuenta que había algo entre los pliegues de la tela. Fuera lo que fuera, era liviano y de poco volumen. Intrigada, lo dejó con gran delicadeza sobre la mesa. Rosa, de inmediato, separó las cuatro puntas del paño dejando a la vista lo que parecía la ondulada hoja de una lechuga.

—Es achicoria. Si se arranca antes de salir el sol, el día de San Juan Bautista, y si se pronuncian las palabras adecuadas, se obtiene un poderoso amuleto contra las acechanzas diabólicas y los hechizos.

—¿Por qué me dices todo esto?

—Porque no todo está perdido, Ángela. Tal vez yo pueda ayudar para que Fabián y tú consigan lo que tanto anhelan —contestó con complicidad, haciendo brillar sus ojos blancos y transparentes—. Al menos por un par de días.

La joven abrió la boca, sorprendida por sus palabras. ¿Entonces era cierto el poderío de sus brebajes? ¿Esa delgada y frágil mujer era capaz de superar y vencer al *malamor*, mezclando hierbas y trozando raíces?

—No entiendo. Si puedes preparar pócimas para revertir el embrujo de Rayén, ¿por qué no las habías hecho antes?

—Porque me faltaba el ingrediente más importante de todos. Y por primera vez tengo acceso a él —dijo—. ¿Me permites tu mano?

Desconcertada, la joven extendió el brazo hacia Rosa, que tomó con suavidad uno de sus dedos. Con un ágil movimiento, que dejó un rastro metálico en el aire, le clavó algo en la yema. La forastera vio como una gota roja manaba de su piel. Rosa la guió hacia la olla que hervía y permitió que la sangre cayera para disolverse en el contenido.

—Gracias —murmuró, mientras Ángela se metía el dedo a la boca para limpiarse y cerrar la herida.

—¿Mi sangre es el ingrediente más importante de todos? —inquirió, haciéndose entender a duras penas—. ¿Por qué?

—Todavía no estás preparada para entender. Pero te aseguro que muy pronto vas a ser capaz de comprenderlo todo. Confía en mí —dijo Rosa, y le dio la espalda para seguir revolviendo el contenido.

Un golpe en la puerta sobresaltó a Ángela que, aún confundida, dio un respingo. Azabache ronroneó entre sus piernas, alzando la cola y estirando las patas delanteras. ¿Quién podría ir a visitarlas a esa hora de la noche?

—Justo a tiempo. ¿Serías tan amable de abrir?

El gato salió junto a Ángela y recorrió a su lado el sombrío pasillo hasta llegar a la entrada principal. La penumbra la ponía nerviosa y la hacía redoblar la velocidad para llegar a su destino. Apenas abrió se encontró con el rostro de Elvira Caicheo. Ninguna supo cómo reaccionar. Al cabo de unos segundos casi eternos, la muchacha dio un paso hacia atrás, dejándole libre el paso.

—¿Está Rosa? —preguntó la madre de Fabián.

Ángela asintió en silencio, haciendo un esfuerzo por no parecer ruda y mirarla directo a los ojos. La mujer entró con la confianza de saber que ingresaba al hogar de una amiga. Sus pasos decididos y sonoros anunciaron su llegada a la fragante habitación donde Rosa seguía preparando infusiones. Después de saludarse, la cocinera de los Schmied se dedicó a mirar la serie de frascos de vidrio llenos de líquidos de diferentes colores que descansaban en línea sobre la mesa.

—Éste es jarabe de jugo de buglosa —explicó Rosa señalando uno de ellos—. Es bueno para las palpitaciones del corazón. Que tu hijo se tome una tacita al acostarse. Y éste otro es un macerado de alcohol y canela: un par de cucharaditas bastan y sobran para controlar las emociones fuertes y los síncopes.

Luego le explicó lo que tenía que hacer con el amuleto de achicoria: debía estar bien protegido y oculto en la cama de Fabián, metido bajo el colchón donde dormía todas las noches. Había que asegurarse de que el paño blanco siempre estuviera impecable. Le aseguró que, con un poco de fe, todo comenzaría a mejorar. También le entregó del cocimiento de melisa, romero, ruda, valeriana y zarzaparrilla… un jugo color verde óxido que el muchacho debía beber en grandes cantidades varias veces al día. Elvira agradecía con emoción cada una de las pócimas que guardaba con cuidado en una bolsa de tela que le colgaba del brazo.

—Rayén no va a poder con él —la calmó Rosa, tomándole las manos y acariciándole el dorso—. Fabián es fuerte. Y, además, ahora tiene una gran razón por la cual luchar.

Al oír esas palabras, Elvira se volteó hacia Ángela que las observaba desde el marco de la puerta, con la yema de su dedo índice aún latiéndole a causa del pinchazo.

La mujer endureció la mirada y de dos grandes zancadas se acercó a ella, enfrentándola con agresividad.

—Váyase, deje a mi hijo en paz. ¿No ve que lo va a matar?

—Elvira… por favor —pidió Rosa, intentando apaciguar los ánimos.

—¡Es la verdad, ella no tiene nada que hacer aquí!

—Vine a buscar a mi amiga perdida. Y no me voy a mover de Almahue hasta que la encuentre.

—¿La que anduvo por aquí hace un par de semanas? Si quiere saber dónde está metida, entonces hable con el joven Egon, el nieto de don Ernesto. Yo los vi juntos un par de veces. ¡Pero deje a mi hijo tranquilo o va a tener la culpa de que tengamos que enterrarlo!

Dicho eso, se abrazó a Rosa y le dio un beso de despedida en cada mejilla. Puso la bolsa con los frascos contra su pecho y salió de la cocina. Claramente se escucharon sus pasos alejándose por el pasillo, hasta que remató su partida con un golpe de puerta.

Ángela sintió alivio de que Rosa no pudiera verla: tenía los ojos llenos de lágrimas y su barbilla temblaba al punto de permitir un hondo sollozo de tristeza. Trató de molestarse con Elvira, pero, en el fondo, sabía que ella tenía razón. Por culpa de Rayén, Ángela era el verdugo implacable del hombre que la amaba.

# 5

## Viaje interior

El primer trago le provocó comezón en la lengua. Fabián la frotó contra el paladar, pero fue inútil. Confiando ciegamente en las capacidades de Rosa, decidió dar un segundo sorbo más largo: era la única alternativa que le quedaba para levantarse de la cama.

—¡Cuidado, no tanto! —le advirtió Elvira, sentada a su lado.

El muchacho sintió la caída libre del líquido que le entibiaba la tráquea y la boca del estómago. Una indescriptible fragancia, mezcla de limón con pimienta, de raíces y azúcar, de alcohol y canela, le salió por la nariz y le invadió los pulmones. Al instante, sus poros se pusieron en alerta y pudo sentir el golpe de energía que llegó hasta su corazón. Una oleada de sangre fresca se abrió paso por sus venas, provocándole hormigueo en las extremidades. Una vibración de tambor hizo que su espalda se despegara del colchón. Fue capaz de escuchar el ruido del agua avanzar por las cañerías de la casa. Pudo identificar el zumbido de la electricidad desplazándose por los cables y los focos. Abrió los ojos justo para ver el cuerpo de su madre convertirse en un puñado de hojas secas que el viento se encargó de barrer. Una jauría ladraba: todos los perros del mundo habían decidido aullar al mismo tiempo. Entonces se sintió lanzado hacia arriba, suspendido en un espacio negro donde no hacía falta tener ojos para ver lo que lo rodeaba. Su piel brillaba como oro, especialmente a la altura del corazón donde un caleidoscopio se movía al compás de las formas ondulantes. Un rayo de luz se abrió paso en las tinieblas y avanzó hacia él. Pudo sentir el calor de su presencia. A los lejos, el rítmico latido del tambor seguía su monótona canción. Orientó su pecho hacia el resplandor amarillo que penetró su epidermis como un puñal de destellos. No sentía su cuerpo, pero tenía una lejana conciencia de estar inmóvil, flotando, con el tórax traspasado por relámpagos. A pesar de la oscuridad pudo ver su corazón, un pequeño bulto de carne palpitante, salir proyectado hacia el frente. Estaba cubierto de una gruesa y pestilente capa de alquitrán que goteaba su tinta venenosa. Al entrar en contacto con la luz, la materia oscura comenzó a derretirse, cada vez más rápido, cada vez más líquida, y el corazón centelleó limpio y diáfano como una estrella recién creada. El intenso color de aquel músculo lo cegó por unos instantes, abarcando por completo su visión. Rojo. Estaba sumergido en un rojo vibrante que lo bañaba entero, que lo acariciaba como una lengua, que lo acunaba igual que a un recién nacido. Era sangre. Pero no era la suya. Olía diferente. Sabía distinto. Al final de aquel océano carmesí, allá, lejos, un punto brillante se iba haciendo cada vez más grande. ¿O era él quien se acercaba? Sintió la succión de ese fulgor, un tobogán vertiginoso que lo lanzaba hacia delante. Iba a salir expelido. Estaba a punto de volver a ser quien era. Estaba regresando a casa.

Abrió los ojos. El contorno de los muebles terminaba de vibrar, componiendo nuevamente el orden y la estructura de todo lo que lo rodeaba. Movió la cabeza y se encontró con los ojos preocupados de Elvira que aún sostenía el vaso con el resto de una de las infusiones preparadas por Rosa.

Fabián sudaba de pies a cabeza, abrasado por el calor que le nacía en el centro del pecho. Se sentó en la cama. Su mente aún estaba confundida. El corazón le latía con un vigor recién adquirido. Pensó en Ángela y una sonrisa le marcó los labios. Se quedó esperando la puñalada de dolor, pero nunca llegó. Recuperó el beso, el dulce aroma de su piel blanca, el color brujo de sus ojos, y tuvo ganas de reír, de brincar fuera del colchón y bailar bajo la luna. Ni rastros quedaban de aquella debilidad que le doblaba las rodillas, que le apretaba los pulmones y se los reducía a fuelles rotos e inútiles. Se sintió pleno de amor. Vivía una sensación desconocida y energética.

Su madre no dijo nada. Dejó el vaso sobre la mesita de noche y se puso de pie. Ella leyó en la expresión de triunfo de Fabián que una nueva realidad acababa de nacer. Y, a pesar de la enorme alegría que la embargó al saber que la salud había vuelto a su hijo, tuvo miedo de sospechar que Rayén había ganado un feroz enemigo: uno que no se iba a detener hasta derrotarla, hasta liberar a Almahue de su yugo. Por eso no opuso resistencia cuando el muchacho le pidió que lo dejara solo. Sabía que era inútil contradecirlo: sólo se inclinó sobre él y le dio un beso en la frente. Luego salió del dormitorio con el alma en un hilo.

Y, sin saber qué más hacer para evitar una desgracia, Elvira Caicheo comenzó a rezar por la vida de Fabián.


Ángela se metió bajo el cobertor. Acomodó los almohadones tras su cabeza, movió los pies hasta calentar las sábanas y buscó la mejor posición para empezar a leer. Antes de ponerse su pijama y acostarse, sacó de su mochila la carpeta titulada "Leyenda del *malamor*". La había traído desde Santiago y ahí guardaba las fotocopias y los apuntes con los que pensaba desarrollar su trabajo de investigación.

Al ver el fólder no pudo evitar pensar en la universidad, en el lejano y sombrío campus de piedra y, claro, en

Patricia. ¿Dónde estaría? Tal vez lo mejor que podía hacer era olvidarse de su investigación, acudir a la policía, hacer una denuncia y dejarles el caso a las autoridades.

Pero algo —una intuición muy honda y poco confiable— le decía que lo mejor era seguir adelante en la búsqueda de la verdad del embrujo del *malamor*. Su instinto la empujaba a revisar la historia del pueblo, a revivir el momento en el que las cosas se torcieron. Y, cuando llegara a ese punto, estaba segura que ahí, en ese cruce de caminos, Patricia estaría esperándola.

Sólo esperaba no tardarse mucho. Corría contra el tiempo.

Cuando estuvo lista para leer, tomó la libreta de tapas negras y la mantuvo durante unos segundos entre sus manos. Repasó los acontecimientos de un día demasiado largo, y trató de evitar que la tristeza volviera a encaramarse en sus hombros. La mejor manera de evadir la melancolía que le producía el mal de Fabián era sumergirse en el cuaderno de don Ernesto Schmied; debía hacer lo mismo que un buzo que se lanza a las profundidades. De pronto sintió un repentino peso sobre sus piernas y un breve temblor sacudió el colchón. Asustada, levantó la vista de la libreta y se encontró con la cabeza de Azabache mirándola desde un extremo de la cama. El gato dio un par de vueltas y se echó plácidamente a lamerse las patas.

—Bueno, parece que no voy a dormir sola esta noche —murmuró con resignación.

Entonces inspiró hondo, le envió un beso a su enamorado, estuviera donde estuviera, y posó sus ojos en la primera línea.

Nunca sospechó que en el patio, en ese mismo instante, un anciano de cabeza calva, prominente barriga y cuerpo curvado hacia delante se acercaba hacia el espantapájaros para vigilar la ventana iluminada. La misma ventana donde ella, al otro lado, empezaba a leer una frase que decía: "28 de febrero de 1939".

# 6

## Febrero, 1939

Los pies desnudos de una mujer se desplazan veloces por encima de las hojas secas. Sortean con habilidad los obstáculos del camino: algunos leños caídos, un delgado riachuelo, un par de piedras de afilados bordes. Con sólo dos zancadas desaparecen tragados por el follaje. Tras ellos vienen otros pies: son de hombre y están calzados con elegantes botines. Ernesto Schmied se detiene unos momentos, jadeante por el esfuerzo de la carrera. Apoya sus diecinueve años en un tronco, y busca calmar el alboroto de risa y el cansancio de sus pulmones y su corazón.

—¡Ya la voy a alcanzar! —se promete respirando hondo—. ¡Y esto no es justo, porque usted va descalza... y yo con estas botas que todo lo dificultan!

Ernesto está en el centro de un claro del bosque: un redondel perfecto de árboles y frondosa vegetación que le permiten tener una panorámica total. Sus ojos azules se deslumbran al recibir la luz del sol de manera directa.

—¡Rayén! ¡Rayén, ¿¡dónde está?! ¡Rayén!

Nadie responde. Sólo se escucha el insistente murmullo de hojas y animales ocultos en la espesura.

El corazón se le inquieta, asustado porque no puede distinguir qué provoca el rumor que lo rodea. Sin embargo, allá, lejos, se escucha el ruido del mar al precipitarse dentro del fiordo sobre el cual se levanta Almahue. Y en sus oídos también retumban el canto del follaje que alborota en las alturas, el desplome de ramas que caen al suelo, las rocas que ruedan por las laderas y se pierden al ser tragadas por los precipicios, la arena que va y viene impulsada por las corrientes marinas, los pájaros que aletean frenéticos y se ocultan entre las nubes que rozan los picos de las montañas.

El planeta entero, en su estado original, rodea a Ernesto que se siente el primer hombre de la historia. Para disimular el súbito temblor de sus manos, se peina con los dedos el rubio desorden de sus cabellos y se acomoda la camisa dentro del pantalón.

—Ah, ya entiendo... lo que usted quiere es jugar —dice con fingida picardía—. Muy bien, juguemos. ¿Quiere que la encuentre? ¡Aquí voy!

Ernesto se adentra en el bosque. La luz cae en columnas diagonales, dibujándose con claridad por el vapor húmedo que se eleva desde la tierra. Allá, adentro, el mundo entero tiene el color verdoso del fondo marino. Las enormes hojas de nalca son un techo vegetal, y los helechos parecen pulpos de cientos de tentáculos que le rozan la cara y vuelven a despeinarlo. Hay un permanente zumbido de insectos, de miles de alas en movimiento y patas arrastrándose.

—Apenas la conocí supe que usted era una mujer muy distinta a las de Almahue. ¡Por eso me gusta, Rayén! —exclama—. ¿Por qué se esconde, si aquí estamos solos? ¿Dónde está?

Ernesto se detiene. Ha escuchado algo: alguien camina a sus espaldas.

Voltea veloz y alegre, pero su sonrisa se congela en el desconcierto. No hay nadie. Frunce el ceño, turbado. Cuando voltea hacia delante, para seguir con su camino, se encuentra cara a cara con una joven que le cierra el paso y parece surgir de la algodonosa luz del atardecer.

—¡Sorpresa! —le grita ella.

Atónito, Ernesto retrocede de manera instintiva. El tacón de su bota se engancha en una raíz y cae de espaldas al suelo. Ahí se queda, entre las hojas que se le pegan a la ropa, mirándola cómo sonríe.

—Pensé que venía detrás de mí. Sentí a alguien caminar a mis espaldas...

—Así me gusta. A mis pies —comenta Rayén dando un paso hacia él. Y desde la altura le lanza un beso mientras susurra—. Lo quiero tanto, tanto.

El joven la invita a que se recueste a su lado.

Rayén sonríe coqueta, sus ojos se llenan de reflejos de miel y sol. Un hoyuelo se le marca en la mejilla, medio oculto por sus cabellos que son tan indómitos como las copas de los árboles que los rodean. Se arrodilla junto a Ernesto, acariciándole el rostro. Su mano huele a pasto recién cortado.

—Ya es hora de irme. Mi padre ya debe haber terminado...

—Yo hablo con él, tranquila. Sólo unos minutos más.

Rayén se tiende junto a Ernesto, quien la rodea con sus brazos. Hunde su nariz en el quiebre de su cuello, pasea su lengua por los labios que le saben a fruta fresca, recorre con dedicación la piel color canela que lo enloqueció desde el momento en que la vio.

—Usted no va a dejarme nunca, ¿verdad...? —musita ella.

—¿Dejarla? Tendría que estar loco. Y no hay nadie loco en mi familia... —responde el joven, redoblando sus caricias.

—Para mí esto es muy serio, Ernesto... No quisiera tener que salir huyendo de este pueblo con mi padre. No otra vez...

Ernesto no responde. Su boca se encuentra con el caracol de la oreja, y se queda ahí, disfrutando de ese territorio desconocido.

—No quiero tener que irme... —suplica la muchacha.

—Los Schmied somos los fundadores de Almahue. Nadie los molestará cuando sepan que usted está conmigo...

—Quiero vivir para siempre entre estos árboles, Ernesto. ¡Éste es el lugar donde quiero crecer, donde quiero morir!

Rayén se levanta, dejándolo recostado en el suelo. La joven abre los brazos, alzando el rostro hacia el cielo que se pinta de azul intenso. Una suave brisa atraviesa el espacio, juguetea con su tosco vestido y hace bailar su pelo enmarañado.

—Yo pertenezco a la tierra. Mi padre tiene razón cuando dice que nosotros nacimos del barro, de la savia de los árboles y las plantas. No necesitamos nada más para curar nuestros cuerpos. ¡Somos los hijos de la naturaleza! ¡Yo lo siento, Ernesto...! ¡Siento que usted y este lugar me pertenecen! ¡Lo siento aquí...! —exclama, llevándose la mano a la boca del estómago.

Una ráfaga de mayor intensidad sacude el follaje y levanta la tierra que los rodea. Ernesto se protege los ojos del ventarrón. A través del baile de las hojas busca a Rayén, pero no la ve. Inquieto, intenta levantarse pero la voz, que ahora escucha desde otro sitio, lo detiene:

—¡Quiero vivir aquí...!

El muchacho tiene que voltear la cabeza para descubrir que la joven está a su derecha, bastante más lejos de donde recordaba haberla visto. ¿Cómo llegó hasta allá? Sigue con los brazos abiertos, los párpados cerrados y el rostro enfrentado al remolino que sólo parece rodearla a ella.

—¡Apenas puse un pie en este pueblo supe que era para siempre! ¡Y lo mismo me ocurrió cuando lo conocí a usted, Ernesto!

Rayén es una imagen que parpadea entre la vegetación que apenas la revela. Los ruidos del bosque aumentan su volumen hasta hacerse insoportables. La luz del sol desaparece por completo. Gruesas nubes de lluvia se aprietan sobre sus cabezas, hinchadas por el agua que muy pronto derramarán sin clemencia.

—¡Aunque quiera ya no puedo abandonarlo, amor mío! ¡Es imposible dejarlo, o permitir que usted me deje! —grita y su voz rebota en cada tronco—. ¡Quiero echar raíces! ¡Quiero pertenecer a un lugar!

Ernesto intenta levantarse pero el viento lo ancla. El clamor que nace de la espesura alcanza su punto máximo, se convierte en un gemido que sale del vientre de la tierra. Una violenta sacudida lanza al muchacho de espaldas, incapaz de protegerse de lo que imagina como un violento temblor. Pero, de súbito, todo se calla: el viento huye y, junto con él, parte el remolino. El ruido de la naturaleza se apaga. Ernesto abre los ojos y descubre que Rayén está a escasos centímetros de su rostro.

—No va a dejarme nunca, ¿cierto? —pregunta con una sonrisa en los ojos y la boca.

*Ernesto la mira en silencio. No se atreve a responder.*

Armada con un filoso y puntiagudo bisturí, la mano del botánico realiza una pequeña incisión en la verde carne del tallo. Apenas la herida termina de abrirse, brota una gota blanca de savia que escurre, espesa y sin prisa, hasta el platito de loza que la recibe. Karl Wilhelm aprueba, satisfecho. Con esa cantidad será suficiente. Entonces deja de lado su instrumental y se limpia las manos en el delantal. Con un dedo se acomoda sus redondos anteojos en el puente de su nariz y da un último vistazo. Todo está en orden: los tubos de ensayo se suceden en hileras simétricas, lo mismo que frascos llenos de líquidos de diferentes colores, y un sinfín de pequeñas macetas con flores y plantas de todos los tamaños y formas. Un enorme microscopio ocupa el lugar de honor en su mesa de trabajo: es un moderno armatoste de fierro, pintado de blanco, con poderosas lupas y varias lentillas intercambiables que se trajo con un descomunal esfuerzo desde Europa.

Han transcurrido tres meses desde su llegada a Almahue y, aunque la comunidad aún no se siente completamente a gusto con su presencia, está seguro que muy pronto todo cambiará. Él puede ser de gran utilidad en el pueblo recién fundado, donde aún hay tanto por hacer.

Camina hacia la ventana y descorre un poco la cortina, sólo lo justo para comprobar que nadie lo espía. Con un suspiro de alivio vuelve a cerrar. A lo mejor sí es una buena idea tapiar con madera, como le aconsejó su hija. Quizá de esa manera lograría mantener a raya a los curiosos. Sabe que ya corren chismes sobre su persona, y que algunas malas lenguas murmuran que en su laboratorio se hacen cosas que desafían las leyes de la naturaleza. Pero él no está dispuesto a perder tiempo en habladurías, ni se defenderá de los cobardes ataques que nadie se atreve a lanzarle a la cara. Hará lo mismo que el día que lo sorprendieron recogiendo líquenes en la caleta, o cuando lo encontraron trepado en un árbol extrayendo pulpa de una manzana: sonreirá con su mejor expresión de inocencia y seguirá su camino sin mirar hacia atrás.

Se quita el delantal y se viste con una gruesa chaqueta de paño adquirida en otras latitudes. Sale a la calle. Antes de comenzar su rutinario paseo de la tarde, se detiene unos segundos para observar la casa que compró con gran esfuerzo: es una residencia de dos pisos, de techos altos y puntiagudos. Recientemente ha sido pintada de un color azulino, cosa que la hace resaltar contra la exuberante vegetación que la rodea. Asiente, satisfecho. Está seguro de que ése es un buen lugar para terminar de criar a su hija Rayén, la única y más adorada mujer de su vida.

Sus pasos lo llevan hasta la plaza central, la cual apenas dista unos cuantos metros de su hogar. El lugar es un cuadrado de tierra apisonada, cubierto de musgo y con algunos arbustos de calafate. Al centro, un árbol de gran estatura luce su robusto tronco, lleno de vetas, que deja adivinar un longevo y saludable futuro. Karl se queda observándolo. Es perfecto. Una obra de arte. Y es exactamente lo que necesita para llevar a cabo su plan, con el que espera ganarse la aprobación y el respeto de todos los habitantes de Almahue.

Un grupo de mujeres caminan hacia la playa, tomadas del brazo. Al verlo de pie, solo y reflexivo, se detienen de inmediato. Una de ellas hace una leve inclinación de cabeza, a modo de breve saludo, y obliga a las otras a desviar el camino. Las oye murmurar en voz baja mientras se alejan:

—Dicen que tiene animales encerrados en jaulas. Y que los tortura con sus fierros.

—¡Dios santo! ¡Hay que hacer algo!

—Yo escuché que está creando una planta que respira y come animales.

—No tiene respeto por nada...

Karl Wilhelm las observa partir en silencio, hasta que son devoradas por la plateada reverberación del mar. Tal vez su situación es más complicada de lo que quisiera reconocer. Los extranjeros siempre provocan desconfianza y dudas entre los lugareños, especialmente cuando se dedican a labores poco comprendidas. A lo mejor tendrá que tomar cartas en el asunto. Quizá sea hora de empezar a frecuentar la iglesia, o invitar a alguna autoridad a conocer su laboratorio.

El ruido del galope lo saca de sus pensamientos. Por el camino polvoriento viene Ernesto Schmied en un lustroso corcel. Lo acompaña Rayén, sujeta a su cintura. Ella tiene la sonrisa más amplia y alegre que jamás se haya conocido en la zona. El botánico los saluda con la mano.

El muchacho detiene el animal, que relincha al sentir el jalón en el hocico. Ella salta a tierra y corre a abrazarse a su padre.

—¡Estoy tan contenta de vivir aquí! ¡Este lugar es maravilloso!

Ernesto se apea del caballo y saluda a Karl con una solemne inclinación de cabeza.

—Señor Wilhelm —dice, respetuoso.

El hombre devuelve el cumplido y voltea hacia su hija.

—¿Acaso nunca piensas ponerte zapatos? —pregunta sin el menor asomo de reproche.

—¡No, nunca! ¡Me encanta sentir el barro, el musgo, incluso las piedras! Así me siento viva. ¡Viva!

La muchacha corre y se abraza al tronco del árbol de la plaza. Cierra los ojos. Deja que la madera le comunique los secretos de los que ha sido testigo durante los últimos años. Cómplice, escucha correr la savia bajo sus profundos pliegues. Algunos peatones comentan en susurros. Dos mujeres que cargan un canasto lleno de pescados se persignan al verla, escandalizadas y molestas por la brevedad de su vestido que le permite mostrar sus largas y torneadas piernas hasta casi la mitad del muslo.

Ella regresa junto a Ernesto, se le cuelga del cuello y le da un sonoro beso en la mejilla.

—Hasta mañana, mi amor —le dice al oído. Y a él le recorre el cuerpo un estremecimiento de placer.

—Hasta mañana.

El joven se acerca a Karl y le extiende la mano a modo de despedida. El botánico se acomoda una vez más los anteojos que se desplazaron hasta la punta de la nariz, y se la estrecha con agrado. Por alguna razón confía en ese adolescente de intensos ojos azules y cabellos desordenados, que apenas está dejando atrás la niñez, pero que se comporta como un adulto. Le gusta la idea que su hija lo haya elegido como su compañía. Ambos lo ven montar el caballo y salir galopando hacia la residencia de los Schmied.

*Esa noche, Rayén y Ernesto tienen el mismo sueño: ambos juguetean en una enorme pradera cubierta de tréboles de cuatro hojas. De cuando en cuando se detienen para mirarse a los ojos, para decirse lo mucho que se aman, y comprobar que no piensan abandonar la carrera.*

*A la mañana siguiente, el primogénito de los Schmied despierta con la seguridad de haber tomado una gran decisión. Nada ni nadie podrá obligarlo a renun-*

ciar a lo que había pensado, a la posibilidad de que sus sueños se convirtieran en realidad.

Pero nunca se imaginó cuán equivocado estaba.

Él sabe que tiene que encontrar el momento preciso para revelarle su decisión. Con el corazón ansioso y un leve cosquilleo en el vientre, Ernesto acompaña a Rayén a la laguna de Almahue, un embalse cristalino que aumenta su volumen durante el deshielo de la primavera y que se congela en invierno. Al llegar, la joven observa el lugar con ojos de maravilla. El paisaje celebra la llegada de la pareja, sacudiéndose las nubes impertinentes y haciendo brillar el sol. Antes de que Ernesto le diga lo que ha pensado, Rayén se quita el vestido y se lanza de cabeza al lago.

—¡Cuidado, debe estar helado! —grita el muchacho al verla desaparecer bajo la superficie.

Pero a ella no le importan las advertencias.

A los pocos segundos emerge con una luminosa expresión. Su piel reverbera por las gotas, tiene el rostro relajado. Ernesto no recuerda a nadie que haya cometido esa audacia, y menos desnudo. Ella es una mujer formidable, distinta a las que ha conocido en las aburridísimas tertulias que su madre organiza para conseguirle una novia. Ninguna lo ha cautivado como ella; ninguna ha sido capaz de detener la rotación de la Tierra con una sonrisa.

Después de dar algunas brazadas, la joven se acerca a la ribera y comienza a salir. Él recoge su ropa y corre para evitar que se enfríe con la brisa que se descuelga desde los picos nevados. Al llegar, desvía la mirada con cierto pudor: nunca antes había visto una mujer desnuda.

—Míreme, yo sé que a usted le gusta mirarme —lo desafía ella mientras desliza la tela liviana sobre su cuerpo.

Ernesto le toma el cabello que aún gotea agua de hielo, y lo levanta dejando expuesta su nuca. La abraza por detrás, besándole el cuello, lamiendo cada una de las gotas que titilan sobre sus poros. Ella se estremece y aprieta los párpados. La voltea suavemente para mirarla a la cara. Llegó la hora. Es el momento de ser valiente y lanzarse al vacío.

—Quiero que se case conmigo.

Rayén mantiene los ojos cerrados, como si no hubiera escuchado a su precoz enamorado. Un viento ligero se levanta a orillas del lago, arrugando la superficie del agua y secando con un soplo la piel de la joven.

—Por más que lo pienso, por más que busco un motivo que me haga cambiar mis intenciones, no lo encuentro. Y la respuesta es siempre la misma. Yo la adoro, Rayén. Quiero envejecer a su lado.

Un par de lágrimas resbalaban por las mejillas de muchacha, y él se apura a enjugarlas con la boca. Ella lo rodea con fuerza: sus delgados brazos aprietan tan fuerte como los de un hombre.

—¿No está jugando conmigo...? —escucha que le pregunta en la oreja.

—¡Los Schmied jamás mentimos, ni mucho menos jugamos con algo tan serio como el matrimonio! En algún momento heredaré la fortuna de mi padre y quiero ofrecérsela. Le aseguro que a mi lado va a tener una buena vida, mi amor...

Entonces la hija del botánico da un paso atrás, separándose de Ernesto. Abre sus ojos relampagueantes como aguamarinas. Es tal la fuerza de su color que el joven ve reflejada en ellos su expresión expectante.

—Usted es dueño de mi corazón desde el primer día. Cuando lo conocí supe que íbamos a ser uno solo de ahí en adelante...

Rayén le toma una mano, y la pone sobre su pecho para decir:

—Lo sentí aquí. En mi interior.

—Pero todavía no me responde.

—¡Claro que quiero casarme con usted!

La vegetación aplaude la respuesta.

Ernesto ríe, triunfal y aliviado: ya podrá volver a dormir tranquilo, porque acaba de dar el paso que convierte a un joven en un hombre hecho y derecho. Cuando se lo comunique, su padre estará orgulloso: está seguro de que aprobará su decisión de sentar cabeza y tener la valentía de elegir por esposa a una mujer única y especial.

Rayén grita y alborota, se abraza a los árboles, se deja caer al suelo y hunde las manos en la tierra fresca, incapaz de creer que está a punto de echar raíces en esa tierra lejana y formar su familia.

Su destino está escrito aunque, por desgracia, no se parece a lo que ellos piensan.

Karl instala una escalera contra el tronco del enorme árbol de la plaza. Está vestido con su impecable delantal blanco —que luce orgulloso su nombre bordado con hilos rojos— y ha dispuesto sobre una mesa plegable sus útiles de trabajo. Bajo el tibio sol veraniego brillan un par de cuchillos, algunas tijeras de diferentes tamaños, un frasco lleno de un líquido blancuzco y una jeringa con una larguísima aguja. El botánico trepa algunos peldaños mientras silba una tonada monótona, y llega a la altura que desea: el lugar exacto donde la base se divide en dos y se extiende hacia lo alto en forma de ramas.

El nacimiento de la bifurcación forma un pliegue en el que el hombre comienza a trabajar. Con una pequeña sierra hace un tajo vertical, y luego realiza otro horizontal. Baja de la escalera y cambia de instrumento. Con un garfio metálico ejerce una palanca que desprende la corteza sin esfuerzo. Hace una pausa, para limpiarse la frente que brilla de sudor, y se seca el rostro para conservar en su sitio sus redondos anteojos que a cada segundo amenazan con caérsele.

Con la mano enguantada acaricia delicadamente la herida que abrió en el tronco: un pequeño triángulo pulposo y húmedo que comienza a derramar su sabia pegajosa.

Un grupo de transeúntes se ha detenido a observarlo. Atónitos y curiosos, no le quitan los ojos de encima a ese extraño que baja los peldaños y busca una jeringa. Comprueba que la aguja está firmemente sujeta. Entonces la introduce dentro del frasco y, con sólo tirar hacia atrás el émbolo, comienza a llenar el tubo de cristal con el espeso líquido blanco. Cuando ha conseguido la cantidad necesaria, vuelve a treparse hasta quedar frente al orificio que abrió en la madera.

—Tranquilo, esto no va a doler —murmura cariñoso—. Confía en mí.

Con un rápido y preciso movimiento, entierra la aguja en el centro de la incisión. Al instante las ramas se sacuden, desprendiendo algunas hojas que caen al suelo. Karl acaricia el tronco mientras sigue suministrando el líquido al árbol. Cuando termina, retira la jeringa y regresa el trozo de corteza a su sitio para cubrir su trabajo. Ahora es necesario que la savia haga su trabajo y cicatrice los cortes. De ese modo nadie podrá notar la huella del injerto.

De pronto, una voz femenina, destruye su concentración:

—¡Oiga, usted! ¡Bájese de ahí!

El botánico descubre que, junto a la escalera, una encolerizada mujer lo enfrenta con los brazos en jarra. Está rodeada por algunas personas que se han decidido a intervenir. Él baja los peldaños hasta quedar frente a sus visitantes impertinentes. A muchos ya los ha visto: son los que evitan mirarlo a los ojos cuando los encuentra en la calle, o son los que desvían sus pasos cuando están obligados a cruzarse con él en alguna esquina del pueblo.

—¿Puedo ayudarlos en algo...? —pregunta con toda calma.

—Si la naturaleza quisiera que los locos inyectaran a los árboles, los hubiera hecho de piel y no de madera —le espeta la mujer mordiendo las palabras.

—La naturaleza también comete errores, señora.

—¡Señorita! —corrige y sube el tono de su voz, escandalizada— ¡Y lo que usted está diciendo es una herejía! ¡Nuestro Señor es el creador de todo lo que nos rodea, y sólo él puede...!

—¿Me disculpa, señorita? —la corta Karl en mitad de su palabrería, para luego añadir sin alterarse—. Debo hacer cosas más importantes.

—¡Seguramente seguir ofendiendo a Dios encerrado en esa casa del demonio! —exclama a punto de perder los estribos.

El botánico detiene sus pasos.

Por enésima vez regresa sus anteojos al inicio de su nariz y voltea hacia ella, mirándola serio e impenetrable.

Un escalofrío de temor recorre a todos. Con precaución dan un paso hacia atrás ante los ojos que se esconden tras los cristales redondos. Karl levanta un brazo hacia el cielo, señala las nubes que luchan por imponerse frente al sol de la tarde. Su cuerpo se tensa como si fuera a dar un salto. Y, cuando parece que va a gritar a todo pulmón, sólo abre mansamente la boca para decir:

—Ser ignorante como la más elemental de las criaturas es la mayor ofensa que se puede cometer.

La mujer se lleva la mano a los labios, conteniendo un gritito de espanto que no puede reprimir del todo. Los que la acompañan se miran atónitos, impresionados por el atrevimiento.

—¿Me acaba de llamar ignorante? —balbucea sin dar crédito al giro de la situación.

—Así parece —responde el botánico endureciendo la voz.

El alboroto estalla en la plaza de Almahue. Los lugareños que enfrentan a Wilhelm hablan al mismo tiempo, atrayendo a nuevos curiosos que se acercan para enterarse del chisme y que rápidamente se suman a los reclamos y las ofensas.

A medida que el lugar se va llenando, el científico va hasta la mesa plegable y comienza a guardar sus instrumentos con calma.

—¡Loco! ¡Este hombre es un loco, igual que su hija! —chilla la mujer que aún no sale de su estupor por ser injuriada en público.

—¡Son salvajes!, ¡primitivos! ¡Por eso no quiere que nadie vea lo que hace encerrado en su casa! —afirma otro alzando la voz por encima de la turba.

—¡Herejes!
—¡Brujo!
¿Brujo? ¿Lo acaban de ofender llamándolo "brujo"?
Karl se detiene: no faltaba mucho para que alguien llegara a ese punto. Siempre ocurría de la misma manera y, por lo visto, también así sería en el futuro. Muy despacio, carcomido por la curiosidad, voltea en busca del autor de aquella declaración. Cuando lo encuentra, sólo le devuelve una irónica sonrisa que le curva los labios. El hombre, un barrigón de dos metros que carga una red de pesca en uno de sus hombros, lo señala con mano temblorosa mientras lo encara sin atreverse a acercarse más de lo necesario.

—¡Sí! ¡Es un brujo! ¡Yo lo he visto recogiendo a escondidas hierbas y algas en el muelle, seguramente para hacer sus pócimas! —espeta convencido.

Son varios los que asienten y aseguran haber presenciado una y otra vez la misma escena, pero en diferentes espacios de la localidad.

—¡Y la hija también es una bruja! ¡Yo la he visto galopar sin montura, casi desnuda! —exclama alguien—. ¡Los dos son brujos!

—¿Y si así fuera...? —contesta el botánico, provocando un revuelo aún más grande.

Las mujeres gritan, espantadas. Algunas se persignan, mientras otras caen de rodillas y aterradas esconden la cabeza entre la ropa. El pescador, asumiendo que a él le corresponde proteger a los devotos que están a punto de perder el control, tira la red y se pasa la mano por los ojos, secándose el sudor frío que le nubla la vista.

—¡Vamos a lograr que se vayan del pueblo! ¿Me oye? ¡Están advertidos usted y su hija! ¡En este pueblo sólo vivimos personas decentes!

—¡Personas que respetamos a Dios, que no desafiamos su voluntad, y que seguimos su rumbo con obediencia! —vocifera una anciana que se esconde tras las formidables espaldas del marinero.

—¡Brujos! ¡Brujos!

Mientras todos gritan a coro, Karl cierra su maletín. Sin perder su aplomo y compostura, comienza a caminar hacia su casa, la más antigua del pueblo, que lo espera en silencio.

El aire se llena con el rugido que cruza las calles de Almahue, que no se calla ni apaga ni siquiera cuando él entra a su hogar. Con cierto pesar, cierra la puerta con llave, y corre las cortinas de las ventanas de la sala. Sí, está decidido: tapiará las ventanas. Más vale prevenir que lamentar. Apenas haga una pausa en su investigación buscará las tablas, los clavos, el martillo, y bloqueará cada vidrio de su casa aunque los habitantes del pueblo terminen de corroborar que se ha vuelto loco.

Se encierra en su laboratorio. El eco de los insultos rebota en los muros pintados de blanco y olorosos a formol. Sin embargo, a pesar del caos que provocó en la comunidad, esboza una sonrisa de satisfacción: ahora sólo le queda esperar la llegada de la primavera para que su obra se muestre en su total esplendor. Y cuando eso suceda, el pueblo caerá rendido ante el poder de sus habilidades. Ya tendrán esos pobres mortales la oportunidad de descubrir que logró torcerle la mano a la madre de todos los seres vivos. ¡Ha vencido a la naturaleza!

Y si quieren llamarlo brujo, allá ellos.

Él, por ahora, les devuelve la grosería burlándose a carcajadas por su aberrante ignorancia. Que crean lo que quieran. Ya llegará su tiempo para saborear la revancha. Dicho eso, acaricia el lomo de su inseparable mascota: un lustroso gato negro que ronronea como un niño mimado mientras se frota contra la pierna de su amo.

# 7

## Hora de investigar

Á ngela despertó con la sensación de que alguien entró a su dormitorio durante la noche. Tal vez esto se debía a que, cuando apenas abrió los ojos, vio la cara del espantapájaros reflejada en el espejo del ropero que, una vez más, tenía la puerta abierta. "¿Seré sonámbula?", se preguntó la joven levantándose de la cama para cerrarla de golpe. Se acercó a la ventana y miró hacia el patio, tratando de no fijar los ojos en el monigote de brazos abiertos y sombrero que insistía en espiarla. El cielo amaneció cenizo: un pizarrón mal borrado que escondía el sol y lo condenaba a una opaca y brumosa luminosidad.

Cuando iba a cerrar las cortinas descubrió las huellas en el barro fresco. Ángela pegó la cara al cristal y vio que al pie del espantapájaros había muchas suelas dibujadas en la tierra. Pertenecían a la misma persona: todas presentaban el mismo diseño y forma. Algunas, incluso, avanzaban hasta la pared de la casa y llegaban muy cerca de su ventana. ¿Quién había venido a espiarla durante la noche?

Un ramalazo de temor frío le sacudió el cuerpo: se sintió vulnerable, expuesta. Imaginó un misterioso ser acechándola durante la noche, vigilando el más breve de sus movimientos. ¿Sería el mismo desconocido que le robó el libro de Benedicto Mohr? Revisó que el pasador de la ventana siguiera cerrado, y que no hubiera rastros de barro en el cuarto... Por lo menos no había entrado.

Tendría que adelantarse a cualquier decisión de su espía. Lo primordial era proteger el cuaderno de don Ernesto Schmied. Lo vio sobre las sábanas de la cama, abierto en la última página que alcanzó a leer antes de caer vencida por el sueño. El relato sobre Karl era impresionante. Al leerlo, tuvo la impresión de estar ahí, en febrero de 1939, presenciando el momento en que el botánico llevó a cabo el injerto en el árbol de la plaza. La libreta de tapas negras era un documento demasiado valioso para dejarlo al alcance de otras manos, sobre todo considerando que un extraño ya había entrado a su dormitorio para llevarse *Rayén*.

Veloz, tomó el cuaderno y, con él firmemente sujeto contra su pecho, paseó la vista por el lugar. Tenía que encontrar el mejor escondite. Entonces tuvo la idea: tomó la mesita de noche y la empujó hacia el lado. Con la ayuda del mango de su cepillo de dientes presionó una de las tablas del suelo hasta que ésta cedió en uno de los extremos. Con la mano terminó de levantarla, dejando a la vista un breve espacio. Comprobó que era suficientemente grande para guardar la libreta. Una vez que la acomodó, volvió a colocar la tabla en su sitio. Perfecto. Regresó la mesa de noche a su posición original. Retrocedió unos pasos y observó su labor: no había señal que la delatara. Un poco más confiada, se puso su abrigo y salió al pasillo en busca de Rosa.

La encontró en su taller, sentada en silencio frente al enorme telar pleno de coloridas hebras de lana. Antes de interrumpirla admiró la rapidez y la exactitud de los blancos y delicados dedos que creaban las hileras de nudos que daban vida a un nuevo tapete. Rosa era una artista para crear dibujos, trazos y símbolos de distintos colores. Le llamó la atención una alfombra que colgaba del muro. Supuso que sólo estaba en exhibición, pues no parecía destinada a ser empaquetada como las otras. Había sido confeccionada con lana marrón, rojiza y negra. Al centro tenía un círculo. A partir de él, surgían nuevos círculos y triángulos de distintos tamaños, algunos coronados por cruces, flechas y otros signos que Ángela no reconoció. Era muy peculiar y poco estética, completamente distinta a las demás. Tal vez por eso nadie quiso comprarla, obligando a su dueña a colgarla como ejemplo de su trabajo.

—Buenos días —dijo inesperadamente la ciega dejando suspendida la labor.

Ángela terminó de entrar al taller. De inmediato sintió la presencia de Azabache, que se le pegó a las piernas. Se inclinó para acariciar el lomo del animal que se curvó de placer al contacto con la forastera.

—¿Tú sabías que el papá de Rayén también tenía un gato negro? —preguntó a Rosa—. Lo leí en el cuaderno de notas de don Ernesto.

—Sí, claro que estaba al tanto de eso —respondió retomando el tejido.

—¿Has sabido algo de Fabián? ¿Hablaste con su madre para saber cómo sigue?

—Fabián está a punto de tocar —fue toda la respuesta.

En ese preciso momento, sus fuertes golpes llenaron por un segundo la casa con su sonido hueco.

Ángela miró desconcertada a Rosa: ¿ella sabía que el joven estaba a punto de llegar?, o simplemente... ¿Lo había adivinado? Decidió que no perdería tiempo en buscar una respuesta lógica. En Almahue nada parecía regirse por reglas sensatas. Corrió por el pasillo seguida por Azabache. Cuando abrió, se encontró de frente con el rostro de Fabián, al parecer completamente repuesto de los dolores que lo derribaron.

—¡Estás sano!

—Y todo gracias a Rosa.

Sin contener el impulso, Ángela abrazó con fuerza a Fabián. Su cuerpo reaccionó ante las emociones que él le provocaba. Aspiró su olor a madera fresca, a bosque, a viento frío. Quiso quedarse ahí, protegida por los brazos fuertes que la rodeaban. Se miraron por un instante.

Ángela recordó el embrujo de Rayén y sintió el vértigo de saberse culpable de los males de Fabián. Con un brusco movimiento se soltó del muchacho y retrocedió un paso. Un ronroneo de Azabache anunció la llegada de Rosa, cuya figura surgió de las tinieblas del pasillo.

—Tranquila —dijo la dueña de la casa que, como siempre, parecía comprenderlo todo—. Puedes abrazarlo. Fabián es inmune al *malamor* por las infusiones que bebió.

Las palabras de Rosa provocaron sorpresa en los jóvenes.

Fabián avanzó hacia ella, la tomó de las manos. Su rostro reflejaba la emoción que sentía pero que, debido a su melancolía, no podía expresar con palabras. Sólo fue capaz de regalarle un sincero y cariñoso abrazo que la tejedora de alfombras recibió con humildad.

—A la que le tienes que agradecer es a Ángela, que colaboró con el único ingrediente que me faltaba: una gota de sangre de un forastero enamorado.

Ángela sintió cómo su boca se abría sin que ella pudiera evitarlo.

Rosa había dicho la palabra clave: "enamorada". Entonces era cierto que su corazón estaba prendado de Fabián. Y esto era tan evidente, que hasta una ciega podía darse cuenta de su pasión. La pena de verse desenmascarada le provocó un remolino en el estómago que sólo pudo disimular al ponerse a hablar sin pensar en lo que decía:

—¿Eres más poderosa que Rayén? ¿Podrías preparar infusiones para todo el pueblo? ¿Eso quiere decir que los tiempos de desamor ya terminaron? —preguntó sin hacer una pausa para respirar.

—No —contestó Rosa—. No es tan fácil: el antídoto es temporal. Sólo dura unos días. Y, para que tenga efecto, la persona que beba el brebaje también tiene que estar enamorada. El único que reúne esas características es Fabián.

Esta vez fue el turno del aludido para reaccionar ante las palabras de Rosa. Por más que buscó protegerse con las sombras del pasillo, Ángela vio cómo su rostro cambiaba por la noticia: una breve luz se asomó en sus pupilas ensombrecidas durante años. Pero claro, ni una palabra dijo al respecto. ¿Acaso no iban a platicar del beso que se dieron en casa de los Schmied? ¿A tal punto llegaba la distancia que quería mantener el joven taciturno y misterioso?

La forastera volvió a salvar la situación, cortando el incómodo silencio.

—Necesito hablar con Egon Schmied. ¿Me puedes llevar con él? —le preguntó a Fabián que seguía sin mirarla directamente.

—¿Y para qué quieres hablar con él? —preguntó endureciendo el tono de su voz.

—Tengo que hacerle algunas preguntas sobre Patricia. ¿Está en la casa?

—No, a esta hora está en el astillero. Yo te llevo —declaró, avanzando hacia la puerta.

Salieron rumbo al astillero que el único hijo de Walter y Silvia administraba. Azabache saltó hacia la acera dispuesto a irse con Ángela, quien tuvo que tomarlo para frenar su carrera.

—Tú no vas a ninguna parte —le dijo con fingida molestia—. Te quedas aquí, con tu dueña.

Se acercó a Rosa para devolverle al animal que maullaba, inquieto y en franca rebeldía por ser atrapado a mitad de camino. La dueña de la casa acunó a Azabache y aprovechó el instante para advertirles.

—Cuídate, Ángela… vienen tiempos muy difíciles para ti.

—¿Y cómo lo sabes?

—Porque puedo verlo. Por favor, cuídate —respondió la ciega con seguridad.

"Un poco afortunado juego de palabras", pensó la joven mientras se alejaba por la calle tratando de seguirle el paso a Fabián. Su intuición le dijo que, en el fondo, Rosa tenía la razón: bastaba con recordar las huellas cerca de la ventana para saber que estaba metida en algo mucho más turbio y peligroso de lo que imaginaba.

# 8

## Walter Schmied

—Háblame de Walter Schmied —pidió Ángela mientras caminaba a grandes zancadas junto a Fabián.

—¿Qué quieres saber?

—No sé. Cuéntame todo lo que sepas de él.

Fabián pestañeó, queriendo ordenar su respuesta. Luego tomó aire y comenzó a hablar.

—Don Ernesto tiene una muy mala relación con su hijo. Y la culpa de todo lo tiene el accidente que tuvo don Walter hace unos años…

—¿Cuántos? —quiso saber Ángela.

—Siete, ocho. Un día desapareció… se hizo de noche y no llegó a la casa. La señora Silvia se puso como loca…

Subía y bajaba las escaleras gritando sin que nadie pudiera calmarla.

La joven no pudo evitar una sonrisa burlona: no tenía que hacer el mínimo esfuerzo para imaginar a la estirada mujer en su ataque de histeria. Sin embargo, se sintió culpable de alegrarse de la desgracia ajena, y siguió escuchando.

—Pasaron tres días y nada se supo de don Walter. En Almahue ya lo daban por muerto. Así siguieron las cosas, hasta que alguien dio la voz de alerta: habían encontrado su bufanda en el bosque. Organizaron un grupo y me pidieron que los acompañara. Nos fuimos para el monte, siguiendo la ruta de la selva.

—¿Y don Ernesto? —inquirió.

—Él nunca salió de su cuarto. Estaba muy mal. Muy, muy mal. Mi mamá se quedó con él todo el tiempo. Pensamos que no podría resistir de tan débil que se puso —dijo Fabián sin ocultar el dolor que le provocaban sus palabras.

Luego de una pausa, siguió con su relato. Le explicó que el grupo recorrió el bosque hasta que descubrieron huellas de zapatos, de gruesas botas de trabajo como las que usaba el desaparecido y, sin más pistas, siguieron el trayecto que se dibujaba en el barro.

Así fue como llegaron a la cueva. Las pisadas se perdían al otro lado de una abertura en la montaña, una grieta vertical que fue producida por uno de tantos temblores. A pesar de ser el menor del grupo, Fabián se ofreció para internarse en la gruta armado con una linterna. Adentro, el aire apestaba a tierra podrida, a hojas convertidas en composta, y tuvo que hacer un gran esfuerzo para no salir a vomitar.

El techo de roca lo obligaba a inclinar la cabeza. La galería tampoco era muy ancha. Agradeció a los cielos no sufrir claustrofobia, sobre todo cuando el túnel se hizo aún más estrecho y sus hombros rozaron las paredes. El intermitente ruido de las gotas cayendo sobre charcos, de los aleteos de murciélagos y de los roedores desplazándose por la oscuridad no le amilanaron el ánimo.

Al cabo de unos metros, la luz de su linterna iluminó una bóveda más grande y alta. Cientos de estalactitas pendían sobre su cabeza. Asustado, creyó ver unos ojos rojos cerca de sus pies. Imaginó que una serpiente estaba replegándose para lanzarse y atravesarle el tobillo con sus colmillos. Pero, al iluminar el lugar, se dio cuenta de que se encontraba ante una fogata que conservaba algunas brasas.

—¿Alguien vivía ahí? —preguntó Ángela absolutamente atrapada por la historia.

Fabián le explicó que, en un primer momento, él quedó tan desconcertado como ella al ver los restos del fuego. Entonces se dedicó a alumbrar cada centímetro de la cueva en busca de pistas que lo ayudaran a entender. De pronto, apareció una mano ante sus ojos. Aterrado, comprobó con alivio que la mano seguía unida a un brazo, y el brazo a un cuerpo. Así fue como encontró a Walter Schmied, desmayado en medio de un charco de hojas podridas y rodeado por varias frutas a medio comer. Él estaba cubierto de costras.

—¡Socorro! ¡Necesito ayuda! —gritó Fabián.

Al cabo de un rato, los hombres sacaron al marido de Silvia. Luego de mirarlo comprobaron que tenía varias magulladuras, como si se hubiera enfrentado a un animal salvaje. El tobillo derecho tenía una fractura expuesta que empezaba a supurar.

—Pero no entiendo —dijo Ángela frunciendo el ceño—. Si se quebró una pierna por qué se escondió en una cueva en lugar de volver a su casa. O... ¿alguien lo llevó hasta ahí?

—No había más huellas que las suyas —contestó Fabián—. Por lo visto, él se metió en la cueva.

—¿Y qué explicación dio?

—No se acordaba de nada.

Fabián le contó que, cuando llegaron con Walter a la casa, el revuelo fue mayúsculo. Silvia se desmayó al verlo en tan lamentable estado, mientras Elvira se fue a la cocina a hervir agua para limpiarle las heridas. Lo acostaron y Egon mandó a llamar al doctor Sanhueza, que llegó cargando su maletín y acompañado por una enfermera. Le enderezó el pie con un brusco tirón que hizo sonar los huesos como una nuez que se parte con una piedra, y luego dejó que su asistente lo vendara hasta la rodilla. Examinó una a una las heridas, y llegó a la conclusión de que ningún animal lo atacó: no tenía rastros de dientes ni de garras. Sólo incisiones provocadas por algún tipo de arma blanca.

—¿Y entonces qué fue?

Fabián levantó los hombros.

—Nunca se supo. Lo peor vino cuando don Ernesto bajó de su dormitorio a ver a don Walter.

—¿Por qué? ¿Qué pasó?

—Don Ernesto no lo reconoció. ¿Te imaginas? No reconoció a su propio hijo —dijo el muchacho alzando su tono de voz—. A partir de ese momento, la relación entre los dos se rompió para siempre.

Le contó que el anciano se encerró en su habitación y nunca más salió. Walter Schmied no volvió a ser el mismo: tenía bruscos cambios de carácter y durante mucho tiempo no se atrevió a asomarse fuera de su casa. Cada vez que encendían la chimenea comenzaba a gritar y temblaba. Cuando se alteraba perdía la orientación y hablaba en un idioma extraño que nadie consiguió identificar. Incluso, en algunas ocasiones, era muy agresivo y desarrollaba una fuerza casi sobrehumana. Sin embargo, al cabo de unos minutos de crisis y pánico, recuperaba la cordura y seguía como si nada. Poco a poco la herida de su tobillo sanó, pero le quedó la huella del accidente en su cojera.

De pronto, Fabián detuvo sus pasos y se volvió hacia Ángela.

—Llegamos —exclamó, señalando hacia el frente.

La muchacha descubrió que estaban a punto de cruzar el portón de una propiedad privada. En la parte alta del umbral, un cartel pintado a mano anunciaba en enormes letras negras "Astillero Almahue". En el terreno se alzaban dos enormes bodegas construidas casi sobre la arena, y desde el centro de una de ellas sobresalía un tablado que se adentraba en el mar a manera de muelle. Varias embarcaciones flotaban amarradas al atracadero, y algunas yacían sobre la playa en espera de ser reparadas o reconstruidas.

El trajín de los empleados y las gaviotas recibió a la pareja. El aroma a salitre y barniz se hacía más intenso a medida que se adentraban en el lugar. Les dijeron que Egon estaba en la oficina. Hacia allá se encaminaron. El despacho estaba en la parte trasera de una de las bodegas, por lo que tuvieron que entrar para descubrir la puerta que decía con letras doradas "Privado". Mientras cruzaban la bodega, Ángela vio el enorme espinazo de un barco: sus entrañas parecían las costillas de un descomunal dinosaurio de madera.

—¡Adelante! —oyeron después de que Fabián golpeara la puerta.

El lugar donde Egon trabajaba era estrecho, carecía de ventanas y tenía un gran escritorio que ocupaba casi todo el espacio. Las paredes estaban cubiertas de cuadros con fotografías de yates, cruceros, catamaranes y diferentes navíos, una clara obsesión del hijo de Walter. En una mesa lateral estaba un antiguo aparato de radioaficionados, rodeado por una colección de coloridos barcos dentro de botellas.

La joven recordó que Carlos Ule le comentó que, en caso de emergencias, existía en Almahue una radio de onda corta y, al parecer, el administrador del astillero era uno de los operadores.

Egon los recibió asomándose tras un cerro de papeles y facturas que revisaba sin entusiasmo. Al ver a Ángela se puso de pie con velocidad y se pasó la mano por el cabello en un estudiado gesto de vanidad.

—Pero qué sorpresa más agradable —exclamó mientras salía al encuentro de Ángela, que arrugó la nariz al percibir el intenso aroma a perfume.

Sin embargo, se detuvo en seco en cuanto vio a Fabián. Lo saludó con un distante pero cortés movimiento de cabeza.

La muchacha avanzó hacia el centro de la oficina, pero su pie tropezó con algo y tuvo que sujetarse de Egon para no caer: su zapato se había enredado con la argolla metálica de una compuerta de madera que medianamente se ocultaba en el suelo.

—Es la entrada a un sótano abandonado. Yo también vivo doblándome el tobillo cuando la piso. ¿Y a qué se debe esta inesperada visita? —preguntó el único hijo de los Schmied mostrando una hilera de dientes perfectos.

—Vengo a buscar información sobre Patricia Rendón —le dijo Ángela sin pestañear.

Egon permaneció en silencio, asimilando lo que acababa de oír.

La piel de su rostro palideció y tuvo que apoyarse disimuladamente en una esquina del escritorio para mantener el equilibrio. "¿Cómo es posible?", reflexionó en medio de su confusión. Había sido tan discreto. Pensó que nadie los había visto. ¡Cometió un imperdonable error!

—No conozco a ninguna Patricia Rendón, lo siento.

—Sabes muy bien de quién estoy hablando —le dijo la joven, envalentonada al ver la reacción que provocaron sus palabras—. Lo mejor será que me digas dónde está. Y mientras antes lo hagas, mejor.

—Creo que hay un error...

—¡Patricia estuvo aquí hace una semana y desapareció misteriosamente! —lo encaró Ángela cerrándole el paso al darse cuenta de que él pensaba moverse de sitio—. ¡Y te vieron con ella un par de veces!

Egon tomó el teléfono celular de la mesa y se lo echó al bolsillo. Se pasó una vez más la mano por el pelo, esta vez no para peinarse, sino para tratar de ocultar su mirada asustada.

—Lo siento, pero tengo mucho trabajo... —masculló yendo hacia la puerta.

Ángela se interpuso, desafiante.

—Quiero saber dónde está mi amiga.

—¡No tengo idea de quién es esa Patricia Rendón! Y ahora, si me permites, tengo demasiadas cosas que resolver —exclamó molesto.

Salió de la oficina casi corriendo, perdiéndose en el ajetreo de la bodega. Ángela volteó hacia Fabián, que permanecía mudo en una esquina.

—Está mintiendo —sentenció mordiendo las palabras con rabia.

—¿Cómo lo sabes?

—Porque no puede disimular. Pero no te preocupes, que esto no se va a quedar así. ¿Te atreves a seguir ayudándome?

—Cuenta conmigo. ¿Qué quieres hacer?

—Ir a casa de los Schmied. Si de verdad ese tipo sabe dónde está Patricia, yo lo voy a descubrir —dijo frunciendo el ceño y haciendo brillar las pecas de su rostro.

Acto seguido, abandonó el lugar donde sólo quedó el penetrante aroma del perfume de Egon Schmied.

# 9
## Escondites

—La culpa es de... ¿de *esp*-? ¿*Esp*-? —preguntó Fabián avanzando en una zancada lo que a Ángela le tomaba tres pasos.

—Sí. Eso mismo. No puedo mostrarte el mensaje porque mi *iPhone* se cayó en una grieta durante el temblor, el día de la quema de la bruja... ¿te acuerdas? —respondió casi trotando a su lado—. Lo importante es que Patricia, antes de desaparecer, trató de comunicarse conmigo para avisarme que estaba en peligro. Y lo último que pudo decir es que la culpa era de *esp*... No alcanzó a terminar la frase —explicó ella resumiendo lo mejor posible la situación.

Fabián detuvo su marcha. Se quedó en silencio unos instantes mientras se frotaba las mejillas a causa del viento frío de la tarde.

—Por eso, cuando descubramos qué quiso decir Patricia, sabremos quién la tiene —concluyó la joven.

—Bueno, lo primero que debemos hacer es tratar de rescatar tu teléfono de la grieta.

—Me imagino que estará roto…

—Lo sabremos cuando lo saquemos, ¿no crees? —dijo echando mano a la lógica más absoluta, la de los hechos consumados—. ¿Y si tu amiga se quiere comunicar contigo de nuevo, adónde te va a llamar?

—Y no sólo eso… Tengo que ver cómo le hago para hablar con mi mamá.

Ángela sacudió la cabeza molesta por el aislamiento, y se echó a andar rumbo a la casa de los Schmied.

El muchacho, con sólo dos zancadas, la alcanzó, y, a la tercera, la rebasó. "¿De verdad no piensa conversar sobre el beso que nos dimos?", pensó Ángela. "¿Es posible que alguien sea *así* de reservado?"

"El efecto del brebaje es temporal, sólo dura unos días", recordó Ángela como si las palabras de Rosa fueran una sentencia. Si pensaba tener algo más serio con Fabián, tenían que apurarse en vencer a Rayén.

"Pero ¡Patricia aún no aparece! y yo, aquí, ¡pensando en romances y estupideces!", se regañó en silencio y apuró el paso.

En su camino pasaron frente a la plaza donde algunas personas aún celebraban el nacimiento de la nueva rama. Ángela los escuchó hablar sobre la fiesta que quizá organizarían para conmemorar el prodigio: después de setenta años, el hecho de que un brote de vida surgiera de un árbol que sólo sabía morir era algo que merecía ser festejado.

Al verla atravesar la calle, algunos rostros se volvieron hacia ella y cambiaron sus expresiones por molestia y desafío. No la querían en Almahue. Su presencia causaba recelo, desconfianza.

Sintiéndose seguida por más ojos de los que hubiera deseado, llegó hasta el frente del hogar de don Ernesto. De manera instintiva caminó hacia la puerta principal, pero Fabián le hizo señas para que lo siguiera. Con un gesto le indicó que entrarían por la parte trasera, y le pidió silencio poniéndose un dedo sobre los labios. Ella asintió y se fue tras él, bordeando la casa, hasta llegar a la entrada de la cocina.

Fabián abrió despacio y, al ver que no había nadie, le dejó libre el paso para que entrara. El lugar estaba presidido por una enorme estufa de leña donde borboteaban un par de ollas que anunciaban deliciosas fragancias para la cena. Había varios canastos repletos de papas, tubérculos y granos que Ángela no reconoció de inmediato, pero que se le antojaron deliciosos. Se distrajo mirando una ristra de ajos que colgaba desde una viga que sobresalía en el techo. Se detuvo frente una larga colección de frascos llenos de nueces, almendras, piñones, avellanas, ajonjolí, y muchos otros que tenían una etiqueta escrita con perfecta caligrafía. Así siguió hasta que escuchó que la llamaban en susurros.

Fabián ya estaba con un pie en el pasillo que conducía a la escalera, esperándola.

—Parece que tenemos suerte y estamos solos. Hay que apurarse...

Subieron aprovechando que nadie rondaba por el lugar. El muchacho se detuvo frente a una puerta cerrada y, a señas, le indicó que habían llegado a su destino.

Decidida y con la imagen de Patricia metida en la cabeza, Ángela abrió y entró al cuarto de Egon Schmied.

El lugar estaba pulcramente ordenado, con muy pocos muebles y adornos. Sobre los muros de madera colgaban varios cuadros con motivos marinos y embarcaciones de vela. La cama era angosta, cubierta por un edredón de plumas que llegaba hasta el suelo. Bajo la ventana, una mesa que hacía las veces de improvisado escritorio soportaba algunos libros, una lámpara de bronce, y una computadora que la joven reconoció al instante.

—¡Una IBM ThinkPad 700C! —exclamó sin contener su asombro.

Fabián volteó hacia ella exigiéndole silencio con un gesto de nerviosismo. Ángela asintió, apenada, y señaló el pesado y obsoleto armatoste.

—Mi hermano tenía esa laptop en 1998... Por lo visto, Egon, además de mentiroso, es anticuado.

Con un rápido vistazo comprobó que en el dormitorio no había muchos lugares donde buscar escondites. Durante un instante creyó que su deseo de hurgar las pertenencias era en vano. ¿Qué podía ocultar Egon en un sitio donde había tan pocos muebles y cajones?

—¿Qué estamos buscando? —preguntó en voz baja Fabián, que sólo quería salir de la habitación.

La forastera no supo qué responderle. Le dijo que no sabía, pero que podían revisar las gavetas, mirar bajo el colchón y hurgar en el clóset para encontrar algo.

—¿Algo como qué? —volvió a preguntar, pero esta vez su acompañante no le contestó.

Fabián, sin ocultar su confusión, levantó los hombros y fue a mirar bajo la cama. Ángela descorrió la puerta del clóset. Una bocanada de perfume le dio de lleno en la nariz y la hizo estornudar un par de veces. El dueño del cuarto no conocía la moderación. Debía vaciarse medio frasco cada mañana, porque toda su ropa olía de un modo intenso e indeleble. Metió la mano entre sus calcetines y camisetas. Hurgó entre los suéteres y los pantalones. Nada. Todo estaba en perfecto orden. Ni un indicio de que hubiera algo misterioso o fuera de sitio.

De pronto, el crujido de una madera los paralizó a ambos. Se tardaron sólo un instante en descubrir que el ruido venía del pasillo: era una pisada que se acercaba al dormitorio. Ángela leyó el terror en la mirada de Fabián que buscaba dónde esconderse con desesperación. Con sigilo, deslizando apenas los pies por encima de las tablas del suelo, la pareja se replegó contra el muro. Ángela sintió el cálido aliento de Fabián cerca de su oreja y escuchó el tambor de su corazón anticipándose al problema en que se verían envueltos si alguien los sorprendía.

Con horror, vieron cómo el picaporte empezó a girar.

Fabián, con un solo y certero movimiento, la empujó dentro del clóset. Ángela quedó entre la ropa que colgaba de la barra y una división lateral. Por poco se golpea contra la pared del fondo cuando él también se metió y cerró sin hacer ruido. Los dos contuvieron la respiración, intentando no provocar el más mínimo sonido. Ella sintió cómo Fabián le tomaba la mano en una clara muestra de amparo. Deseó besarlo, pero la circunstancia no era la más propicia.

A través de una rendija vieron entrar a Silvia Poblete. Ambos sintieron un estremecimiento al imaginar que serían sorprendidos. La madre de Egon avanzó hacia el centro del cuarto, la ceja en alto, la mirada severa recorriendo el lugar. Se acercó a la cama, acomodó uno de los cojines y estiró el edredón para que su caída fuera recta, sin arrugas. Luego fue el turno de la mesa: alineó un par de libros, apenas movió unos milímetros la lámpara y centró la computadora. Al terminar, asintió conforme.

Entonces posó su vista en la puerta del clóset.

Dentro, los intrusos retrocedieron de manera instintiva al verla acercarse. La dueña de la casa se paró frente al armario. Molesta por la ranura que dejaba ver la oscuridad del interior, posó su mano en la perilla. Cuando estaba a punto de abrir, se oyó la voz de Elvira:

—¡Señora Silvia...!

La mujer detuvo el movimiento. Volteó y vio asomarse a la cocinera.

—¿Podría acompañarme un momento? Me gustaría que probara el arroz.

—¿Por qué? ¿Otra vez te quedó salado? —respondió con cierta molestia—. ¡Por Dios, Elvira! Desde hace unos días, tengo que supervisar todo lo que haces...

Con una ligera pero sonora exhalación de contrariedad —que tenía como único propósito demostrar lo molesta que estaba por la interrupción— Silvia devolvió sus pasos rumbo al pasillo. Antes de partir, echó un último y conforme vistazo al dormitorio de su hijo.

Salió, cerrando tras ella. Ángela y Fabián soltaron la respiración, sintiendo que habían envejecido un siglo. Con todo el cuidado del mundo, abrieron la puerta del clóset y se asomaron.

Al saberse solos, abandonaron su escondite.

—Eso estuvo cerca —comentó él, aliviado—. Ahora vámonos de aquí lo antes posible.

Ángela iba a responderle que sí, que ya no tenían nada que hacer en ese lugar, cuando algo llamó su atención: un destello metálico en la parte baja del armario, una pequeña superficie pulida que durante un instante reflejó la luz.

Un presentimiento la hizo fruncir el ceño.

Sin pensarlo dos veces se inclinó sobre los zapatos y las botas, siguiendo el imán del reflejo. Sus dedos recogieron un teléfono celular. El corazón le dio un brinco al ver el aparato: un Motorola último modelo. Al girarlo, una calcomanía de Hello Kitty confirmó sus sospechas.

El rostro de la joven palideció como si toda la sangre de su cuerpo se le hubiera ido a los pies. Miró aterrada a Fabián, incapaz de hablar.

—¿Qué pasa?

—Es de Patricia —balbuceó—. Es el teléfono de mi amiga...

Lo encendió. Le quedaba muy poca batería: sólo una barra, la más pequeña, se iluminó en el indicador. Con mano temblorosa localizó el *Outbox*. Reconoció su número como el último marcado. Ahí estaba el mensaje de video. Oprimió *Play* y, sin advertirle nada, puso la pantalla frente a los ojos de Fabián.

—¡Ángela, esto es horrible...! ¡Horrible...! ¡Tienes que ayudarme! ¡Por favor! ¡Por favor...! ¡Ven a salvarme, te lo ruego! ¡La culpa es de... es de... esp...! —gritó una vez más Patricia a través de la bocina.

El joven permaneció inmóvil unos instantes, asimilando lo que acababa de ver.

—Esto es mucho más grave de lo que pensé —fue todo lo que atinó a decir.

—¡Yo sabía que Egon tenía algo que ver con la desaparición de mi amiga! ¡Te lo dije! ¡Ese tipo me mintió!

—Hay que ir a la policía. ¡Lo antes posible! —aconsejó, sabiendo que las cosas se complicaban para los que vivían en la casa.

Ángela iba a guardarse el celular en el bolsillo, pero tuvo una idea. Veloz, lo volvió a encender y entró en el fólder de multimedia. Accedió y seleccionó la alternativa *Pictures*. Fabián la veía apretar botones con pericia.

En la pantalla apareció el listado de las últimas fotografías tomadas por su compañera: algunas vistas de la cordillera, una panorámica de la caleta de pescadores, un retrato de Egon que sonreía divertido. Ángela eligió una en particular y oprimió *Enter*.

Al instante, una imagen se desplegó en el recuadro: Patricia estaba de pie junto al espantapájaros del patio de Rosa, mirando directo a la cámara. Era obvio que ella se había tomado la foto, pues uno de sus brazos se alargaba hacia delante, saliéndose del cuadro. El otro apuntaba al cuerpo del muñeco como si estuviera señalando un punto específico.

El dedo de Patricia señalaba el corazón.

"¿Por qué? ¡¿Por qué?!", pensó Ángela durante un eterno instante.

—¡Ven, acompáñame! —pidió la joven echándose el celular al bolsillo.

Fabián la detuvo, sosteniéndola por un brazo.

Ahora él estaba tan pálido como ella.

—¿Ya te diste cuenta? Egon Schmied Poblete...

—No entiendo.

—Sus iniciales: ESP. ¡La culpa es de *esp*-! —remató en voz baja.

Sin decir una sola palabra, Ángela avanzó junto con Fabián escaleras abajo. Al llegar al recibidor, la puerta de la calle se abrió y Walter Schmied entró con su característica bufanda, silbando y acarreando con él la baja temperatura de la tarde. Sonrió al ver a la joven.

—¡Qué bueno que te encuentro! Precisamente vengo de organizar la primera cuadrilla de hombres para salir a buscar a… —alcanzó a decir antes de que ella le pasara a su lado sin mirarlo ni detenerse, y se precipitara hacia la calle seguida por el hijo de la cocinera.

Ángela corrió sin importarle el frío que congelaba los charcos en la tierra; no le interesó que algunos le gritaran improperios al verla pasar; no le importó que sus pulmones la amenazaran con estallar por el esfuerzo y el exceso de aire gélido que estaban recibiendo; no le importó que su alma tuviera más miedo que alivio al encontrar el celular en el clóset de Egon. No había más que decir. Lo grave no era que las letras E, S y P coincidieran con el nombre del primogénito. Lo más serio era que concordaban con el comienzo de la palabra espantapájaros.

# 10

## El espantapájaros

Ya estaba completamente oscuro cuando Ángela se precipitó dentro de su cuarto. Sudaba a pesar del frío, y a duras penas conseguía respirar a causa del esfuerzo de la carrera. Junto a ella venía Fabián, a quien el ejercicio físico no le provocó ningún desajuste. "O él está acostumbrado a moverse sólo usando sus piernas, o los brebajes preparados por la ciega son mucho más poderosos de lo que imaginé", pensó la joven yendo directo hacia la ventana. Descorrió las cortinas. Afuera, en la penumbra del crepúsculo, se dibujó la silueta del espantapájaros.

Ahí estaba. Esperándola.

Giró para mirar la puerta del ropero: una vez más estaba abierta, reflejando el muñeco que ya no le parecía tan peligroso ni hostil. Se había convertido en un inesperado cómplice de su búsqueda.

—¡Escúchame, tenemos que ir a la policía! —seguía repitiendo Fabián—. ¡No hay tiempo que perder!

Pero ella no le respondió: estaba demasiado concentrada quitándole el seguro a la ventana. Con un movimiento decidido, abrió las dos hojas. El viento helado se coló al cuarto, sacudiéndole el pelo y venciendo al tibio vaho que producía el calentador.

Ante la mirada atónita de Fabián, Ángela dio un salto y se trepó sobre el alféizar. Se quedó sentada unos instantes, con los pies colgando hacia el exterior. Desde ahí dio un brinco cayendo sobre el fango fresco que aún mostraba las huellas del intruso que la espiaba.

Fabián la siguió sin cuestionárselo: no permitiría que la joven fuera sola hacia el fondo del jardín sombrío, considerando las gravísimas cosas que pasaban en Almahue. Nunca antes había desaparecido nadie, y menos una forastera. Apenas volviera a salir el sol, iría al retén policial para avisarle al teniente Orellana que Egon Schmied Poblete había secuestrado a Patricia Rendón.

Y, si no le creían, tenía el video con el mensaje como evidencia.

Ángela llegó junto al espantapájaros que, cara a cara, era mucho más grande de lo que se veía a través de la ventana. De su bolsillo extrajo el teléfono de Patricia y volvió a abrir la fotografía. Corroboró que la mano de su amiga señalaba un punto preciso en el torso: el corazón.

—¡Ayúdame! —pidió ella.

Fabián sostuvo el celular para que Ángela pudiera usar las manos. Decidida, encontró en la vieja camisa que vestía al monigote un agujero por donde introdujo un dedo. Entonces rasgó la tela para llegar con mayor facilidad hasta la paja. Metió el brazo casi hasta el codo, sintiendo cómo las duras briznas del relleno le rasguñaban la piel. Se quejó e intentó seguir adelante. Fabián la tomó por los hombros y la empujó con suavidad hacia un costado.

—Déjame a mí.

Lo vio quitarse el suéter a pesar de la baja temperatura. Se arremangó la camisa y hundió el brazo por el orificio abierto por Ángela.

—¿Qué buscamos? —preguntó con las mandíbulas apretadas por el dolor que sentía al escarbar en la paja apretada.

—No lo sé... ¡No lo sé! —contestó con sinceridad.

La oscuridad casi era total cuando sintió un rollo de papel que le rozaba la yema. Apretó con fuerza los labios y hundió un poco más el antebrazo. Al sacarlo, traía una hoja de cuaderno doblada en cuatro.

—¿Qué es esto?

—Un mensaje que me dejó Patricia —contestó con una seguridad tan apabullante que ella misma se sorprendió de su intuición.

Le pidió que iluminara con el celular y lo acercara, para ver qué decía la nota. Al desdoblarla, Ángela reconoció de inmediato la letra de su amiga: trazos grandes y todas las letras escritas con mayúsculas, como era su costumbre. Era obvio que fue redactado con apremio, ya que el trazo de las letras era tembloroso. Gracias a la luz de la pantalla del teléfono pudo leer:

KARL WILHELM. CUEVA.

La joven frunció el ceño. Por lo visto, esa noche tendría mucho en qué pensar cuando terminara de leer la continuación de la libreta del patriarca de los Schmied. ¿Qué quería decirle Patricia? Al girar el papel, descubrió el boceto de un mapa: una cruz marcaba el inicio del recorrido. Bajo ella se leía "Almahue". La línea seguía recta hacia el norte y terminaba en otra equis señalada como "Bosque". Desde ahí surgía un nuevo tramo, esta vez hacia la derecha, que señalaba diferentes hitos en el camino hasta llegar a un destino final marcado por cinco letras decisivas: RAYÉN.

—Necesito que me hagas dos favores —le pidió a Fabián mirándolo con dificultad a causa de la noche sin luna.

—Los que quieras.

—Mañana, cuando Egon se vaya al astillero, róbale su computadora.

Y, antes de que él pudiera reclamar por el peligroso encargo, ella siguió adelante:

—Me la vas a traer aquí porque la vamos a usar. Y luego me acompañarás al bosque... vamos a descubrir qué encontraremos si seguimos las indicaciones del mapa.

Dicho eso, le dio un par de palmadas de agradecimiento al destripado espantapájaros y entraron a la casa. Esa noche Ángela tenía una ineludible cita con el cuaderno de Ernesto Schmied.

# 11

## Bajo tierra

S u muñeca izquierda estaba sujeta por una pulsera metálica lo suficientemente ancha para hacerle daño desde la parte baja del antebrazo hasta el nacimiento de la palma de la mano. De aquella argolla salía una gruesa cadena que, tras un corto trecho, se unía al aro de hierro que estaba inserto en el muro. No había manera de escapar.

Había perdido la cuenta del tiempo que llevaba en cautiverio. Desde que cayó ahí, no había experimentado la diferencia entre día y noche, y ya era incapaz de distinguir los ritmos de su cuerpo. Las horas transcurrían eternas en la penumbra. La única ventana que comunicaba con el mundo exterior había sido tapiada. Y, además, estaba en la parte alta del muro. Era un pequeño rectángulo casi pegado al techo, lo cual la hacía suponer que estaba en un sótano.

La mayor parte del tiempo tenía los ojos cerrados. Así lograba evadirse durante largos periodos del permanente sofoco en el que vivía. El aire era espeso, mil veces respirado. Sólo se reemplazaba en los breves momentos en que la puerta se abría y la luz del exterior entraba sin piedad, deslumbrando hasta los ladrillos de las paredes. A causa de la breve cadena que la aprisionaba, ella no era capaz de voltear para verle la cara a su celador. El fogonazo de claridad duraba el tiempo justo en que alguien descendía una escalera rumbo al lugar donde estaba. No decía nada. No la tocaba. Tampoco le traía comida. Se queda unos minutos, en silencio, protegido por la oscuridad cómplice. Después se iba por el mismo camino por el que había llegado. Al cerrarse la puerta, la penumbra volvía a cubrirla con su manto. En el muro, sólo quedaba dibujada una delgada línea amarilla: una brevísima luz que se proyectaba desde lo alto. Ella suponía que era provocada por el foco que iluminaba el trayecto al sótano. Al cabo de unos instantes, aquel tímido rayo también se apagaba: su carcelero se había ido.

No quería confesárselo, pero ya había perdido toda esperanza. Era inútil seguir engañándose. No tenía duda de que la noticia de su desaparición provocó un pequeño escándalo entre su familia, sus amigos y compañeros de la universidad. Probablemente sus padres habrían viajado desde Concepción hasta Santiago, para hablar con la policía e iniciar el rescate lo antes posible. Pero nadie se desplazaría en su búsqueda al confín del mundo que inesperadamente se había convertido en su tumba.

Sólo le quedaba una opción. Una pequeña opción: que el video hubiera llegado a su destino. Pero la señal era muy débil y no tuvo tiempo de comprobar si fue remitido al número que marcó de memoria y con mano temblorosa. Apenas apretó *Send*, sintió el golpe en la parte trasera de su cabeza y el mundo se apagó durante un buen rato. Cuando volvió a abrir los ojos, ya estaba en ese lugar donde a duras penas podía verse las manos.

Patricia tuvo miedo. Mucho miedo. No era capaz de entender qué hizo para terminar prisionera, enterrada en vida en un sótano, sin alimento y sin posibilidad de escapar. Ya ni siquiera gritar valía la pena. Después de desgañitarse durante horas infinitas comprendió que nadie iba a escucharla. Estaba sola, completamente sola.

Y lo peor de todo —aún más doloroso que la presión de la pulsera o la incómoda posición que adoptaba para sentarse en el suelo áspero y frío, o que los espasmos de la fatiga y el hambre— era el recuerdo de la traición a su mejor amiga. "Todo se paga", pensó. "Todo".

Cerró los ojos para intentar engañar a la culpa y el susto por un par de horas, hasta que la pesadilla volviera a despertarse dentro de ella.

# 12

## Septiembre, 1939

Ernesto Schmied pica con los talones las ancas del caballo. Con la vista fija en el lejano horizonte que rebrota por la primavera que empieza a llegar, deja que el viento despeine su abundante cabello. Le gusta recorrer a galope los valles aledaños a la hora del atardecer, cuando la bóveda celeste se tiñe de lila y rojo, y el sol provoca luminosos incendios en la nieve de los picachos o en los hielos de los glaciares. Es en ese momento cuando él ensilla su corcel y se lanza a perseguir las sombras del crepúsculo. Así se siente libre. Su único amigo es el animal que relincha por el esfuerzo y lo acompaña en sus largos paseos donde su mente puede concentrarse en aquello que verdaderamente le importa. El único hijo de los Schmied tiene mucho en qué pensar: los negocios ganaderos de su padre algún día pasarán a sus manos. Más de dos mil cabezas de ganado vacuno que ya valen una fortuna que él tendrá que administrar y que, si tiene suerte, hará crecer. Los tiempos modernos conquistan las grandes ciudades, instalándose en ellas con su cargamento de primicias y adelantos, y él no pretende que el recién fundando Almahue se quede atrás en la modernización. Una nueva década está a punto de comenzar y Ernesto sabe que ha llegado la hora de demostrar que toda la inversión realizada en sus estudios no fue en vano. A pocos meses de convertirse en un veinteañero, no tiene más destino que formar una familia y echarse encima las responsabilidades que su padre, un hombre ya mayor y cansado, está próximo a depositar en sus manos.

Rayén. Es impresionante el poder que esa jovencita ejerce en él. Verla y caer rendido a sus pies fue inmediato. El día entero persigue el eco de su risa fresca. Atesora sus caricias. Podría recitar las palabras de amor que ella le ha dicho. Está absolutamente convencido que es la mujer con la que quiere compartir el resto de su vida. Ella es la madre de sus hijos, la abuela de sus nietos.

Sin embargo, algo ha frenado su valentía para poder decirles a sus padres la decisión que ha tomado. Cada vez que está dispuesto a enfrentarlos y contarles que pidió la mano de la hija del botánico, el presentimiento de un categórico rechazo lo acobarda y lo hace morderse la lengua. Se convence de que buscará el mejor momento para anunciar la noticia. Pero ya han pasado siete meses, y su novia comienza a perder la paciencia.

—¿Ya habló con sus padres...? —le preguntó ella cuando fueron a pasear por la playa.

—No... Aún no he encontrado la oportunidad precisa... —confesó Ernesto.

El joven vuelve a azuzar el caballo. El sol está cercano a la línea casi transparente que separa al océano del cielo. Vuelve a revivir su último encuentro con Rayén, recuerda que ella nada dijo tras su revelación. Sólo le soltó la mano y se adelantó unos pasos. Clavó la vista en el mar gélido, salpicado de islotes y cruzado por gaviotas ruidosas y estridentes.

—Por favor, comprenda —pidió él—. Mi padre ha estado muy ocupado con sus negocios. ¿Ya le conté que pretende levantar un astillero?

Pero ella ya no tenía ganas de comprender, ni mucho menos de seguir justificando el silencio de su enamorado. Ernesto avanzó hacia ella, la rodeó con los brazos.

—Los Schmied siempre hemos cumplido nuestra palabra. Muy pronto hablaré con mi familia, y también con su padre. No se asuste. Ya le dije que jamás volverá a sentirse sola ni desamparada...

—¡Quiero una hermosa boda! —pidió Rayén.

—Y la va a tener. Confíe en mí.

—¡Quiero que nos casemos en el bosque! —exclamó liberándose del abrazo y volviéndose hacia él con una radiante sonrisa—. ¡Quiero que nos casemos bajo los árboles, sobre las hojas, acompañados por la naturaleza!

Ernesto sólo pudo callar: sabía que eso era imposible. Imaginó la reacción de su madre al escuchar esa propuesta. Él estaba entre la espada y la pared.

—¿Por qué me mira así? ¿Qué dije?

—Nada, nada. Siga...

—¡Quiero que me prometa que vamos a hacer nuestra ceremonia en el claro del bosque! ¿No le parece una idea maravillosa?

"Cobarde", piensa Ernesto mientras deja que el viento le corte la cara con su filo invisible. "Eres un cobarde". Sujeta con las manos las riendas del animal que jadea junto con él en el esfuerzo de perderse en las sombras del paisaje del fin del mundo. El rostro de Karl Wilhelm se dibuja en su mente: lo ve asintiendo en silencio, aprobando cada una de las palabras de su hija, los esquivos ojos ocultos tras aquellos redondos anteojos. ¿Quién era realmente ese hombre? ¿Podría llegar a congeniar con su padre, un hombre tan distinto a él, un patriarca tan conservador y autoritario?

—¿Cuándo va a hablar con su familia? —preguntó Rayén una vez más.

—Pronto...

—¿Cuándo?

**LIBRO I** �֍ **HACIA EL FIN DEL MUNDO**

Ernesto sacude la cabeza, intentando borrar de sus oídos la pregunta que quedó sin respuesta. "Cobarde", se repite una vez más. "Cobarde, cobarde", se sigue diciendo, hasta que la imagen del jinete y su caballo se funden con la noche recién llegada, y todo queda en el más absoluto de los silencios.

El corcel enfila hacia la casa de los Schmied, que está al final de una polvorienta calle sin salida. Remata el camino con sus tres pisos, sus techos en desniveles y su bien cuidada sucesión de ventanas y torreones. Una capa de pintura amarilla cubre las maderas de sus muros, mientras que la de los marcos de las puertas y la reja que bordea el jardín es blanca. Otto Schmied, padre de Ernesto, y uno de los primeros hombres en llegar de Europa a la zona, pidió expresamente al inaugurar su hogar que nunca cambiaran el color, y su hijo pretende respetar su deseo. La nota de modernidad en el diseño la aporta una claraboya en el vértice superior del tejado: un gran ojo cíclope que otea Almahue desde lo alto.

Ernesto ata el caballo y se limpia los botines antes de entrar a la casa. Ingresa a la elegante antesala. Un candelabro se balancea sobre su cabeza e ilumina con delicadeza la estancia. Va a seguir hacia la escalera cuando escucha una velada risa femenina en el salón. "Por lo visto hay visitas", reflexiona. Camina hacia la puerta que abre sobre la estancia principal, pero se detiene al escuchar la voz de su madre:

—Sí, así es. Mi hijo se está convirtiendo en un hombre muy atractivo.

—Ayer lo vi en la calle central... Iba a caballo —dice una voz que el joven no alcanza a reconocer.

—Ernesto adora la equitación.

—Iba con la hija del brujo. Los dos en el mismo animal —remata la invitada con un tono de reproche.

Ernesto empuja la puerta, dispuesto a cortar la plática que no es de su agrado. El inesperado ruido de las bisagras obliga a doña Aurora de Schmied, su madre, y a su comensal, una gruesa mujer de mejillas rosadas y generosas, a ponerse de pie.

—Buenas noches —saluda el muchacho inclinando la cabeza.

—Ernesto, mira tu aspecto —lo reprende Aurora, acercándose a darle un beso.

—Disculpen. Estaba cabalgando —dice pasándose la mano por el cabello revuelto y metiéndose la camisa dentro de los pantalones.

—Hijo, ¿recuerdas a Filomena de Mora? —pregunta la mujer señalando a su invitada—. ¿Y a su hija?

Ernesto voltea y se encuentra con una joven que lo mira desde el otro lado del salón. Apenas se encuentran sus miradas, la muchacha baja la cabeza en señal de decoro y respeto, aunque en sus ojos permanece invicta una luz de admiración por el recién llegado. Viste un elegante traje azul marino cerrado hasta el cuello, y cubre sus brazos con un chal. Lleva el cabello recogido en un estirado moño sobre la nuca. Su cuerpo entero denuncia represión y falta de libertad, tan distinta a Rayén que exuda independencia por cada poro.

—Saludos, señorita —dice el hijo de Aurora sin mucho entusiasmo.

—Se llama Clara —interviene Filomena y le da un disimulado y cómplice codazo a Aurora en las costillas.

La aludida vuelve a inclinar la cabeza, trenzando los dedos y arropándose aún más en el chal que la envuelve. Ernesto comprende el motivo de la presencia de aquella muchacha: sus padres están pensando en su futura descendencia, en los herederos de la fortuna.

—Voy a lavarme. Bajo enseguida para que comamos —informa, y sale hacia el hall.

Aurora le hace un gesto a Filomena, pidiéndole que la espere sólo unos instantes, y va tras él. Lo alcanza cuando recién ha puesto el pie en el primer peldaño de la escalera.

—¿Es cierto que conoces a la hija del brujo...? —pregunta con la voz temblorosa de angustia—. Me llegó el rumor de que tú y ella han estado viéndose más de lo conveniente.

—La hija del brujo, como tú la llamas, tiene nombre. Se llama Rayén —responde Ernesto con seriedad.

—Nadie con ese nombre puede ser una persona de bien. No quiero que la vuelvas a ver —sentencia la mujer con determinación.

—¡Mamá, ya soy un adulto! —exclama, sin subir el tono.

—¡Pero sigues viviendo en esta casa, y sigues siendo mi hijo! ¡No quiero verte cerca de esa mujer con nombre de... de... indecente...!

Los dos permanecen en silencio unos instantes, bañados por la tamizada luz del candelabro central. El lejano gong de un reloj de péndulo anuncia que son las ocho y media de la noche. Ya es hora de servir la cena.

—No quiero volver a discutir contigo este tema. ¿O acaso prefieres que se lo cuente a tu padre, a ver qué opina él de tu amistad con esa salvaje? —remata la madre sujetándolo por el brazo.

No hay más que decir. Ella se acomoda el cabello, vuelve a su sitio un mechón que amenaza con salirse del riguroso peinado. Recupera una sonrisa vacía, impuesta, una máscara rígida que la convierte en una mujer de sociedad que siempre parece alegre y entusiasta. Le da un par de palmaditas en el hombro a su primogénito.

—Vete a lavar, que te vamos a estar esperando —dice, y regresa a pasos rápidos hacia el salón donde aguardan Filomena y su hija.

Ernesto sube de dos en dos los peldaños, las sienes latiéndole como si fueran a reventarse. Entra a su cuarto, azota la puerta. Los ojos le arden de lágrimas retenidas, por la furia que le trepa el cuerpo. Va hacia la ventana y mira hacia el exterior. En el cielo brilla una luna redonda, perfecta: un plato blanco colocado sobre un inmenso mantel negro.

"Rayén".

Escucha su risa, el chicotazo libre de sus cabellos al viento, el aplauso de sus manos ante cada maravilla de la naturaleza. "Ella sólo quiere echar raíces en esta tierra", se repite en silencio, "y yo la amo. La amo". Sus palabras dejan el dibujo de su vaho tatuado en el vidrio.

Está seguro de que, al menos para él, nunca volverá a amanecer. De ahora en adelante todo será vivir en una noche eterna. "Cobarde. Eres un maldito cobarde". Y se deja caer al suelo, ovillado como un niño que no quisiera levantarse jamás.

—¡Brujería!

Un tumulto rodea el árbol de la plaza. Todos señalan las ramas. Algunos se persignan y lloran; otros se tapan la boca y desvían la mirada, espantados e incrédulos, sin atreverse a ver lo que sus ojos se empeñan en revelar como una irrefutable verdad.

Clara Mora se abre paso, atraída por los gritos. Al llegar al centro de la glorieta, la respiración se le corta y un estremecimiento la obliga a arroparse aún más con el chal de lana que le cubre los hombros.

—¡Todos lo vimos malograr el árbol! —grita una mujer que parece llevar la voz cantante.

—¡Sí! ¡Le enterró algo en el tronco, como si hubiera estado enfermo! —agrega otra, asintiendo cada una de sus palabras con la cabeza.

—¡Es un brujo, ya no hay duda alguna! ¡Él y su hija tienen que irse ahora mismo del pueblo! —exclama la anciana que está junto a Clara, y que la mira en busca de aprobación.

"Cómo quisiera que esa salvaje se fuera lejos de Almahue", piensa Clara. Así no tendría que volver a verla correr descalza por la playa, persiguiendo gaviotas o galopando junto a Ernesto rumbo al bosque, siempre riéndose con la boca abierta, tan poco educada, tan insolente en su manera de vestir. Lo mejor que podría pasarle a todos —y especialmente a ella misma— era que el botánico y Rayén hicieran sus maletas y se subieran al primer lanchón que zarpara del muelle.

—¡Sí, que se vayan! ¡Que se vayan ahora mismo! —grita, convencida.

Varios celebran su atrevimiento y aplauden su vehemencia. Clara, de apenas diecisiete años, siente el seductor mareo de saberse escuchada. Sin proponérselo, todas las cabezas se vuelven hacia ella. Es la más joven del grupo, la única soltera que podría desposar al primogénito de los Schmied, y por eso es la que más tiene que perder con la presencia de los extranjeros. Con esa reflexión como excusa para seguir sacando la voz, se lanza llena de ímpetu al ruedo de la plaza.

—¿Se imaginan qué sucedería si deciden un día embrujarnos a todos? —exclama abriendo los ojos y los brazos para acentuar el dramatismo de su pregunta.

Sus palabras causan el efecto esperado. El pánico cunde. Varios se abrazan al más cercano, muchos empiezan a rezar en voz alta, haciendo vibrar las hojas del árbol que los cobija. Clara siente la energía de la turba subirle por las piernas, alcanzarle el pecho, provocando que su corazón rebote frenético entre sus costillas. La vista se le nubla y las rodillas se le doblan de sólo sentir que todas esas almas harán exactamente lo que ella quiera.

—¡A lo mejor ése es su plan! ¡Matarnos a todos con sus hechizos! —brama fuera de sí— ¡¿Vamos a permitir que lo logren?!

El resultado de su arenga es superior al esperado: un solo grito de combate, compuesto de decenas de voces, sacude de norte a sur la calle central del pueblo, sellando el destino del botánico y su hija.

Clara se permite que el viento de septiembre le despeine el cabello porque en esas circunstancias nadie va a emitir un juicio sobre su apariencia. Por el contrario, haga lo que haga, será celebrado por gente que espera rabiosa una seña para echarse a correr rumbo a la casa de los Wilhelm.

Cuando alza la mano, dispuesta a dar inicio al acto final de su plan, ve surgir de una nube de tierra el corcel de Ernesto Schmied. Al divisar el tumulto, el joven orienta al animal directo hacia la plaza, galopando a toda velocidad. Frunce el ceño: no tiene un buen presentimiento. Se detiene y desmonta de un brinco.

Veloz, se abre paso como puede hasta llegar a la adolescente.

—¿Qué está pasando aquí? —pregunta, secándose el sudor con el dorso de la mano.

—¡Mire lo que le hizo el brujo al árbol! —exclama la joven y señala hacia lo alto.

Ernesto levanta la vista y por un segundo siente cómo el suelo se convierte en agua bajo sus botas. No es posible: sus ojos le deben estar mintiendo. De una misma rama cuelgan manzanas, naranjas y peras en sorprendentes racimos. El joven niega con un movimiento de cabeza, confundido. El aguijón de la fatalidad le late dentro del pecho. Sabe que esto ya no tiene remedio, que no hay marcha atrás. Rayén. ¿Dónde está su Rayén?

—¡Si la naturaleza hubiera querido que diferentes frutas brotaran juntas del mismo árbol, así lo hubiera dispuesto! —grita un hombre, avanzando hacia el joven.

—¡Esto se llama brujería, punto! —concluye una mujer incorporándose al grupo, con un rosario bien sujeto entre sus dedos.

—Esto se llama botánica... —trata de justificar Ernesto, sabiendo que todo lo que diga será completamente inútil.

Pero la muchedumbre no tiene ganas de escuchar. Los ánimos llegaron demasiado lejos y, para ellos, el atrevimiento ya no tiene perdón. Los presentes parecen haberse multiplicado por diez. Cada vez hay más personas armadas con palos, piedras y cualquier objeto contundente que encuentran en el camino.

—¡Esto es cosa del demonio! ¡Hay que echar al brujo y a su hija del pueblo! —se escucha en medio del griterío.

Ernesto se desespera. Abre los brazos, intentando contener la marea que empieza a desplazarse calle arriba, rumbo a la casa de los Wilhelm.

—¡Rayén y su padre tienen todo el derecho de vivir donde quieran!

Pero ya nadie lo oye.

Las pisadas dejan un camino de huellas enfurecidas sobre el barro fresco. Ernesto sabe que tiene los segundos contados. Como puede, se monta en su caballo para intentar adelantarse al grupo que avanza imbatible y mortal.

—¡A la casa de los brujos!

—¡Fuera de Almahue!

El animal se lanza hacia delante, sorteando obstáculos. Atraviesa las escasas calles que lo separan de su destino. Lo único que escucha es su jadeo, la inminente sensación de tragedia convertida en pasajero de su montura. Detiene el caballo delante de la casa de Rayén. Desmonta y corre. Oye cada vez más cerca la batahola que se acerca. Empieza a golpear en una ventana, cubierta torpemente con algunas tablas de madera.

—¡Rayén! ¡Rayén, abra! ¡Su padre y usted tienen que salir de aquí! ¡Rayén! —grita desgarrándose la voz por el esfuerzo.

Entonces descubre que la puerta principal está entreabierta.

Sin pensarlo dos veces se adentra y da vuelta a la cerradura. A tientas, porque el pasillo está en penumbras, busca alguna silla para trancar la manija. El maullido del gato lo sobresalta. Al voltear, descubre al animal con el lomo erizado, medio oculto en las sombras, los enormes ojos amarillos muy abiertos y alertas.

—¡Rayén! ¡Rayén! —exclama mientras corre rumbo a las habitaciones, seguido por las cuatro patas que no hacen ruido en las tablas del suelo.

A tropezones abre una puerta y cae hacia el laboratorio de Karl. Con un rápido barrido va descubriendo los tubos de ensayo humeantes, los mecheros, el monumental microscopio, los implementos de trabajo afilados y lustrosos, idénticos a los de un médico cirujano. Sobre una mesa, junto a una ventana clausurada, hay una larga sucesión de macetas con plantas nunca antes vistas: enormes corolas velludas que se abren y cierran en busca de insectos, tallos robustos que se inflan al compás de una verde respiración, hojas dentadas que podrían cortar un trozo de carne, pistilos que se orientan en el aire persiguiendo cuerpos en movimiento.

Ernesto se paraliza al ver esas criaturas, con sus colores formidables y sus alturas de insospechadas proporciones, enterradas en pequeños recipientes de barro. De pronto, una mano lo toca, haciéndolo dar un salto hacia delante.

—¡¿Qué está pasando?! —grita una voz que reconoce como la de Rayén.

La muchacha se lanza a los brazos de su novio. Él la aferra con fuerza contra su pecho, culpable de ser tan cobarde, de ser incapaz de detener la revuelta.

—¡Su padre y usted tienen que irse de Almahue! ¡Ahora! —dice Ernesto cuando consigue recuperar el aliento.

—¿Pero por qué? ¡Yo quiero vivir aquí!

Una gruesa piedra cae junto a ellos después de romper la tabla que bloquea la ventana. Rayén grita, espantada. Ernesto la toma por los brazos y la lanza al suelo para protegerla debajo de una mesa.

—¡No queremos brujos en el pueblo! —se escucha desde la calle.

—¡Que se vayan!

—¡Fuera de aquí!

Ernesto alcanza a meterse bajo la mesa en el momento justo en que nuevas piedras comienzan a golpear los cristales. Desde su escondite, ellos ven la destrucción de los frascos, las probetas y los tubos de ensayo. El gato esquiva los destrozos y maúlla su desasosiego. Rayén se queja con dolor cuando una de las plantas cae derribada. Sus hojas se estremecen agónicas, hasta que un líquido blancuzco mana de entre los pliegues de los pétalos. La horda se ha apostado al exterior de la casa, fuera de sí, aturdida por la histeria y el delirio. Uno de los mecheros está en el piso, y su pequeña lumbre prende una de las cortinas. Las llamas crecen con voracidad alzándose como lenguas hacia el techo.

En ese instante Karl entra a lo que fue su laboratorio. Ernesto lo ve paralizarse: sus anteojos se balancean en la punta de su nariz. Los brazos le cuelgan inútiles. El fuego inunda el lugar esfumando aún más los contornos y las distancias. Rayén tose, ahogada. Ernesto la toma entre sus brazos, la levanta y se lanza en una enloquecida carrera hacia la puerta.

El botánico no se mueve, es incapaz de articular palabra o de ordenarle a sus extremidades alguna reacción. Lo último que el joven ve es una llama que crece vertiginosamente al entrar en contacto con las botellas de alcohol acumuladas sobre su anaquel. La explosión envuelve a Karl Wilhelm que desaparece tragado por el incendio.

Ernesto corre hasta el límite de sus fuerzas, sosteniendo contra él a Rayén. La joven tiene los ojos cerrados. Ha perdido la conciencia. Con ella en los brazos, se interna en el bosque, al amparo de los árboles que de inmediato lanzan sobre ambos su sombra benéfica y protectora. Desde ahí puede verse claramente la fumarola y escucharse el griterío que ahora intenta apagar el incendio que amenaza con consumir la casa. Rayén no reacciona. Su pecho sube y baja muy despacio. Su cuerpo sigue lánguido cuando él la deposita sobre las hojas secas. Ernesto tiene ganas de llorar, de gritar hasta morir, de lanzarse contra los troncos y golpearse para sentir que ha pagado en algo su incapacidad para resolver la violencia. Sabe que su familia debe estar buscándolo y que las cosas se van a complicar si él se desaparece. ¿Y Rayén? ¿Y la vida que le había ofrecido? ¿Qué va a ser de ella ahora? Se pasa la mano por la cara tiznada. Escucha los gritos provenientes de Almahue, el clamor de las campanas de la iglesia anunciando la tragedia. Su padre ya debe haberse enterado. Él tendría que estar allá abajo, con los suyos, sofocando el fuego que ya ha hecho demasiado daño.

La joven sigue sin reaccionar, acunada por el humus que la arropa como una mantilla de encajes.

—Lo siento, mi amor. Lo siento mucho. Mucho. Pero soy un cobarde, y los cobardes no tenemos alternativa.

Ernesto Schmied se echa a correr como si temiera por su vida, alejándose, esquivando árboles, tropezándose y volviéndose a levantar como si la existencia se le fuera en eso, gritándose insultos de odio, tragándose sus lágrimas de impotencia. "Cobarde, cobarde, maldito cobarde", rebota en las piedras, en las hojas, en las nubes, en cada animal que se levanta dispuesto a defender su territorio. Un gran cobarde pinta el paisaje que lo devora hasta que desaparece.

Entonces Rayén abre los ojos. Y lo único que ve frente a ella son las llamas del infierno que la acompañarán el resto de su vida.

# 13

## Nada es lo que parece

"Karl Wilhelm. Cueva. Karl Wilhelm. Cueva. Cueva. Karl Wilhelm". ¿Qué quiso decir Patricia con esas tres palabras anotadas con rapidez en una hoja de cuaderno y que fueron escondidas para que sólo Ángela pudiera encontrarlas? ¿Por qué recurrió al truco que vieron en una película, y que a ella le llamó tanto la atención? Ángela recordó que hacía por lo menos dos meses, en las vacaciones de verano, que ellas fueron al cine sólo para sobrevivir al calor de una tarde agobiante, gracias al aire acondicionado. Ahí, en la penumbra, se dejaron entretener por una simplona historia de aventuras y exploradores. En el momento crucial de la película, el protagonista ocultaba entre las ropas de un maniquí un valioso mapa y luego enviaba en un mensaje de texto su foto junto a la figura, señalando con su mano el lugar exacto donde estaba dicho papel. A Patricia le pareció una buena idea y, durante las siguientes horas, comentó, varias veces, que si alguna vez tuviera que esconder algo valioso lo haría de esa manera. Ángela pensó que al protagonista de la película lo perseguía una banda de traficantes de esmeraldas que deseaba apoderarse de un mapa milenario. Pero ¿quién perseguía a Patricia? ¿Era Egon Schmied, cuyas iniciales coincidían con las letras ESP? Y, lo más importante: ¿cuál era el mensaje oculto en el papel que sacó del espantapájaros, y que ella debía dilucidar?

Apenas se asomó la luz del nuevo día por la ventana del dormitorio, la joven se levantó llena de energía. Había decidido esconder, bajo la mesa de noche y junto al cuaderno de Ernesto Schmied, el celular de Patricia. Ya había revisado una a una las fotografías y los mensajes, y estaba segura de que el aparato no contenía nada más que le fuera de utilidad. Lo dejó sobre la libreta de tapas negras, que leyó hasta altas horas de la madrugada.

En ese momento imaginó el laboratorio del botánico ardiendo y sintió escalofríos. "De modo que así murió el padre de Rayén: en un incendio causado por el fanatismo de los habitantes de Almahue", se dijo a sí misma. "¿En cuál de los cuartos de la casa de Rosa estuvo el laboratorio de Karl?", se preguntó Ángela. Suponía que la habitación tenía una ventana que daba a la calle, y no hacia el patio trasero, como la suya. Por lo que había visto las reparaciones y reconstrucción del edificio fueron realizadas por un profesional. Nunca habría pensado que parte de aquella casa fue consumida por el fuego. Estaba ansiosa por saber el desenlace de la historia, pero ahora tenía cosas que hacer… ya regresaría al escrito del patriarca de los Schmied en la noche y, con un poco de suerte, era probable que terminara de leerlo en un par de horas. Diligente, devolvió a su lugar la tabla del suelo y se vistió a toda velocidad.

A la hora acordada, unos golpes en la puerta principal le anunció que Fabián estaba ahí. Siempre acompañada por Azabache, que no se movió de su lado en toda la noche, corrió para abrirle. Él entró con prisa. Traía un bulto cubierto con una manta. Sin decirle una palabra, y con los labios tan apretados que se transformaron en una línea blanca, Fabián avanzó por el pasillo rumbo a la cocina.

—¿Y Rosa? —preguntó con cierta preocupación.

—No lo sé. En su taller, supongo —respondió Ángela temiendo que hubiera pasado algo malo, a causa de la acongojada voz de Fabián.

El joven dejó su cargamento sobre la mesa y retiró la tela que lo cubría: a la vista quedó la enorme y anticuada laptop de Egon Schmied.

—¡Cumpliste tu promesa!

—No tenemos mucho tiempo —dijo secándose el sudor nervioso de la cara—. La saqué cuando no había nadie… pero si alguien llega a descubrir que yo…

No pudo seguir hablando. Ángela le puso un dedo sobre los labios. Además de llamarlo al silencio, sintió el irrefrenable deseo de besarlo. Despacio, tomándose todo el tiempo del mundo, se acercó un poco más a él. Sus rostros quedaron frente a frente.

—Gracias... —susurró ella.

Le bastó inclinarse sólo un poco hacia delante para alcanzar su boca.

El primer contacto resultó temeroso, como si sus alientos necesitaran pedir permiso para seguir adelante. Ángela le cruzó los brazos por detrás del cuello, afianzándose de su cuerpo fuerte para controlar el mareo que le producía el alboroto de sus deseos. Sintió las manos del muchacho aferrarse a su espalda, y la intensidad del beso aumentó. El espacio se licuó como una acuarela mal secada, dejándolos ingrávidos y solos en un lugar recién inventado, únicamente creado para ellos.

Pero la realidad volvió y Almahue, la casa, la cocina, y sus cuerpos entrelazados en un impetuoso abrazo recobraron su densidad cuando Rosa entró con una bandeja repleta de pan recién horneado. Fabián se movió hacia atrás como una pantera y Ángela simuló que buscaba algo sobre la mesa. La ciega pasó junto a ellos, sin decir una palabra, y tomó un pequeño canasto donde acomodó su humeante cargamento.

—¿Ya desayunaron? —preguntó mientras sacaba un par de tazas.

—Nosotros ya nos vamos —contestó la huésped haciéndole señas a Fabián para que cubriera la computadora de Egon.

—¿Tan pronto?

—Es que tenemos muchas cosas que hacer —dijo Ángela dando un paso hacia la puerta—. Nos vemos más tarde.

Con disimulo, la joven tomó un afilado cuchillo que guardó en su abrigo. Fabián la miró con desconcierto pero ella le hizo un gesto para que no dijera nada. Ya tendría tiempo para explicarle. Se despidieron de Rosa, nerviosos y apurados.

—¡No vayas a perder el cuchillo! Es uno de mis favoritos —le dijo Rosa cuando se adentraban en el pasillo.

Ángela salió con la sensación de que bajo ese techo ocurrían demasiadas cosas incomprensibles, y todas, absolutamente todas, tenían como responsable a su casera. Apenas puso un pie en la calle sintió el cuerpo de Azabache abrirse paso entre sus piernas, dispuesto a ir tras ella.

—No, tú no vas a ninguna parte —exclamó la joven alzando al gato del suelo, para dejarlo dentro de la casa.

El animal se resistió unos segundos, maullando fuerte y tratando de evitar que lo devolvieran. Ángela, por fin, consiguió dejarlo en el pasillo y escabullirse hacia la calle.

—Ahora sí —le dijo a Fabián—. ¡Qué gato!

El aire frío de la mañana estuvo a punto de desanimarla en sus planes. Los tímidos rayos del sol sólo servían para iluminar y crear larguísimas sombras, pues no alcanzaban a calentar. Sin embargo, no permitió que el viento fuera más poderoso que sus ganas de encontrar a Patricia y resolver el enigma que la mantuvo despierta buena parte de la noche. Trotaba tres pasos detrás de Fabián, quien mantenía apretada contra su pecho y cubierta con una manta la computadora de Egon. Agitado, volteó hacia Ángela para preguntarle:

—¿Adónde vamos?

—Tú me dijiste que había un teléfono público cerca de la caleta... —comentó ella.

—Sí, pero no funciona.

—¡No importa! ¡Vamos!

En efecto, el aparato telefónico, instalado en un poste de madera carcomido por la lluvia y la nieve de años, no tenía buen aspecto. La caja metálica donde estaban las ranuras para introducir las monedas, recoger el cambio y sostener los números del dial, se veía desteñida y abollada. A pocos metros estaba la caleta de los pescadores: tenía forma de herradura y en ella sólo había un par de coloridos botes de madera. Un histérico manto de gaviotas se apiñaba sobre las redes en busca de alimento. Un profundo olor a sal invadía el ambiente, enrarecido por lejanos truenos y el chillido incesante de las aves que se disputaban las vísceras de los pescados que estaban en la playa. Las densas y grises nubes transformaban el cielo en un reguero de pólvora, siempre a punto de estallar en una devastadora tormenta.

—¿Qué piensas hacer con la computadora? —preguntó Fabián.

—Si Patricia quiere que averigüe sobre Karl Wilhelm, necesito conectarme a internet. Aquí no hay biblioteca, mi *iPhone* está roto y Carlos Ule no está cerca para preguntarle —contestó la muchacha—. No me queda otra opción. Por algo ella escribió el nombre del papá de Rayén en ese papel. ¡Algo quiere que descubra sobre él!

Con un movimiento de mano le pidió al cada vez más preocupado Fabián que le pasara la computadora. Él se la entregó tratando de cubrir el aparato con su cuerpo, aterrado de que alguien los sorprendiera. Pero Ángela, ajena a sus temores y completamente enfocada en llevar a cabo su idea, sacó el cuchillo y comenzó a desatornillar los pernos que sostenían la carcasa de la laptop.

Fabián, horrorizado, trató de detenerla... pero ya era muy tarde: con un certero movimiento, la joven retiró el teclado y dejó a la vista las tripas electrónicas. Acto seguido tomó el auricular del teléfono. Frunció el ceño, preocupada. Sólo necesitaba una tímida señal, nada más. La suerte tenía que estar de su lado. Comprobó que la ranura donde se insertaban las monedas estaba tapada con barro seco y algunas ramas. Desenroscó la tapa que cubría el micrófono y despegó el auricular con un violento tirón.

—Ups. Ahora sí que se echó a perder... —dijo con contenida ironía.

Con la ayuda del cuchillo, limpió de restos de soldadura y plástico las puntas de los cables que estaban conectados al micrófono. Le pidió a Fabián que sostuviera la destripada computadora de Egon. Acercó los cables a los circuitos: de inmediato saltaron un par de chispas. "Buen indicio", pensó Ángela, "se está transmitiendo data". Más aliviada porque su plan estaba funcionando, y porque aún había señal en el artefacto damnificado, se metió la mano al bolsillo y sacó un chicle que le ofreció a su acompañante.

—No, gracias —dijo él.

—Necesito que lo muerdas un poco. ¡Por favor! —pidió ella y le metió dentro de la boca la goma de mascar.

Desconcertado, Fabián paseó el dulce con sabor a fruta por sus muelas hasta que estuvo lo suficientemente blando y desabrido. Iba a comentar algo, pero se interrumpió al ver la sombra de un pájaro dibujarse en el suelo. Levantó la vista, obligando a Ángela a hacer lo mismo. No era una gaviota... era la enorme y blanca garza que hace unos días sobrevolaba la plaza de Almahue. La misma que la asustó y que ahora la observaba con sus grandes ojos negros. El ave giró, planeando a favor del viento, dejando que las imperceptibles inclinaciones de sus alas guiaran sus estilizados movimientos. Rozó sus cabezas y se elevó confundiendo su blancura con las nubes.

—Tengo la sensación de que ese pájaro me está mirando como si me conociera —confesó la forastera, y de inmediato se sintió avergonzada por lo absurdo que sonó su comentario.

Fabián, afortunadamente, no reparó en sus palabras y la urgió a terminar lo que había empezado. Ángela, regresando la vista a la laptop, le pidió que le entregara la goma de mascar. El muchacho la escupió con cierto pudor sobre su mano y se la dio sin entender lo que estaba pasando.

Ángela utilizó el chicle para mantener en su sitio los cables del micrófono telefónico que estaba enchufado con los circuitos. Con mucho cuidado, regresó el teclado al lugar adecuado, colocó la carcasa plástica, cruzó los dedos, y oprimió el botón de encendido. El característico sonido de activación de sistema surgió de las bocinas. Cuando la pantalla se llenó con los iconos, carpetas y los símbolos, Ángela sonrió satisfecha. Una ventana se desplegó para anunciar que la opción *Dial up* podía ser ejecutada. ¡Después de todo, el procedimiento funcionó! La joven apretó el botón *Connect* y se comenzó a marcar un número telefónico. *Connecting*, se leyó en el monitor. Las bocinas reprodujeron una serie de pitidos, algunos más prolongados que otros, los cuales la hicieron retroceder diez años.

—¡Esta computadora no puede ser más vieja! —exclamó al darse cuenta de que ya había olvidado lo lento y engorroso que era antes el proceso de conexión.

*Connected*: *9600 bps*, anunció una nueva ventana, y abrió el navegador Netscape, tan antiguo y obsoleto como el sistema operativo. La página tardó eternos segundos en cargarse, por culpa de la débil e inestable señal telefónica. Ángela sabía que la transmisión podía interrumpirse y eso la obligaría a empezar de nuevo, retrasando aún más la devolución del aparato. La angustiaba saber que Egon podía regresar a su casa en cualquier momento y darse cuenta de que sobre su escritorio faltaba algo. ¿Y a quién iban a culpar sin ninguna consideración? A Fabián, el hijo de la cocinera que ni siquiera podía entrar por la puerta principal.

Escucharon un par de gritos a su derecha. Asustados, juntaron sus cuerpos tratando de formar un biombo que ocultara el auricular destrozado y la computadora. Ambos contuvieron la respiración. Ángela recordó con horror que Walter Schmied le prometió que saldría a buscar a Patricia: lo imaginó acercándose, renqueando, enfurecido al descubrirlos con la laptop de su hijo casi desmantelada. ¿Cómo podría explicarle lo que estaba pasando?

Durante unos segundos ninguno se atrevió a mover la cabeza, hasta que Fabián decidió terminar con la angustia y se dio vuelta para enfrentar la situación. Con alivio descubrió que sólo se trataba de un par de pescadores que cargaban un bote y se llamaban a viva voz para apurar las faenas.

Ángela sabía que corría contra el tiempo. Y también sabía que su familia debía estar muy preocupada por su ausencia. Probablemente ya la habían llamado en varias ocasiones, y el hecho de que no pudiera contestarles sólo empeoraba las cosas. Los imaginó desvelados, tratando de comunicarse, pensando en accidentes, tragedias y contratiempos. Por eso, aunque no estaba en sus planes originales, primero decidió ingresar a la página de Gmail. Con angustia comprobó que tenía casi cincuenta correos sin leer. Había varios de su madre, de su hermano, de algunos compañeros de universidad e, incluso, tres de su profesor de seminario de investigación. Ya tendría tiempo para contestarlos. Apretó la opción *Redactar*.

—Apúrate, apúrate... —murmuró Ángela entre dientes y con los ojos fijos en el monitor.

Apenas el programa le permitió comenzar, escribió un brevísimo mensaje donde explicaba a su mamá que seguía en la montaña con los padres de Patricia, que había perdido su teléfono en una excursión, que no existía un modo sencillo y rápido para comunicarse con ella, pero que no tenía de qué preocuparse. Todo iba sobre ruedas, y muy pronto regresaría a Concepción desde donde la llamaría. Frunció el ceño al releer sus mentiras. Presionó *Send*, sin darse tiempo para arrepentirse de lo que había escrito. A pesar de todo, sintió más aliviado el corazón: por lo menos había resuelto una de sus preocupaciones.

Ahora tenía que solucionar algo más complicado. Y peligroso.

Cuando por fin Google se terminó de abrir, ella tecleó "Karl Wilhelm" y oprimió *Return*. El cursor indicó que la operación estaba en proceso, pero que la señal era inconstante.

Miró a su cauteloso acompañante: estaba callado, tenía la mirada alerta y el cuerpo listo para correr con la laptop si alguien los descubría.

—¿Dónde aprendiste a hacer esto? —quiso saber Fabián, intrigado.

—Mi hermano Mauricio es experto en armar y desarmar todo lo que caiga en sus manos —explicó ella—.

Claro, su especialidad son las computadoras. Él me enseñó un par de truquitos que nunca olvidé.

Ángela suspendió su relato porque, de pronto, un largo listado de links se desplegó en pantalla. Google anunció que había más de tres millones de resultados bajo el nombre de Karl Wilhelm.

—¿Tres millones de páginas? ¿Tan famoso es el papá de Rayén? —preguntó Fabián sorprendido por la cantidad de información que tenía al misterioso botánico como protagonista.

La joven no le respondió: estaba concentrada en desplazar, con sumo cuidado, el cursor hacia el primero de los links. Una vez ahí, oprimió dos veces el botón para abrir la página de Wikipedia.

En ese momento un nuevo grito, esta vez a sus espaldas, les congeló la sangre en las venas. Era la voz de una mujer. Ángela apretó las mandíbulas con tanta fuerza, que sus muelas rechinaron. Se preparó para recibir la orden de no moverse hasta que la policía llegara para hacerse cargo de ellos. Sólo rogó en silencio que no se tratara de Silvia Poblete. Por alguna razón se imaginó que si fuera sorprendida por ella sólo provocaría el descalabro más grande en su vida. Enemistarse con los Schmied era mucho peor que tener en su contra a los habitantes de Almahue. Si eso ocurría, tendría que irse de inmediato y abandonar para siempre la posibilidad de encontrar a su amiga.

Sin mover el cuerpo, apenas con el rabillo del ojo, miró hacia el otro extremo del lugar donde se encontraba.

Su pecho dio un profundo suspiro al ver que dos mujeres, cargadas con un par de canastos repletos de pescados y cubiertas con ponchos con olor a humedad mil veces seca y vuelta a mojar, se alejaban anunciando sus mercaderías. Por fortuna, el apuro de las vendedoras para no empaparse con la lluvia que estaba próxima a caer, hizo que tampoco repararan en ellos ni en lo que estaba sucediendo. Ángela sintió que la sangre le subía en una oleada caliente, en una mezcla de coraje y frustración.

—Necesito mi *iPhone* con urgencia —se quejó mordiendo las palabras para no gritar—. ¡Me siento en otro siglo!

—Por favor apúrate —le pidió Fabián con angustia—. Ya va a ser la hora del almuerzo, y...

—¡No es mi culpa que este cacharro sea tan lento! —exclamó a punto de perder la paciencia con el método de conexión que había logrado establecer—. Además, no creo que Egon se atreva a decirnos algo si nos descubre... ¡Tú y yo podríamos denunciarlo como principal sospechoso de la desaparición de Patricia!

Fabián supo que la joven encontró algo en su búsqueda, pues la piel de Ángela palideció y sus ojos se abrieron al mirar la pantalla. Se llevó la mano a la boca, bloqueando una sonora expresión de impacto que podría delatarlos ante los pescadores de la caleta. El joven estiró el cuello para intentar descubrir la causa del asombro. Apenas alcanzó a leer el primer párrafo, diagramado junto al antiguo retrato de un hombre de barba y escasos cabellos peinados hacia atrás: "Karl Wilhelm von Nägeli: Kilchberg 1817-Múnich 1891, célebre y reconocido botánico suizo cuyo mayor acierto fue descubrir los cromosomas. El estudio microscópico de plantas fue su rama principal en el área de la investigación científica, la cual...".

—¿Murió en 1891? No puede ser —dijo Fabián interrumpiendo la lectura y alzando la vista para observar a Ángela—. El padre de Rayén murió en 1939.

Veloz, Ángela ingresó al siguiente *link* y se conectó con una biblioteca virtual europea, donde comprobó que la información publicada por Wikipedia era cierta: "Karl Wilhelm von Nägeli nació el 27 de marzo de 1817 en Kilchberg (Suiza), comenzó la carrera de filosofía, pero después se inclinó hacia la botánica. Fue profesor en Freiburg, Zúrich y Múnich. Dentro de sus investigaciones describió el proceso de la división celular con exactitud no paralela, lo cual registró como 'cytoblast transitorio' y fueron de hecho, cromosomas. También caracterizó y describió muchas algas unicelulares e investigó el proceso de su ósmosis. Murió el 10 de mayo de 1891 en Múnich".

—¿Qué significa esto? —exclamó la joven totalmente desconcertada.

El tercer enlace ratificó lo que muy probablemente asegurarían los siguientes tres millones: Karl Wilhelm era un investigador suizo, que vivió y murió en el siglo XIX, y, por supuesto, jamás pisó Almahue. De hecho, llevaba casi cuarenta años enterrado en Alemania cuando él y su hija llegaron al pueblo.

De un certero tirón, Ángela desconectó los cables telefónicos de los circuitos y atornilló los pernos para fijar el teclado y la cubierta plástica.

—¿Entonces el padre de Rayén era un impostor, que usó el nombre de un científico muerto? —preguntó Fabián cuando terminó de atar cabos.

—¡Qué sé yo! —exclamó Ángela asintiendo con la cabeza— ¡Ya no entiendo nada!

—¿Pero quién era ese hombre? —preguntó Fabián.

La joven alzó los hombros: tampoco tenía esa respuesta.

Sin embargo, su intuición le decía que el padre de la bruja fue un mentiroso capaz de engañar al pueblo con tal de llevar a cabo un enigmático plan. Su verdadera identidad podía ser la de cualquier persona... desde un lunático sin escrúpulos hasta un genio incomprendido.

Pero la interrogante más importante era: ¿quién perseguía a su amiga? ¿Quién era realmente el padre de Rayén, y quién pretendía mantener oculta la incógnita de su identidad? ¿Acaso existía algún vínculo entre Egon Schmied y el botánico muerto en el incendio de 1939?

—Ahora tengo más dudas que certezas —comentó Ángela al tiempo que un vientecillo helado, que de inmediato identificó como miedo, le recorría el cuerpo—. No sé por dónde seguir...

—Yo te voy a decir lo que vamos a hacer apenas devolvamos este aparato —señaló Fabián, endureciendo la mirada al tiempo que un trueno rasgaba el silencio del paisaje—. Vamos a recorrer paso a paso la ruta que indicó Patricia en el mapa. Tú y yo saldremos en busca de Rayén.

## 14

# Encuentros inesperados

En el dormitorio de Egon Schmied nada había cambiado. Al entrar con sigilo y comprobar que todo permanecía intacto, Ángela imaginó dos teorías: el hijo de Walter era un maniático incapaz de provocar el más mínimo desorden, o Silvia Poblete era el ama de casa perfecta que no permitía que nada perturbara el orden que había dispuesto en el cuarto de su primogénito.

Cuando se adentró en la habitación con Fabián, sólo pudo sorprenderse por las relucientes maderas barnizadas y pulidas, la recta y planchada caída del cobertor en las esquinas de la cama, la abertura exacta de las cortinas a cada lado de la ventana. Por contraste recordó su dormitorio, siempre lleno de papeles, con la ropa tirada en el suelo y en la silla, y un clóset a punto de reventar por el exceso de prendas que nunca fueron acomodadas en las repisas. Esbozó una sonrisa. Definitivamente prefería su estilo de vida: tanta disciplina y tanto orden le daban mala espina. Era capaz de adivinar una mente perturbada tras esa fachada de pulcritud y perfección.

Fabián le tocó el brazo, sacándola de sus reflexiones y urgiéndola a dejar la laptop en la mesa que hacía de escritorio. La joven avanzó hacia la mesa y acomodó el aparato tratando de recordar su posición exacta. Enchufó el cable y retrocedió un paso para evaluar su trabajo. Perfecto. Nadie podría decir que la anticuada IBM había pasado toda la mañana con las tripas al aire.

—Ahora salgamos —rogó Fabián tomándola de la mano para llevarla hacia la puerta.

Sin embargo, se tuvieron que frenar en seco: Egon Schmied apareció en el umbral. El recién llegado abrió los ojos y la boca al encontrarse con los intrusos en su cuarto.

—¿Y ustedes qué hacen aquí? —preguntó en cuanto superó el impacto inicial.

—Te estaba esperando —respondió Ángela acercándose a él, recordando que la mejor defensa es el ataque.

—¿Aquí?

—Sí, aquí. ¿Te molesta? ¿O tienes algo que esconder? —lo desafió la joven, clavándole una mirada provocadora.

Egon avanzó hacia el centro de la habitación y comprobó que todo estuviera en su sitio: los cajones estaban cerrados y la puerta del clóset firmemente corrida. Entonces, más aliviado al intuir que sus pertenencias no fueron husmeadas, se volteó hacia Fabián con la ceja en alto.

—¡Tú, fuera! Nadie te autorizó a entrar —exclamó con prepotencia.

Pero Fabián no se movió.

—¿No me oíste? ¡Lárgate de aquí!

—No la voy a dejar a solas con usted —fue su breve y desafiante respuesta.

—Fabián no se mueve de mi lado... Yo le pedí que me acompañara —intervino Ángela en su defensa.

—No quiero parecer descortés contigo, pero tú no entiendes cómo son las cosas. Él es el hijo de la cocinera y...

—Tengo pruebas de que sí conociste a Patricia —lo interrumpió la forastera con una sonrisa de triunfo—. No lo niegues.

Un espeso silencio inundó el espacio. El primogénito de los Schmied Poblete no supo qué responder. Se pasó la mano por el cabello engominado en un acto reflejo, que lo único que buscaba era prolongar su mutismo.

Ángela miró a Fabián y le guiñó un ojo, haciéndolo cómplice de su ataque. Como su enemigo estaba noqueado por sus palabras, de nuevo se lanzó al combate:

—Encontré su celular en esta misma pieza, adentro de ese clóset —lo encaró—. Patricia te sacó fotos. Están todas ahí, en su teléfono. ¿Lo vas a seguir negando? ¿Me vas a volver a mentir?

—Sólo la vi un par de veces —balbuceó Egon, y con un pañuelo se secó una gota de sudor que le brotó a la altura de la sien.

—Hacer desaparecer a alguien toma apenas un segundo… —dijo Ángela.

Egon parecía desestabilizarse. Su rostro palideció al tiempo que se lo cubrió con las manos para ocultar su mueca de angustia. ¿De dónde había salido esta niñita que se atrevía a desafiarlo bajo su propio techo? ¿Qué error cometió para que el maldito celular terminara en las manos de quien no debía?

Tenía que reflexionar rápido, pero su mente le daba vueltas.

—¡Fuera de aquí! —fue lo único que consiguió articular.

Pero Ángela no se movió de su sitio.

Ya había llegado muy lejos, y no se amedrentaría por las bravatas de ese sujeto. Estaba a punto de seguir con su ataque, pero Fabián se le adelantó:

—Lo mejor que puede hacer es decirnos dónde está Patricia, o voy a ir a la policía —amenazó.

—¡Fuera de aquí! —bramó lanzándose sobre Ángela, ciego de coraje.

Fabián se interpuso y levantó los brazos para frenar a Egon. Lo tomó por los hombros, bloqueando su avance con la fuerza de un muro de acero.

—Cuidadito —advirtió—. Ella no está sola.

Los dos se miraron en silencio: uno jadeante y sintiendo que el mundo se le venía abajo; el otro envalentonado y dispuesto a todo con tal de defenderla. El penetrante perfume de Egon los envolvió con su intenso abrazo.

—Tienen tres segundos para salir de aquí o no respondo —susurró Egon.

—¡¿Dónde está Patricia?! —preguntó Ángela.

Pero Egon ya no seguiría hablando. Salió hacia el pasillo, donde se encontró con Silvia Poblete que terminaba de subir las escaleras, atraída por los gritos.

—¿Qué está pasando? Y ustedes, ¿qué hacen aquí? —preguntó la mujer.

—¡Nada, no están haciendo nada! ¡Se están yendo en este momento! —exclamó Egon, secándose con disimulo el sudor que delataba su nerviosismo.

—¿Cómo entraron? ¡¿Quién los autorizó a subir?! ¡Elvira! ¡Elvira! —exclamó Silvia asomándose desde el barandal.

—Me gustaría hablar con usted, señora... —fue todo lo que alcanzó a decir Ángela antes de que Fabián la tomara por un brazo y la llevara hacia los peldaños.

—¡Nadie se mueve de aquí hasta que me expliquen qué estaban haciendo en el dormitorio de Egon!

Su orden no fue acatada.

Fabián se llevó a toda carrera a Ángela, cruzándose en el camino con Elvira que salió de la cocina muy inquieta por los gritos de su patrona. Reaccionó asustada al encontrarse con su hijo que iba hacia la puerta principal como si fuera un fugitivo de la justicia.

—¿Qué hiciste...? —masculló con el temor dibujado en el rostro.

El muchacho sólo alcanzó a hacerle un gesto con la mano, como queriendo decir "Tranquila, no pasa nada" antes de lanzarse hacia fuera, siempre aferrado de la mano de su compañera. La cocinera, sin embargo, no le creyó, y llena de angustia volteó a la escalera para descubrir a Silvia con el rostro enrojecido de contenida rabia.

—¡¿Se puede saber desde cuándo tu hijo sube a los dormitorios?! ¡¿Dónde está Walter?! ¡¿Por qué mi marido nunca está presente cuando se le necesita?!

A pesar del escándalo y las amenazas de Silvia, el verdadero temor se apoderó de Elvira al descubrir el rostro de Egon en la baranda del segundo piso.

Nunca antes lo había visto con tal expresión de odio y rencor. Apretaba los puños contra el pasamanos y su contraída mandíbula delataba la ira que intentaba dominar. Durante un segundo, la cocinera no lo reconoció. Y de inmediato tuvo miedo por el futuro de Fabián: se acababa de ganar un enemigo del que le sería muy difícil escapar.

# 15

## Aliento de bosque

Ninguno dijo nada hasta que estuvieron lo bastante lejos de la casa de los Schmied. Ángela detuvo su carrera, se apoyó contra el tronco de un coihue milenario, e inhaló hondo tratando de calmar su taquicardia y la fatiga de sus pulmones. Fabián no mostraba la mínima muestra de cansancio.

—Gracias por defenderme.

—Nada tienes que agradecer —le contestó Fabián mirándola lleno de ternura.

—Egon está muy equivocado si cree que puede salirse con la suya. ¡Si le ha hecho algo a Patricia, yo te juro que...! —exclamó con los ojos llorosos de angustia.

No pudo seguir hablando: había llegado al límite de sus fuerzas y su resistencia. Por primera vez desde su llegada a Almahue sintió que no podía más. Una irremediable sensación de claustrofobia, de avanzar en círculos, se apoderó de ella, y no tuvo más remedio que estallar en llanto para desahogar su frustración. Fabián la abrazó. Ella se aferró a su pecho con toda la fuerza que le quedaba. Sintió su mano cariñosa y algo torpe acariciarle el cabello, intentando transmitirle paz y serenidad.

—Tranquila. Tu amiga va a estar bien —escuchó que le susurraba al oído.

—¿Me lo prometes? —hipó.

—Te lo prometo.

Ángela le creyó: algo había en esa voz que generaba toda la confianza posible. Tenía la impresión de llevar toda la vida escuchándola y eso le daba una inmensa felicidad. Se apretó aún más contra Fabián, dejando que su aroma a bosque y ropa recién lavada se le impregnara en la piel.

—¿Traes el mapa de Patricia? —preguntó al cabo de unos segundos.

Ella asintió y sacó el papel de uno de los bolsillos de sus jeans.

Al desdoblarlo, ambos vieron el tembloroso dibujo que señalaba el camino hacia una cueva en mitad del bosque. Fabián frunció el ceño, examinando su localización. Una cruz marcaba el inicio del recorrido. Desde ahí, una línea seguía recta hacia el norte y terminaba en una equis señalada como "Bosque".

—No nos queda más remedio que empezar a caminar —sentenció él, mientras le ofrecía la mano.

—¿Trajiste tu linterna? —preguntó y sonrió satisfecha al ver que su compañero asentía con la cabeza.

Ángela deseó tener su *iPhone* para saber la hora y si era prudente aventurarse en la indómita vegetación sin la amenaza de que el sol los abandonara a mitad de la nada. Pero el ofrecimiento de pasar el resto del día junto a Fabián era la mejor alternativa que tenía.

Así, sin más, comenzaron a andar por un angosto camino de tierra que pronto empezó a subir hacia los montes que rodeaban Almahue. Las enormes hojas de tepa eran el techo que los protegía. A medida que se internaban en el bosque, crecía el aliento húmedo y dulzón que emanaba del follaje: el olor a fango creaba una pegajosa trenza con el aroma de las hojas descompuestas y la madera podrida. Ángela sólo respiraba por la boca para no padecer el efecto del vaho vegetal.

Fabián echó un vistazo al mapa, comparándolo con el paisaje que tenía enfrente.

—Muy bien. Llegamos al primer lugar. A partir de ahora tenemos que ir hacia el Este, tal como lo señala tu amiga.

—Pero yo no tengo una brújula. Mi *iPhone* tenía una aplicación que... —alcanzó a decir ella.

—¿Quién necesita una brújula? Para eso existe el sol —la interrumpió Fabián con una sonrisa, mientras retomaba la marcha.

"Tengo tantas cosas que aprender", reflexionó Ángela haciendo un esfuerzo por alcanzar los pasos de su acompañante.

Debían caminar con los brazos hacia delante, ya que poco a poco la vereda por la que transitaban se esfumó y fue necesario separar arbustos, largas enredaderas y raíces para avanzar. La selva parecía iluminada por un tono acuoso que le otorgaba un aspecto de ensueño.

Ángela se sentía atrapada en una delicada burbuja a punto de reventar. El incesante zumbido de alas, acompañado por el frenesí de cantos y sonidos animales, la aturdieron en algunas ocasiones; por eso tuvo que detenerse para sacudir la cabeza y frotarse las orejas a ver si así conseguía ahogar el ruido.

Fabián interrumpió la marcha: frente a él se erguía el árbol con forma de cruz que Patricia dibujó en el mapa.

—Vamos bien —la alentó—. ¿Cómo está el ánimo?

Ángela intentó responderle con un gesto afirmativo, pero se sentía muy aturdida para mover la cabeza hacia arriba y luego hacia abajo. Jamás pensó que internarse en el corazón del bosque fuera una tarea de esas dimensiones. La falta de luz, la pegajosa densidad del aire, los piquetes de los zancudos y la dificultad para avanzar en el suelo fangoso y resbaladizo, minaban su entusiasmo y la tenían a punto de aventar la toalla.

Echando mano de su orgullo, disimuló lo mejor que pudo: esbozó una sonrisa que parecía la mueca de un condenado a muerte y retomó sus pasos.

La constante vibración de insectos producía un ronroneo que cada vez se escuchaba más fuerte: el ruido le taladraba los tímpanos, le agitaba la respiración. Sintió la cara completamente mojada por el sudor y la humedad. Algunos mosquitos se le pegaban a la piel, atraídos por el ácido olor de la transpiración. Quiso gritar, pero no encontró voz.

El lejano estallido de un trueno, amortiguado por el colchón vegetal, anunció que una tormenta estaba a punto de comenzar. Y así fue: casi de inmediato una gruesa cortina de agua se precipitó a través de las ramas de los árboles, encharcando el suelo y empujándole los hombros hacia abajo. A duras penas alcanzó a ponerse el gorro de su abrigo, que no bastó para contener el líquido que caía del cielo. Ángela no sabía si tenía los ojos abiertos o cerrados. Apenas era capaz de saber dónde estaba. Sólo conseguía adivinarlo por lo que sus manos tocaban: cuerpos rígidos y rugosos, nervaduras viscosas que se le escapaban de entre los dedos, raíces cubiertas de vellos y tentáculos enrollados en sus tobillos.

¿Fabián? ¿Dónde estaba Fabián? La última vez que lo vio iba algunos pasos adelante, abriendo el camino.

Abrió la boca para llamarlo, pero un puñado de insectos voladores se pegó a su paladar, provocándole una arcada. Al acercar la cabeza a la tierra escuchó con mayor claridad el ruido de las larvas al arrastrarse entre las hojas, el inagotable canto de los grillos y el tenaz paseo de las cucarachas por encima de sus zapatos.

Entonces escuchó una risa. Una estridente risa femenina.

—¿Fabián? ¿Tú también la escuchas?

La carcajada se mezcló con el ulular de la lechuza que revoloteaba sobre su cuerpo.

Intentó volverse, pero las ramas, tejiendo una infranqueable red en torno a su cuerpo le bloquearon el paso. Aunque no los veía, pudo sentir unos ojos extraños que la observaban. Escuchó una respiración que no era la suya.

—¡Fabián! ¡Ayúdame!

Sin éxito intentó mover los brazos que estaban atenazados por hojas dentadas y filosas. La oscuridad retrocedió un par de metros para mostrarle su cárcel vegetal. ¿Cómo cayó ahí? ¿Le había pasado lo mismo a Patricia?

¡Rayén! ¡Rayén, ¿dónde está?!

Un joven pasó corriendo frente a ella: era alto, tenía abundantes cabellos rubios y facciones de niño. Estaba muy elegante, aunque su ropa estaba fuera de moda y calzaba finos botines. *Ah, ya entiendo... Lo que usted quiere es jugar. Muy bien. Juguemos. ¿Quiere que la encuentre? ¡Aquí voy!*

No puede ser. ¡No puede ser! El joven Ernesto Schmied pasó por su lado, sin detenerse a verla. La risa femenina no se detuvo.

*¡Quiero que nos casemos bajo los árboles, sobre las hojas, acompañados por la naturaleza!*

¿Dónde está? Deseó verla, conocerla. Trató de mover la cabeza pero una madeja de raíces trepaba hasta sus sienes, inmovilizándola y cubriéndole parte de los ojos.

*Quiero vivir para siempre entre estos árboles, Ernesto. ¡Éste es el lugar donde quiero crecer, donde quiero morir!*

—¡Fabián, por favor, ayúdame!

La lluvia rebotaba con furia, las gotas le salpicaban el rostro. Una mano le tapó la boca. El rostro de un hombre se le vino encima.

*¿Acaso nunca piensas ponerte zapatos?*

*¡No, nunca! ¡Me encanta sentir en mi piel el barro, el musgo, incluso las piedras! Así me siento viva. ¡Viva!*

Ángela se vio reflejada en los cristales de los anteojos que se balanceaban en la punta de la nariz del desconocido que vestía un delantal blanco. Cuando descubrió la lechuza de enormes pupilas amarillas posada sobre su hombro izquierdo, anunciándole la fatalidad con su presencia, quiso dar un grito de alerta que nunca sonó.

—¡Es el Coo!

Completamente vencida por el bosque, y sobrepasada por sus alucinaciones, se desplomó en una nata blanda de insectos, hojas y gusanos que la recibieron con reverencia para cubrirla sin hacer ruido.

# 16

## Hallazgos

Fabián la encontró tirada, con los ojos cerrados y murmurando palabras inconexas. Hablaba algo sobre Rayén, la bruja que se ocultaba en la vegetación, también se quejaba de una fatal lechuza posada sobre el hombro de un desconocido que la miraba a través de sus anteojos redondos. Deliraba. Su cabello pelirrojo contrastaba contra el manto verde sobre el cual cayó vencida por la fatiga y el esfuerzo.

El muchacho sabía que las lluvias inesperadas que ahogaban la mirada y esfumaban el paisaje se desvanecían tan rápido como aparecían. Las tempestades vaciaban su diluvio dejando un rastro de neblina y valles anegados. Hubo años terribles en que Almahue quedó sumergido hasta las techumbres tras unos minutos de precipitaciones, y las numerosas carretas de sus habitantes encallaron como lanchones en el centro de la plaza. "Por suerte, esta vez no ocurrió nada parecido", reflexionó Fabián, inclinándose sobre Ángela.

Con suavidad le acarició la curva de su mejilla, haciendo un breve recorrido sobre las pecas que tanto lo atraían. Era la joven más hermosa que había visto. Frágil e independiente, todo al mismo tiempo. Nunca se conformaba con la primera respuesta, y era capaz de lanzarse en la más peligrosa aventura con tal de llegar hasta el fondo. Admiraba su valentía y el tesón con el que se enfrentaba a la adversidad, a pesar de sus evidentes temores de adolescente inexperta. Pero claro, meterse al corazón de la selva era otra cosa. Había que tener el cuerpo curtido. Y por lo visto, allá, en la capital, nadie tiene el espíritu de supervivencia para enfrentar y vencer a la vegetación indómita.

Ángela abrió los ojos, aturdida. Cuando descubrió dónde se encontraba, se sentó asustada y trató de disimular su mareo frente a Fabián, que la miraba con una sonrisa en los labios. Tenía la ropa pegada al cuerpo: estilaba de pies a cabeza.

—¿Qué me pasó?

—Te desmayaste. Yo me adelanté un poco para abrir camino, y cuando vi que no venías detrás de mí, me regresé a buscarte.

Ángela intentó ponerse de pie, pero el joven le impidió que se levantara.

—Quédate un rato más ahí, hasta que te sientas bien. No estás acostumbrada a este clima —le aconsejó.

—¡Pero si me siento mejor que nunca! —mintió tratando de sonar convincente.

A pesar de su entusiasmo por parecer fuerte y aguerrida, decidió permanecer sobre las hojas unos minutos más, en lo que su cabeza terminaba de dar vueltas y todo volvía a su sitio.

Le costaba trabajo hablar. La densidad del aire le dificultaba la respiración: las bocanadas entraban espesas y tibias, impidiendo el correcto funcionamiento de sus pulmones. Los oídos le zumbaban con un agudo pitido que no se apagaba.

Entonces recordó el video de Patricia: su amiga tenía el cabello revuelto y lleno de hojas y ramas secas. ¿Ella habría recorrido el mismo camino antes de dibujarlo en el mapa? Por lo pronto agradeció que la tormenta hubiera terminado. Sólo quedaba esperar que el agua de los charcos se evaporara para que el camino no se convirtiera en un barrizal.

De súbito, el follaje de un arbusto se sacudió con violencia. Asustada, movió la cabeza para mirar a un gato que salía de entre las hojas. El animal se quedó mirándola desde la distancia, con el lomo arqueado y brillante.

—¿Azabache? —exclamó, incrédula.

No obtuvo respuesta.

El felino saltó hacia delante perdiéndose en la espesura del bosque.

Ángela se puso de pie, sintiendo que sus rodillas empezaban a recuperar la fuerza. "¿Qué hacía ahí la mascota de Rosa? ¿Acaso los había seguido? A lo mejor no era Azabache, sino otro animal que se le parecía. De noche todos los gatos son pardos", pensó. Pero algo había en aquella mirada que le dijo que no, que ella estaba en lo cierto. Desde su llegada a Almahue podía estar segura de que sus corazonadas eran verdaderas.

Se estremeció, el gato trataba de decirle algo.

—Estamos muy cerca de lo que tu amiga señala como Rayén en el mapa —dijo Fabián, revisando el papel—. Aunque todavía no sé qué es lo que estamos buscando.

—Estamos buscando una cueva —contestó Ángela con aplomo.

La joven le quitó el plano de las manos y le dio vuelta. Detrás se leía: "Karl Wilhelm. Cueva".

—Ya descubrimos la verdad sobre Karl Wilhelm. Ahora nos falta descubrir la cueva. Por algo Patricia hizo ese mapa.

—¿Y cómo estás tan segura?

—No lo sé. Simplemente sé que es así —contestó ella echándose a andar.

El último tramo del recorrido resultó mucho menos atemorizante de lo que supuso. El terreno había dejado atrás su textura pantanosa para convertirse en un suelo firme y pedregoso sobre el cual sus botas avanzaban con facilidad. Los árboles tenían alturas imposibles: prácticamente tocaban con sus copas las nubes cenicientas. La luz no llegaba hasta abajo, y era contenida por el ramaje que se extendía como un techo impenetrable. Ángela no fue capaz de calcular qué hora era, ni cuánto llevaba dentro del bosque. Había perdido la noción del tiempo. Su mundo se reducía a la intensa mancha verde que se desplegaba frente a sus ojos.

El sendero por el que avanzaban terminó abruptamente contra lo que parecía una altísima pared cubierta de musgo. Tardó unos instantes en entender que se trataba de la empinada ladera de una montaña. La ausencia de luz y el exceso de vegetación que la rodeaban, hacían imposible aquilatar sus verdaderas dimensiones.

—Bueno —dijo Fabián—, me imagino que tendremos que empezar a escalar.

—No —lo contradijo Ángela repitiendo lo que su voz interna le susurraba—. Ya llegamos.

Fabián frunció el ceño, extrañado por esa respuesta.

Pero al ver a la joven empezar a separar la fronda que cubría la cuesta en busca de algo que sólo ella parecía conocer, decidió ayudarla sin oponer resistencia. Hasta ahora siempre había tenido la razón, y no era el momento de contradecirla o empezar a dudar.

—¡Tiene que estar por aquí! ¡Tiene que estar por aquí! —repetía la joven.

Ángela no se detuvo en su esfuerzo. Sus dedos eran pocos para arrancar raíces y ramas, y dejar el terreno a la vista. Si su inexplicable presentimiento era correcto: ahí, frente a ella, oculto por el boscaje, estaba lo que buscaban.

Sintió cómo sus músculos eran arropados por un potente calor, producto del esfuerzo físico. Pero no le importó. Había llegado muy lejos y no iba a permitir que nada le impidiera llegar al fondo del misterio.

Por fin encontró una enredadera que, como si fuera una cuerda, tejía una red sobre la ladera. Al tirarla con fuerza, descubrió que junto con ella se soltaron varias plantas de enormes hojas. Entonces vio la abertura: una estrecha grieta que, como un tajo en la piedra, permitía adentrarse en la montaña.

—¡Fabián! —gritó, triunfal.

El muchacho llegó corriendo junto a ella. Abrió los ojos cuando vio lo que su acompañante le señalaba con la mano magullada.

—Te presento la entrada a la cueva de Rayén —dijo Ángela con voz solemne—. ¿Entramos?

No terminó de formular su pregunta, cuando un aleteo la hizo saltar hacia atrás: una enfurecida lechuza salió de la gruta, ululando, con las patas hacia el frente y dispuesta a defender su territorio. Se lanzó sobre el cuerpo de Ángela, que apenas alcanzó a cubrirse el rostro, aunque sintió sobre su piel el rasguño de las garras.

El ave se elevó unos metros, giró y se orientó para repetir el ataque. Fabián buscó una rama para espantarla, pero su plan fracasó. El pájaro se enfiló hacia Ángela, que no tuvo más remedio que correr en busca de protección. La embestida era contra ella. El bosque entero defendía la privacidad de la cueva. Ángela alcanzó a sentir el arañazo de la lechuza en su cabeza, pero un agudo chillido la hizo detenerse.

Al alzar la vista, vio una majestuosa garza blanca que se elevaba con el Coo atrapado en el pico. El ave hizo un par de piruetas junto a las copas de los árboles, su presa agónica daba los últimos estertores, y se alejó moviendo las alas con el mismo sigilo y discreción con los que había llegado.

Nada era casualidad. En Almahue había dos bandos: los que estaban con Ángela y los que querían destruirla. La garza era uno de sus aliados.

Entonces, con un poco más de seguridad se encaminó rumbo a la cueva.

# 17

## La caverna

E l haz de la linterna iluminó una angosta galería que se extendía por varios metros y terminaba en una boca oscura. Las piedras de los muros rebotaban el sonido de sus pasos. Iban firmemente tomados de la mano, aguantando el fétido miasma a podredumbre y humedad. El aire que tragaban los hacía toser a causa del polvillo que se les pegaba en la nariz y la garganta. Les ardían los ojos y el dolor les nublaba la visión. Fabián apuntó la luz hacia el suelo: en la tierra se veían las huellas que avanzaban hacia el final de la ruta.

—Alguien ha estado aquí —advirtió con un susurro.

—Claro que sí. Mucha gente. Desde Rayén a Patricia —contestó Ángela, y le quitó la linterna para encabezar la marcha.

Recorrió el trecho hasta llegar al final. El camino se estrechaba de tal manera, que fue necesario seguir en cuclillas. Fabián la apartó con delicadeza, dejando muy en claro que si alguien se iba a aventurar y exponer a lo desconocido, ése iba a ser él. Se arrodilló y empezó a gatear para atravesar el pórtico abierto en el muro.

Ángela lo siguió, iluminando hacia delante lo que parecía un túnel. Durante un instante creyó estar enterrada en vida, ya que el techo presionaba inclemente su espalda y sus hombros, y sus piernas eran laceradas por los guijarros.

Cuando la galería se ensanchó, descubrieron que estaban en una gruta de grandes proporciones. Nuevamente pudieron ponerse de pie llenos de alivio. Se escuchaba un goteo interminable que las paredes replicaban. La potencia de la linterna no bastaba para abarcar el espacio, sólo les mostraba un círculo amarillo. La falta de oxígeno se hizo más evidente. Ángela se pegó al cuerpo de Fabián, buscando su presencia para sentirse más protegida. Siguió iluminando las paredes de la caverna, cubiertas con grandes manchas de humedad y moho.

—¡Un momento!

Fabián le quitó la linterna y señaló algo en la roca: al ser iluminados, surgieron algunos trazos, dibujados con lo que parecía tinta roja.

—¿Qué es eso? —masculló Ángela.

La joven dio un par de pasos hacia el frente. Se maldijo por no tener su *iPhone* para fotografiar los símbolos.

Cuando Fabián volvió a barrer la oscuridad, pudo apreciarlos en toda su dimensión:

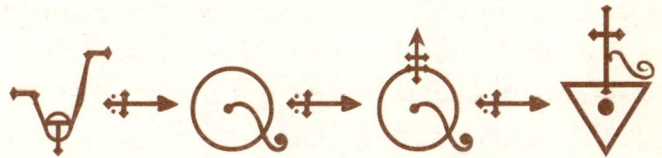

Se paralizó unos instantes. Una sensación de *déjà vu* se apoderó de su conciencia. ¿Dónde y cuándo se había enfrentado a esos dibujos? Estaba segura de haber estado en presencia de los mismos signos hacía muy poco. ¿En alguna exposición de la universidad, tal vez? ¿En las páginas de un libro de antropología? Tenía tan fresca en su memoria aquellas imágenes de círculos, cruces, flechas y triángulos, que le pareció conocerlos desde siempre. ¿Dónde los vio antes? ¡¿Dónde?!

Quiso acercarse, para intentar grabarlos en su memoria, pero su pie tropezó con algo de considerable tamaño. Perdió el equilibrio y se fue hacia delante, cayendo en medio de un bulto que tembleequeó ante el inesperado peso que le cayó encima. Ángela quiso ponerse de pie, pero cambió de idea cuando sus manos tocaron algo parecido a un hilacho de tela.

—¡Fabián! —gritó, para que su amigo se orientara en la oscuridad y pudiera alumbrar hacia ese sector.

Cuando el rayo de la lámpara encontró la cara de Ángela, siguió hacia un costado. Y ante ellos apareció una calavera que, desde sus ojos vacíos, los observaba con una estática sonrisa. La joven dio un grito que provocó que un polvillo oscuro se desprendiera del techo y cayera en sus cabezas. Al retroceder a gatas, sus dedos desordenaron algunos de los huesos que sobresalían bajo los restos de ropa y lo que claramente se veía como un abrigo de cuero.

Histérica, aterrorizada, Ángela corrió hacia Fabián que la protegió con un brazo mientras que con el otro seguía iluminando el cadáver. Junto a las costillas, peronés y fémures estaba una bolsa de cuero, que parecía contener algo.

—¡Es un muerto! —gritó la muchacha frotándose las palmas contra la ropa, intentando borrar las huellas del contacto de su piel con el esqueleto.

De pronto se calló, presa de un miedo aún más grande: la sola idea de estar contemplando los restos de Patricia le aflojó las piernas y pensó en dejarse caer desmadejada. Pero sus conocimientos científicos la hicieron reaccionar: en dos semanas un cuerpo jamás llegaría a presentar ese estado de desintegración. De quien quiera que fuera ese esqueleto, llevaba varios años reposando dentro de la montaña.

Fabián se le acercó despacio. Con la punta del pie atrajo la bolsa. Las hebillas metálicas que lo cerraban tintinearon. Cuando logró separarla de los huesos, se inclinó y la levantó. Le pasó la linterna a Ángela, y él revisó el contenido. Adentro encontró un bolígrafo metálico, corroído por el óxido; había también una lupa, una pipa de madera, un paquetito de lo que supuso era tabaco convertido en una masa verdosa y maloliente. Sus dedos extrajeron un cuaderno, con todas sus páginas casi transparentes por la humedad. En la portada, sin embargo, pudieron leer claramente el nombre del dueño: Benedicto Mohr.

—¡Es el cadáver del explorador! —exclamó Fabián al tiempo que soltaba el bolsón.

"Mohr vivió en Almahue un tiempo, mientras escribía un libro sobre Rayén. Al poco tiempo de terminarlo desapareció misteriosamente". Las palabras de don Ernesto regresaron como un disparo a sus oídos. Ya tenían la respuesta de su enigmática ausencia: el viajero europeo murió en la caverna, en el corazón de la selva. O tal vez fue llevado a ese lugar por alguien después de su fallecimiento. Como fuera, su cadáver reposaba en la penumbra y era el mudo testigo de los signos pintados en el muro.

Un ruido sordo, seguido de un estremecimiento de tierra, los alertó. El suelo bajo sus pies se sacudió y un gruñido que salió de la roca les anunció el inicio de un temblor. Del techo de la bóveda se desprendieron trozos de piedra que cayeron sobre los huesos de Mohr. Una fisura partió exactamente por el centro la sucesión de símbolos, que se pulverizaron al caer al piso convertidos en escombros. Las paredes de la cueva se inclinaron hacia el centro, amenazando con desplomarse en cualquier momento. El temblor aumentó su intensidad, provocando aún más derrumbes y enrareciendo el poco aire con un sofocante aliento a muerte.

Ángela se sintió empujada hacia delante por Fabián, que buscaba a tientas la abertura que los conduciría a la salida. Un trozo de piedra le cayó en la espalda, lanzándola de bruces. La joven cerró los ojos, como lo hacía cada vez que el miedo le desbordaba el pecho y la solución a sus problemas parecía imposible. La oscuridad provocada dentro de otra oscuridad le agudizó el oído: escuchó con claridad las grietas abriéndose paso entre la roca y la convulsión de la tierra al hundirse.

Alguien la arrastraba a través del angosto túnel que habían recorrido. Se atrevió a abrir los párpados y vio la cara de Fabián con magulladuras y cubierta de tierra. Avanzaba con decisión, esquivando las rocas que caían y el nubarrón de polvo que se levantaba desde sus pies. Ella le rodeó el cuello y se dejó llevar. Nunca encontraría un mejor rescatista.

Tras ellos, sus huellas quedaban sepultadas por los bloques de granito que retumbaban al reventarse contra el suelo. La galería se deshacía como un castillo de naipes. Fabián redobló su fuerza, sintiendo que sus músculos estaban a punto de reventar por el esfuerzo de abrirse paso en medio del cataclismo. Sólo unos metros más. Al fondo se veía un intenso punto verde. Fabián apretó a Ángela contra su cuerpo y corrió. Una grieta les cortó el paso. El pronunciado tajo abrió un pozo negro junto a sus pies.

—¡No te sueltes! —gritó Fabián con la voz marcada por la angustia.

Seguro de que sólo tenía una opción, retrocedió lo justo y necesario para aumentar la velocidad. Ángela adivinó lo que pensaba hacer y cerró los ojos con tanta intensidad que el interior de sus párpados se llenó de chispas de colores.

Fabián emprendió una breve carrera, coordinando sus movimientos al compás de las sacudidas del corredor y del techo que seguía desplomándose. Sus piernas los impulsaron en el aire. Durante un instante, el tiempo se detuvo, dejándolos congelados en mitad del salto, sus rostros de horror contemplando la destrucción, sus cuerpos expuestos a la succión de la enorme boca que quería tragárselos con voracidad asesina. Ni siquiera sintieron dolor cuando cayeron abrazados al otro lado. Veloces, se volvieron a poner de pie cuando el terreno empezó a ceder ante el hambre inclemente de la grieta que fue haciéndose cada vez más grande y pronunciada. Corrieron sin mirar hacia atrás, mudos, con los cinco sentidos orientados hacia la abertura que los sacaría por fin del infierno.

La salida de escape. Cerca. Muy cerca.

Un par de pasos...

De pronto, un golpetazo de aire fresco les abofeteó las mejillas: habían llegado al bosque, escapando ilesos del subsuelo. Por encima del hombro de Fabián, Ángela vio cómo la abertura en la ladera de la montaña se terminaba de derrumbar con un rugido visceral, bloqueando para siempre el paso hacia la gruta de Rayén. El follaje de inmediato se hizo cargo del estropicio, cubriendo los restos con hojas y ramas. En pocos instantes, la naturaleza borró las huellas humanas de su territorio. El terremoto no parecía haber afectado nada que no fuera el escondite de Rayén.

Los dos cayeron al suelo, jadeantes, tosiendo y tratando de despegarse el polvillo de sus pulmones. Estaban cubiertos por una gruesa costra de barro, y tenían sangre fresca en los rasguños y en demás heridas en todo su cuerpo. Pero aún respiraban, y lo celebraron abrazándose con fuerza y emoción.

Ángela acarició el rostro de Fabián, y le besó las mejillas y los labios.

Tenían mucho que agradecerle al destino y a la pericia de Fabián; sin embargo, Ángela no podía dejar de pensar que el riesgo no sirvió para nada: todo lo que deseaba encontrar yacía varios metros bajo tierra. ¡Al menos sentía alivio de saber que Patricia no estaba ahí dentro!

Un silbido monocorde interrumpió sus reflexiones.

La nota aguda se abrió paso entre los troncos de los árboles y las enormes hojas para resonar en su cabeza. Ángela pensó que se trataba de un pájaro, pero descubrió que era un sonido humano: alguien caminaba cerca de ellos.

Adivinó en Fabián la intención de levantarse y salir al encuentro del visitante, pero su instinto actuó por ella: de un fortísimo tirón lo retuvo de un brazo, impidiéndole el movimiento. El muchacho la miró desconcertado.

Ángela le rogó silencio, poniéndose un dedo sobre su boca y, como un animal, retrocedió a rastras y se camufló en la espesura que los rodeaba. Fabián la imitó. A los pocos instantes, desde su escondite escucharon el crujido de ramas que se partían a causa de unas pisadas. Vieron aparecer los zapatos de un hombre. La pierna derecha cojeaba, mientras la izquierda hacía el trabajo de adelantarse para luego esperar a su compañera lisiada.

El silbido se hizo más fuerte. Walter Schmied pasó frente a ellos como si estuviera recorriendo el patio de su casa. No parecía tener apuro, y no dudó de la dirección a seguir. Atravesó el espacio con los labios fruncidos y la nariz roja a causa del frío, después se perdió en el verdor que se tragó su cuerpo y amortiguó su tonada hasta hacerla desaparecer.

Sólo entonces, la forastera y su acompañante se asomaron desde su guarida.

—¿Qué hace ese hombre aquí? —preguntó Fabián alzando una ceja.

—Bueno, él dijo que había formado una cuadrilla para buscar a Patricia. A lo mejor andará en eso —contestó Ángela, tratando de buscar la respuesta más sensata.

—¿Sí? ¿Y por qué está solo? Además, no parecía buscar a nadie. Parecía que iba paseando...

Los dos permanecieron en silencio. La aparición del marido de Silvia Poblete en mitad del bosque era un completo enigma. Un misterio tan impenetrable como la presencia del cadáver de Benedicto Mohr al interior de la cueva, como los símbolos de triángulos y cruces que alguien pintó sobre la roca virgen, y como aquella escurridiza garza blanca que parecía sonreírle a Ángela cada vez que sobrevolaba su cabeza.

Ya avanzada la noche, Ángela llegó a la casa de Rosa. Se despidió en silencio de Fabián en la calle, cerrando la jornada con un tierno y agradecido beso por salvarle la vida. Luego de eso, atravesó el corredor de la casa con mucho cuidado. No quería llamar la atención de Rosa, que quizá estaría en la cocina o en su taller. Lo que menos deseaba era dar explicaciones o tener que narrar lo que había visto. Sólo deseaba darse un baño caliente. Por desgracia, su mente insistía en recordarle, una y otra vez, la tétrica imagen del esqueleto del investigador asomándose bajo los jirones. Sacudió la cabeza, para ver si conseguía borrar de su memoria aquella visión, pero no surtió mucho efecto: el desorden de los huesos y la impertérrita calavera seguían anclados tras sus párpados.

Con resignación, decidió que lo mejor que podía hacer después de secarse el pelo y ponerse la pijama, era meterse en su cama y leer las últimas páginas del cuaderno de don Ernesto Schmied. Se quitó el abrigo y las botas. Se dio un masaje en la planta de los pies, entumidos de frío y cansancio.

Antes de salir rumbo al baño, se detuvo y dio un vistazo al cuarto. Todo estaba en orden. En completo orden. El terremoto que ella y Fabián vivieron no se sintió en Almahue. Sin embargo, y haciéndole caso a una advertencia de su intuición, frunció el ceño y se inclinó sobre la mesa. La movió hacia un costado y levantó la tabla que cerraba su escondrijo. Ahí seguían la libreta de tapas negras y el celular de su amiga.

Aliviada, regresó todo a su lugar. Se levantó y caminó hacia la puerta. A pesar de que todo parecía estar en el mismo lugar donde ella lo había dejado, *algo* no terminaba de cuadrar. Repasó el mobiliario, su maleta, la mochila sobre la silla, el ropero, la mesa. Nada había cambiado de lugar.

La incomodidad era otra cosa: una presencia no tangible, una sensación de desasosiego que no se iba de su lado. Inhaló hondo y se dio cuenta de qué algo había cambiado en el dormitorio: un olor. Un penetrante olor a perfume que reconoció de inmediato. Y, con un estremecimiento de espanto, supo quién había estado hurgando entre sus cosas.

# 18

## Diciembre, 1939

La cruz es blanca: dos palos unidos de manera perpendicular señalan el lugar exacto donde reposan los restos de Karl Wilhelm. Echando mano de su mejor caligrafía, Ernesto Schmied escribió sobre una de las tablas el nombre del botánico con pintura negra. Aunque buscó entre todos los papeles y anotaciones que sobrevivieron al incendio, nunca pudo descubrir la fecha de nacimiento del padre de Rayén. Él desapareció de la faz de la tierra de un modo tan misterioso como había sido su llegada.

Según algunos de los hombres que ingresaron a la casa después de apagar el fuego, su cuerpo estaba irreconocible: sólo era un pequeño montón humeante y chamuscado. Algunos fueron más lejos y aseguraron que aquellos restos no eran humanos. Que tal vez era un animal, o uno de esos extraños seres que, según las malas lenguas, el científico mantenía en cautiverio en su laboratorio.

El hecho es que hasta el cura del pueblo vecino, que viajaba a Almahue una vez al mes para bendecir a los recién nacidos, dar la comunión y confesar a los pecadores, se negó a oficiar un sepelio en honor del extranjero. Se justificó diciendo que sus creencias le impedían hacerse cargo del alma de un pecador que causó tanto daño con sus atentado en contra de la naturaleza al convertir el árbol en un engendro demoníaco que daba manzanas, peras y naranjas.

Sin que nadie lo supiera, el joven Ernesto pagó un ataúd y contrató un par de pescadores para que, al amparo de la noche y el silencio, enterraran el féretro lo más lejos posible. Para eso eligió la cima de uno de los montes circundantes. Desde ahí, se puede ver el valle completo, las cordilleras que rodean Almahue, el brazo de mar que se adentra en el continente dando origen a una costa brillante como las escamas de un pez de plata. El muchacho siente el peso de la culpa adherido a su corazón. Aquella simple y triste cruz le recuerda, con un grito mudo y doloroso, que no fue capaz de evitar la tragedia. Y está seguro de que no se perdonará el no haber sido capaz de contener a la turba marcada por la pasión y la ceguera.

Se persigna y se pone de pie. Tiene la costumbre de ir, a la hora del crepúsculo, a pronunciar una oración por el descanso eterno de Karl Wilhelm. Aunque, si se obligara a ser honesto consigo mismo, tendría que reconocerse que cada tarde va hasta lo alto de aquel monte con la esperanza de volver a verla. Pero ella nunca aparece. Se la tragó el bosque.

Él suspira mientras vuelve a montar su caballo que lo espera mansamente. Durante un segundo recuerda la imagen de su delicado cuerpo desmayado sobre el manto de hojas secas, la piel cubierta de fango, el cabello revuelto y confundido con las ramas, la ropa hecha jirones. Sacude la cabeza, porque el recuerdo de Rayén aún le hace daño. Mucho daño. Y, mientras le pica los ijares a su corcel para obligarlo al galope, se estremece —como todas las tardes— porque tiene la fantasía de que alguien lo observa desde la espesura del follaje. Alguien que no despega sus ojos de él. Alguien que ni se mueve ni respira hasta que animal y jinete se confunden en un borroso espejismo, que parpadea y se esfuma junto con el último rayo de sol.

Apenas ingresa al despacho de su padre, Ernesto Schmied sabe que su suerte ya está echada. Lo descubre al enfrentarse al rictus de su progenitor, al ligero movimiento de los dedos que tamborilean sobre el escritorio de caoba. Su padre lo espera en silencio, tiene la mirada fija en él: en su hijo de diecinueve años, el mismo que se siente como un niño indefenso cada vez que entra a ese lugar. El fuego crepita en la chimenea, y pinta de sombras movedizas los muros y el techo. Un altísimo reloj de péndulo bambolea sus segundos, recordándole a Ernesto que el tiempo es una constante fuga y que, por más que intente retenerlo, siempre se le va a escurrir como un pez.

—Pasa, Ernesto. Cierra la puerta —escucha que le ordenan, y él obedece de inmediato.

Durante un instante, el joven se distrae mirando la biblioteca que abarca el muro entero. Cientos de volúmenes empastados en fragante cuero se alinean en perfecto orden, lomo contra lomo, llenando repisas y aclarando con su presencia que su dueño, Otto Schmied, es un hombre culto. Filósofos, historiadores, novelistas: todos están presentes en la oficina, esperando el momento preciso en que el padre le entregará por fin al hijo aquel tesoro para continuar su labor de enseñanza y sabiduría.

—Me dijeron que me estaba buscando... —murmura medio oculto en la penumbra.

El hombre asiente al tiempo que señala una silla, ordenándole que se siente frente a él. Y Ernesto, como siempre, obedece.

—Supongo que estás al tanto de que tu madre invitó a cenar a los Mora esta noche.

—Sí, ya lo sabía —miente, sin dejar que su tono de voz delate el desagrado que le provoca la noticia.

—Y supongo que también sabes cuál es el motivo de la visita.

Ernesto no tiene una respuesta para ese comentario. Sin embargo, no es ingenuo: adivina las razones ocultas en la presencia de los Mora. Claro que puede imaginarlas. Ya han pasado tres meses desde el incendio que provocó la muerte de Karl Wilhelm; han transcurrido noventa dolorosísimos días desde que dejó de ver a Rayén... La calma ya regresó a Almahue y sus habitantes parecen haber olvidado el día de furia que los convirtió en cómplices de un crimen. Es obvio que la vida tiene que seguir adelante y ni siquiera el fallecimiento de un científico y la desaparición de su hija son suficientes para que Aurora y Otto Schmied renuncien a los planes que trazaron para su único hijo.

—¿Cuáles son tus sueños, hijo?

La pregunta lo toma por sorpresa. No está habituado a que su padre quiera saber las razones de sus acciones, o de las ideas y los sueños que pueblan su cabeza. Tal vez es cierto que está convirtiéndose en adulto. Si es así, tendrá que acostumbrarse a que la relación con su progenitor sea la de dos hombres que comparten el mismo trozo de mundo, las mismas responsabilidades y que cargan sobre sus hombros el peso de una familia.

—Quiero saber cuáles son tus sueños, Ernesto. Qué esperas de la vida.

—Ser como usted... seguir sus pasos —vuelve a mentir, porque el giro más íntimo de la conversación lo deja de pie en medio de un territorio desconocido.

Otto Schmied asiente, satisfecho. Ésa es exactamente la respuesta que quería oír.

—Y supongo que querrás formar una familia.

—Siempre he buscado darle gusto.

—Y además, imagino que tu única ilusión es hacerte cargo de mis negocios, y continuar aumentando nuestro patrimonio —dice, barnizando sus palabras de un inequívoco y severo tono de imposición.

¿Cómo decirle a su padre que no, que ésa jamás fue su meta? ¿Cómo hacerle ver que lo que él imagina como una vida feliz y próspera no se parece a las dos mil cabezas de ganado de su herencia? Y Clara Mora, la mujer que eligieron para envejecer a su lado, no reúne ninguno de los atributos que él considera importantes en una compañera: no tiene una voz propia, ni sed de conocimiento, y parece demasiado cómoda con la idea que sean otros los que muevan los hilos de su destino.

Rayén. ¿Dónde estará su Rayén?

Ante el silencio de su hijo, Otto Schmied se pone de pie. Con paso firme avanza hacia un elaborado escritorio de cortinilla plegable, lleno de cajones y gavetas, forrado con un verde tapete. Del interior saca un pliego de papeles, atados con una cinta, que lanza a las manos de Ernesto.

—La situación de la ganadera está cada día peor —revela con dolor—. Ésos son los informes de los contadores.

—¿Lo sabe mi madre...? —pregunta el muchacho, revisando la larga sucesión de números.

—¡Tu madre es mujer, y eso no le permite entender la gravedad de la situación que estamos enfrentando! —exclama el hombre regresando a su silla—. Nuestra situación financiera es muy precaria... Temo que podamos perder todo lo que he construido.

Sí, apenas entró al despacho de su padre, supo que su suerte estaba echada. Ahora lo corrobora, sosteniendo entre sus manos aquellos informes lapidarios que sólo evidenciaban una deuda que crecía como la marea del fiordo en invierno.

—La labor de un primogénito no sólo es preocuparse por continuar la labor comenzada por sus padres o sus abuelos —sentencia—. También es sacrificarse por la seguridad de sus futuros hijos y la de todos los integrantes de la familia.

Otto Schmied hace una pausa.

El péndulo del reloj cuenta en alta voz los segundos en los que nadie habla, y que parecen alargarse mucho más de lo que deben.

—Los Mora son, junto con nosotros, una de las mejores familias de este pueblo —dice con orgullo—. Son educados, honestos, visionarios. Y Clara es una buena muchacha. Vas a ser feliz con ella. Vas a tener una buena vida, hijo.

"En algún momento heredaré la fortuna de mi padre, y quiero ofrecérsela. Le aseguro que a mi lado va a tener una buena vida, mi amor..." Él le había dicho esas palabras a Rayén al amparo del bosque donde vivirían su amor en secreto. Palabras casi idénticas a las que ahora escucha de labios de su padre, pero en relación a Clara Mora. ¡Cómo pudo ilusionarla, sin haber estado seguro de gozar de la libertad para elegir a la mujer con la que pensaba casarse! Nunca se perdonará haber jugado con los sentimientos de Rayén. ¡Nunca!

—Clara será una buena madre para tus hijos. Y gracias a ese matrimonio podremos conservar nuestro ganado, e incluso levantar un astillero —resume Otto Schmied quitándole los papeles de las manos—. Ahora quiero que vayas a cambiarte de ropa. Y apenas lleguen los Mora, baja al salón sabiendo que el futuro te pertenece.

Ernesto no ha cumplido veinte años, pero ya es capaz de imaginar el resto de su vida: un aburrido y recto camino, sin curvas pronunciadas ni sorpresivos accidentes. Un interminable corredor que no ofrece bifurcaciones, ni recovecos en los cuales es posible aventurarse en busca de un atajo. Sabe que sus días transcurrirán idénticos al anterior, y que todos imitarán al siguiente. Serán una inútil sucesión de horas, años y décadas. Desea estar montado en su caballo, galopando hasta perder la conciencia. Sin embargo, se levanta y avanza hacia la puerta. Cuando toma la manija, su piel se estremece por el contacto con el metal: está inusualmente helado, aunque no sabe si el frío viene del ambiente o del interior de su cuerpo.

—Los Schmied siempre hemos tomado las mejores decisiones, hijo. Nunca se te olvide de eso —escucha decir a su padre con voz solemne.

Ernesto intenta decir algo, pero no sabe qué. Sale agitado, atraviesa el hall y corre escaleras arriba. Cuando entra a su dormitorio, tiene ganas de precipitarse contra la ventana, de romper con su cuerpo los cristales, y permitir que la enorme distancia que lo separa del suelo resuelva sus problemas. Pero es cobarde, y su cuerpo ya lo ha asumido. Por eso sus piernas lo llevan a la cama y lo depositan ahí, sano y salvo. Se deja caer sobre el colchón y se tapa la cara con las manos.

De pronto, siente abrirse la puerta. El inconfundible perfume a lavanda y jazmín de su madre le cosquillea la nariz. Se siente un condenado a muerte a quien su propio verdugo va a buscar al calabozo.

—Llegaron los Mora, hijo. Clara está muy contenta de volver a verte. No te demores en bajar —le pide Aurora desde el umbral.

Y Ernesto no tiene más remedio que rendirse ante su implacable destino que transformó su vida en una pesadilla antes de que pudiera echar a volar sus sueños.

El entusiasmo de las campanas contagia de alegría al pueblo entero. Su tañido llama a todos a la ceremonia religiosa. El interior de la iglesia está atestado de invitados y curiosos que no quieren perderse ningún detalle del matrimonio más importante que está a punto de ocurrir desde la fundación de Almahue. Aurora y Filomena, las orgullosas madres de los novios, mandaron a buscar a Chiloé las flores blancas que adornan el altar y el pasillo de la nave central. Con el fin de lucir las galas que trajeron en barco desde Europa, desempolvaron sus mejores vestidos y organizaron un banquete digno de príncipes. Otto Schmied mandó a sacrificar varios animales para organizar un monumental asado después del casamiento, y se encargó personalmente de supervisar la llegada de cajas de champaña y vino tinto que le enviaron sus socios desde la capital.

—Hermanos, estamos aquí reunidos para presenciar la unión de amor de Clara Mora y Ernesto Schmied ante los ojos de Dios Nuestro Señor, y de nosotros los hombres... —pronuncia el sacerdote, dando inicio a la boda.

Clara no logra contener su emoción. A duras penas consigue respirar con las costillas oprimidas por un corsé que tuvieron que acomodarle entre tres personas esa mañana. Su traje es blanco como las nieves eternas, y la larga cola es sostenida por algunos niños cuidadosamente elegidos por doña Filomena. Ernesto, a su lado, tiene la vista fija en la enorme cruz que corona el altar. Un corbatín de raso negro le rodea el cuello, su elegantísimo esmoquin contrasta con la precariedad de la iglesia y el indómito paisaje.

—Clara, ¿acepta por esposo a Ernesto Schmied y promete amarlo, cuidarlo y respetarlo, en salud o enfermedad, en riqueza o en pobreza, todos los días de su vida y hasta que la muerte los separe?

A través de las ventanas de la construcción algunos invitados descubren las negras nubes que avanzan hacia Almahue. Son un enorme manchón oscuro, una peligrosa sombra que anuncia una tormenta. El viento se levanta sacudiendo el ramaje de los árboles y formando remolinos de hojas.

—Sí, acepto —responde la joven conteniendo las lágrimas.

Filomena, su madre, infla sus enormes y rosadas mejillas antes de sonarse. La satisfacción de ver a su hija a punto de contraer nupcias con el primogénito de los Schmied la convierte en todo risa y felicidad. Le hace una seña de complicidad a Aurora que, al otro lado, mira todo muy seria y altiva tomada del brazo de Otto.

Un lejano trueno resuena provocando algunos murmullos. Ya no se puede confiar en el clima: ese domingo amaneció inusualmente soleado. Otto Schmied frunce el ceño, intentando buscar una solución para el asado al aire libre que estará listo apenas la ceremonia se acabe. Filomena Mora se imagina a su hija saliendo de la iglesia en medio de un aguacero y un vahído de angustia se apodera de ella. Voltea la vista hacia la cruz, rogándole en silencio que no permita que un día tan importante para el pueblo se vea afectado por un capricho de la naturaleza.

—Ernesto, ¿acepta por esposa a Clara Mora y promete amarla, cuidarla y respetarla, en salud o enfermedad, en riqueza o en pobreza, todos los días de su vida y hasta que la muerte los separe?

El prolongado silencio del joven permite escuchar con más claridad el nuevo rugido de los truenos, que esta vez parece estallar sobre el techo de la iglesia. Algunas mujeres se sobresaltan, otras se persignan. Hasta el cura levanta la vista, incapaz de quedarse al margen de lo que ocurre, y la posa con cierto temor en el candil que tiembla por la vibración que estremece el cielo. Entonces recuerda que el novio aún no ha ratificado sus votos.

—¿Ernesto? ¿Aceptas por esposa a Clara Mora? —insiste.

El joven abre la boca para responder, pero detiene las palabras a mitad de camino. Es tanto lo que extraña a Rayén, que puede sentir su olor ahí, cerca de él, como si fuera ella la que está a su lado en lugar de aquella joven que casi es una desconocida y que en unos minutos será la mujer que lo acompañará durante el resto de su vida. Rayén. Su Rayén.

Filomena se lleva una mano al pecho, agarrándose el collar de perlas. El desconcertante silencio ya es insoportable y está provocando miradas y comentarios entre los invitados.

—¡Contesta! —exclama la mujer ante el asombro de todos los presentes.

Ernesto parece salir de un trance. Pestañea varias veces y, con toda calma, voltea hacia Clara que también lo mira expectante.

—Sí. Acepto.

—Que lo que Dios ha unido, no lo separe el hombre —sentencia el sacerdote. Y luego agrega con voz triunfal—. ¡Ya son marido y mujer...!

En ese instante las dos pesadas hojas de madera de la puerta se abren como si un furioso puño las golpeara. Una ráfaga que se desplaza a ras de suelo avanza por el pasillo, deshojando los ramos, alzando los vuelos de los vestidos y levantando el polvo que los hace estornudar a todos.

Un violento relámpago cruza el cielo de lado a lado, partiendo en un tajo de luz la bóveda que se oscureció y que amenaza con desplomarse. El chiflón apaga las velas y derriba los floridos pendones que estaban a los lados del altar. A través de las ventanas y la puerta abierta, el pueblo es testigo del diluvio que ya comienza: las cataratas borronean el paisaje, reduciéndolo a una mancha que poco a poco va ganando terreno.

Un nuevo trueno hace estallar algunos de los cristales, sacudiendo la construcción desde su base. Filomena grita aferrada a su marido, que tiene el rostro descompuesto ante la furia de la naturaleza que se ensaña contra ellos. El candelabro se sacude como una campana y el sacerdote grita que es hora de abandonar el lugar. Pero nadie se mueve de su sitio, aunque las maderas de la iglesia crujen con cada empellón del viento. Nadie se atreve siquiera a respirar.

Una silueta se recorta contra la luz, mientras la cortina de agua se aprecia al otro lado de la puerta. Es una silueta menuda, de cabellos que se sacuden como serpientes, tiene la ropa hecha jirones y está cubierta de hojas secas. Sus ojos del color del fuego relampaguean en el rostro que alguna vez sonrió y que hoy sólo atemoriza.

—Rayén... —balbucea Ernesto Schmied, intentando dar un paso hacia ella. Pero Clara Mora lo detiene, impidiéndole moverse de su lado.

Rayén alza un brazo: las gotas que la rodean se ordenan en un remolino. Su cuerpo parece estar sumergido bajo una corriente, un oleaje que la acompaña y la envuelve cuando se echa a andar rumbo al altar.

Los gritos de las mujeres estallan desde las bancas, pero nadie se atreve a hacer nada.

El cielo aúlla su furia, remeciendo la tierra con el estallido eléctrico de las nubes negras. Ernesto no puede quitarle los ojos de encima. La ve acercarse, atravesando el pasillo con sus pies descalzos, su vestido corto y el brillo infernal que se instaló en sus pupilas.

La iglesia se moja con la lluvia que se cuela por las ventanas rotas y la puerta abierta. El suelo se encharca, las paredes chorrean y hasta las vigas del techo estilan por la fuerza de la precipitación.

Rayén se detiene. Vuelve a alzar el brazo, señalando con su dedo la impecable figura de Ernesto.

—Te maldigo, Ernesto Schmied... —balbucea, y su voz suena a piedras chocando, a murciélagos chillando en mitad de la noche, a un volcán escupiendo lava hirviente.

El candil se estremece, haciendo sonar la cadena que lo sostiene. Se diría que una enorme mano salida de las nubes quisiera arrancar de cuajo el techo.

—¡Te maldigo, Ernesto Schmied! ¡Te maldigo a ti y a toda tu descendencia! —grita, provocando un desorden en las gotas que la acompañan.

Una ventana estalla en mil pedazos, lanzando trozos de vidrio como proyectiles. Los gritos y el caos se apoderan del lugar.

Y por encima del escándalo y la destrucción se oye con toda claridad:

—¡Condeno a todos los habitantes de Almahue, a sus hijos, a los hijos de sus hijos, y a los hijos de ellos, al malamor! ¡Nadie nunca podrá amar en este pueblo! —vocifera la bruja— ¡Y al que se atreva a desafiarme, morirá en el acto!

Una grieta se abre en la techumbre, por donde se cuela más lluvia y viento. El candelabro se desploma sobre el altar, partiendo en dos el crucifijo e hiriendo a varios.

Clara Mora se lanza a los brazos de Ernesto, mientras que algunos huyen hacia el exterior saltando por las ventanas o empujándose rumbo a la puerta. Pero una ráfaga más fuerte derriba los cuerpos, azotándolos contra las paredes.

Rayén parece deslizarse sin tocar el agua que cubre el suelo rumbo a la salida. Ernesto se suelta de su esposa, que gime y llora como una niña, y se echa a correr tras la muchacha. Cuando sale, su cuerpo se curva bajo el peso del temporal que le cae encima y le impide ver con claridad.

—Ya nadie puede hacerme daño... —escucha a lo lejos.

Cuando consigue alzar la vista, la descubre protegida por el follaje del enorme árbol de la plaza. El mismo árbol donde Karl Wilhelm ensayó sus injertos. No está seguro, tal vez sea la furia de la naturaleza que no lo deja apreciar bien las cosas, pero está seguro de que los pies de la joven ya no pisan el suelo. Y sus brazos se han extendido como delgadas ramas que se agitan en el viento y lo señalan desde la distancia.

—¡Y para que conozcan todo el odio que les tengo, el día que este árbol se seque por completo el pueblo entero desaparecerá! ¡Tragado por la tierra y barrido por el viento!

Sus palabras chocan en cada piedra y arbusto que los rodea, formándose un eco que los persigue a todos. Junto con un hondo grito que cruza Almahue, se oye el más fuerte de los truenos. Un relámpago se abre paso desde lo alto y cae con violencia sobre el cuerpo de Rayén que sigue con el brazo en alto. Un fogonazo de luz los enceguece por un instante. Ernesto cierra los ojos, protegiéndose la cara con el brazo. Cuando se atreve a abrir los ojos, la lluvia y el viento han cesado. Rayén no está en su sitio: en su lugar sólo queda la huella ennegrecida de la descarga eléctrica que pone punto final a la inesperada tormenta, pero que marca el inicio de una terrible leyenda.

# 19

## Escribir un resumen

La madrugada sorprendió a Ángela con los ojos abiertos y absolutamente adormilada por culpa del insomnio invencible. La intensidad de los acontecimientos del día anterior fue más poderosa que el sueño y, por más que lo intentó, no logró apartar de su mente la incansable sucesión de imágenes: una y otra vez revivió su travesía en el bosque, su desmayo y sus visiones, el descubrimiento de la cueva de Rayén, el cadáver de Benedicto Mohr, los extraños símbolos pintados en la roca, el terremoto que puso un violento punto final a la investigación.

Por eso, cuando la luz del sol se coló por entre los visillos de las cortinas, decidió saltar fuera de la cama y empezar sus actividades, a ver si de ese modo conseguía pensar en otra cosa. Entonces sacó de su mochila el *iPod* que tenía abandonado. Un poco de música la ayudaría a concentrarse. Deslizó su dedo encima de la pantalla hasta que encontró la canción "Hoy ya me voy", de Kany García.

Mientras buscaba un cuaderno, la voz de la cantante le susurró "Hoy ya me voy, amor, y desearé que tengas un buen viaje... y no lloraré..." Detuvo sus movimientos y se quedó unos instantes en silencio, cayendo en cuenta de que algún día tendría que irse de Almahue, regresar a Santiago, a su vida, a su casa, a sus estudios. ¿Y Fabián? "Me duele que te dejo con la pena y el dolor..." Sin poder detener su mano que parecía actuar con voluntad propia, apagó el *iPod*.

No era el momento de pensar en esos asuntos. Tenía que concentrarse. Ya habría tiempo para reflexionar sobre ese tema. Haciendo un enorme esfuerzo, sacó una libreta de su mochila, la abrió en una página en blanco, y escribió al centro con grandes letras mayúsculas:

RECAPITULACIÓN

Pensativa, mordió la parte trasera del lápiz en busca del primer punto de la lista que estaba por comenzar. Luego de una prolongada reflexión, no sólo tenía el inicio sino también un completo inventario que anotó antes de que se le olvidara algo importante:

1. Egon conoció a Patricia. Ocultó su celular, y está muy asustado.
2. E.S.P. coincide con las iniciales de Egon Schmied Poblete.
3. Patricia temía por su seguridad. Por eso escondió el mensaje dentro del espantapájaros.
4. El padre de Rayén no era quien dijo ser. Usurpó una identidad. ¿Quién es realmente?
5. Benedicto Mohr murió en la cueva habitada por Rayén.
6. Investigar qué hacía Walter Schmied en el bosque, solo y a esa hora.
7. En la cueva de Rayén hay unos misteriosos símbolos. ¡Descubrir qué significan!

Cuando terminó de redactar el séptimo punto, quiso reproducir en el papel los jeroglíficos que estaban pintados en la pared de la caverna pero, a pesar de que su instinto le decía que ya los había visto, fue incapaz de recordarlos con exactitud.

Sabía que eran cuatro: uno era un círculo y otro un triángulo con una cruz en la parte superior. También identificó que estaban unidos por flechas que los ligaban como una suerte de ecuación. Sin embargo, y para su desgracia, no consiguió acordarse del resto. ¡Si tan sólo hubiera tenido su *iPhone* para fotografiarlos! De todos modos, y para evitar que el olvido fuera a jugarle una mala pasada, dibujó lo poco que pudo recordar:

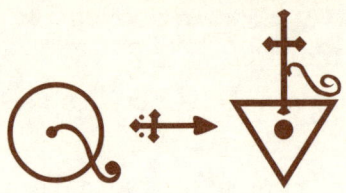

Dejó a un lado el cuaderno y regresó a las desordenadas sábanas para rescatar el cuaderno de don Ernesto Schmied. Durante sus largas horas en vela, logró terminarlo. Tenía mucho que agradecerle al abuelo de Egon: su prosa era clara, precisa, la cantidad de detalles que incorporó le permitió sentir que ella vivió los terribles sucesos de 1939. No le costó trabajo evocar la aparición de Rayén y fue capaz de imaginar el feroz impacto que provocaron la furia y la destrucción creadas por la hija del botánico. El botánico, claro, era un tema aparte. El falso Karl Wilhelm del que nunca se supo nada. Se estremeció al recordar el rostro desconocido y atemorizador del padre de Rayén. Podía jurar que lo vio surgir de la nada, justo antes de desmayarse en medio de la vegetación y la tormenta. La ilusión de sus ojos, peligrosos como brasas, era tan real como la imagen de Fabián abriendo el camino frente a ella.

Ángela se frotó la cara, confundida y resuelta a no seguir pensando en él. Tomó la libreta de tapas negras y se inclinó para regresarla a su escondite. Sin embargo, detuvo el movimiento. Se sentó sobre el colchón y abrió el cuaderno. Buscó una página y volvió a leer el párrafo que hacía mención al incendio del laboratorio y al destino del hombre luego de morir calcinado:

"Su cuerpo estaba irreconocible: era sólo un pequeño montón humeante y chamuscado. Algunos fueron más lejos y aseguraron que aquellos restos no eran humanos. Que tal vez era un animal, o uno de esos extraños seres que, según las malas lenguas, el científico mantenía en cautiverio en su laboratorio".

Si era cierto lo que el patriarca de los Schmied consignaba en esas páginas, nadie tuvo la certeza de que el contenido del ataúd que enterraron en lo alto de una loma fuera el cadáver del padre de Rayén. ¿Podría haber escapado de las llamas que envolvieron su cuerpo, o acaso ésa era una idea descabellada?

Tal vez Benedicto Mohr, a lo largo de su exhaustiva investigación sobre la maldición de la bruja, descubrió que el falso científico no estaba muerto, y por eso pagó con su vida el llegar a esa conclusión. A lo mejor Patricia, en sus dos semanas de estadía en el pueblo, también se topó con las pruebas que confirmaban esa hipótesis, y por eso decidió dejarle el mensaje con el nombre de Karl Wilhelm para que ella descubriera la usurpación de identidad. Demasiadas mentiras y engaños rodeaban al enigmático personaje que realizó el injerto al árbol de la plaza.

"Dos palos unidos de manera perpendicular señalan el lugar exacto donde reposan los restos de Karl Wilhelm".

"Muy bien", se dijo Ángela cerrando con determinación la libreta. Ella había llegado a un punto donde eran muchísimas las preguntas que exigían una respuesta con urgencia.

Por lo pronto, si aquella cruz aún estaba en pie, ella la encontraría. Y una vez que estuviera ahí, armada con una pala, empezaría a cavar hasta descubrir qué se escondía bajo la tierra.

# TERCERA PARTE

El mundo tal como lo conocemos,
tal como lo hemos visto,
no lleva más que a un final: la muerte.

Joseph Campbell, *El héroe de las mil caras.*

⚶⚴☥⚵⚶⚳ ⚴⚸⚶ ⚴⚶☉⚵⚴⚶⚶

# 1
## Ojos negros

Cuando Fabián entró a la cocina, recién bañado y vestido, se encontró con Silvia Poblete y Elvira Caicheo. Al verlo aparecer en el umbral, las dos mujeres interrumpieron su conversación que, a juzgar por el tenso silencio que quedó flotando en el lugar, no tenía nada de amigable. Acto seguido, la dueña de la casa dio un hondo suspiro, poniendo punto final a lo que haya estado haciendo ahí. Al parecer, el conflicto con Egon aún estaba muy fresco.

—Bueno, espero que el almuerzo de hoy sí puedas servirlo a las dos en punto, cuando mi hijo regrese del astillero —espetó con acritud a la cocinera mientras caminaba hacia la puerta.

Antes de salir, observó al joven durante unos segundos. Frunció los ojos, que se convirtieron en dos pequeños botones de carbón en medio de su blanco rostro. No dijo nada, pero Fabián pudo leer en el rictus de su boca de labios delgados y en el arco desafiante de sus cejas una terrible certeza. Con su mirada colmada de desprecio, ella le estaba recordando su lugar y su condición dentro de la jerarquía de esa casa. Si ya le habían prohibido entrar a la casa por la puerta principal, ahora, a raíz de lo ocurrido en la habitación de Egon el día anterior, le prohibirían adentrarse en la parte alta de la residencia.

Para saber qué tan seria y definitiva era aquella advertencia muda, el muchacho comentó mientras miraba a su madre:

—Voy a saludar a don Ernesto, voy a ver si se le ofrece algo.

—No es necesario —lo detuvo Silvia de inmediato, sin quitarle sus altaneras pupilas de encima—. Mi suegro está muy bien en el ático. Él no necesita nada de la servidumbre.

Fabián se mordió la lengua para no contestar. Ése era su castigo por desafiar las normas: le acababan de prohibir ver a su único amigo dentro de esa casa. Hubiera querido enfrentar de una buena vez a aquella mujer que, estaba seguro, sentía placer al menospreciar a todo aquel que se le cruzara por delante. Sus ínfulas de gran dama le resultaban patéticas y completamente anacrónicas. "En un pueblo de doscientos habitantes", pensó, "es inútil aparentar quien no se es: todo el mundo conoce su origen". Sin embargo, por respeto a Elvira, a quien no quería involucrar en un lío aún más grande, optó por cerrar la boca y contó hasta veinte mientras miraba la punta de sus gastados zapatos.

Ya tendría oportunidad de conversar con don Ernesto cuando Silvia no estuviera en casa.

—El pobre viejo se queda muy alterado cada vez que subes a verlo. Por eso te ordeno que lo dejes tranquilo. A su edad, lo que menos necesita son sobresaltos. ¿Está claro? —agregó con tono impositivo, cortando así cualquier posibilidad de réplica.

Como no obtuvo una respuesta inmediata, Silvia repitió sus palabras alzando el tono de su voz.

—¿Está claro?

—Sí —masculló Fabián, sin levantar la cabeza.

Satisfecha por haber obtenido la réplica que deseaba, asintió conforme y se acomodó con gesto preciso el mechón de cabello que se le había escapado del moño que le engalanaba la nuca. Miró rápidamente a las manecillas de su reloj pulsera y, simulando estar atrasada en algo, giró sobre sus talones y salió de la cocina con el mentón en alto.

Cuando se quedaron solos en la cocina, Elvira volteó hacia Fabián con los brazos en jarra.

—¡¿Se puede saber qué pretendes?! —lo encaró—. ¿Quieres que me quede sin trabajo y nos tengamos que ir de aquí? ¡La señora Silvia está furiosa porque ayer te metiste en el cuarto de su hijo!

—Mamá, por favor, escúchame —pidió el muchacho—. Están pasando cosas muy extrañas en esta casa. Ángela cree que Egon es el responsable de...

—¡Me da lo mismo lo que esa forastera crea! —lo interrumpió—. Desde que esa muchachita llegó a Almahue ya no te reconozco. ¿Qué es lo que quiere? ¿Arruinarte la vida?

—No, sólo quiere encontrar a su amiga —dijo Fabián, categórico.

—Pues que la busque en otra parte, no en la casa de mis patrones.

Y se fue hacia la enorme estufa de leña dando abruptamente por terminada la conversación.

Fabián supo que era el momento de salir de la casa. El humor de Elvira había cambiado por completo, y cuando ella fruncía el ceño de esa manera lo mejor era no acercársele. Fabián se puso su gastado abrigo y se fue sin despedirse.

Afuera, la temperatura había bajado considerablemente en relación a los días anteriores. A causa del frío, una columna de vaho salía de la boca y nariz de Fabián, que ya caminaba por un camino de tierra rumbo a la plaza de Almahue. Con rabia pateó un par de piedras. Tal vez ya era hora de que pusiera en marcha sus planes, todos aquellos proyectos que no se atrevía a confesar, pero que había elaborado desde hacía un tiempo en sus noches de insomnio. Volvió a soñar con dejar el pueblo, irse a Puerto Montt, o tal vez a Chiloé, y ahí buscar trabajo en un astillero. Él era muy hábil con las manos, pues era capaz de reparar una embarcación utilizando su ingenio y el mínimo de herramientas. Fabián estaba seguro que allá, lejos, podría construirse un mejor futuro que el que podría tener en la casa de los Schmied. Y además… ahora estaba Ángela. Pensó en su luminosa sonrisa que lo cautivó desde el primer momento, en la llamarada insolente de su cabello tan distinto al de los demás, en sus ojos llenos de valentía e inseguridad al mismo tiempo.

No tenía la mínima duda: Ángela Gálvez era dueña de su corazón. Apenas formuló ese pensamiento, un espasmo le sacudió el interior del pecho. Se detuvo de golpe: era un espasmo, no un arrebato producto de la emoción. Por lo visto las pócimas de Rosa ya empezaban a perder su fuerza. La posibilidad de volver a sufrir los agudos malestares por culpa de su amor por Ángela le hicieron sudar las palmas de las manos.

—¡Fabián!

Era ella. Su inconfundible voz. Nadie pronunciaba su nombre de esa manera. Al girar la cabeza la vio avanzar hacia él, casi oculta en su grueso abrigo y con un gorro que ahogaba el color encendido de su cabello.

—Necesito que me acompañes a ver a don Ernesto —le pidió Ángela después de saludarlo con un beso.

—No te recomiendo que entres —la aconsejó el joven—. Allá adentro los ánimos no son los mejores. Y la señora Silvia me prohibió subir al último piso.

—¡Pero ella no puede hacer eso!

—Claro que puede. Es la dueña de la casa —contestó.

Ángela se quedó unos instantes en silencio, considerando las opciones que tenía. Fabián le tomó una mano, entrelazando sus dedos con los de ella. De inmediato, una pequeña descarga eléctrica corrió a lo largo de su espalda y remató en cada una de las yemas de sus dedos. Era un hecho: los síntomas del *malamor* estaban regresando, no con la intensidad de la primera vez, pero no eran lo suficientemente incómodos y desagradables como para preocuparse.

—Necesito encontrar la tumba del papá de Rayén —dijo Ángela, con voz frustrada—. El único que sabe dónde está es don Ernesto —y, antes de que Fabián pudiera interrumpirla, agregó—: tú me vas a acompañar a abrirla. Tengo que saber qué hay dentro.

El hijo de la cocinera se quedó unos instantes en silencio, incapaz de articular palabra. Jamás se imaginó que Ángela le pidiera algo así. ¡Profanar una sepultura!

Ella aprovechó su silencio para contarle sus reflexiones: si el botánico se había hecho pasar por Karl Wilhelm, era por una poderosa razón. Tal vez estaba ocultando algún secreto mucho más grande y peligroso. Tampoco tenía la certeza de que él hubiera muerto en el incendio. Según el cuaderno de don Ernesto, fue imposible reconocer su cuerpo después de la tragedia, incluso, algunos aseguraron que los restos calcinados encontrados entre los escombros correspondían a un animal. ¿Y si el botánico engañó a todo el pueblo? ¿Y si efectivamente había sobrevivido a las llamas de su laboratorio?

—La única alternativa que tenemos es abrir su tumba. Anoche leí que está en la cima de uno de los montes que rodean Almahue. Una cruz blanca marca el lugar exacto donde se encuentra.

—¿Sabes cuántos montes rodean al pueblo? Podríamos estar un año entero recorriendo la cordillera.

—¡Por eso necesito hablar con don Ernesto! Él es el único que puede decirme dónde...

Ángela no terminó sus palabras. De manera instintiva se cubrió la cabeza con los brazos y por el rabillo del ojo vio algo que venía directo hacia ella. Al alzar la vista descubrió que la garza blanca planeaba a escasa altura, clavándole la mirada.

—¡Otra vez ese pájaro! —exclamó la muchacha, sorprendida.

El ave voló en círculos sobre ellos sin hacer ruido. Su estilizado cuerpo, que cortaba el aire con la misma suavidad y precisión con que lo haría una navaja, parecía una flecha blanca que señalaba los cuatro puntos cardinales cada vez que giraba.

Entonces el ave descendió. Esta vez, Ángela no desvió la vista ni quiso protegerse: se quedó ahí, parada, dispuesta a enfrentar lo que fuera. El pájaro emitió un ronco graznido y abrió las alas como una bailarina que se dispone a ejecutar el más sublime de sus movimientos.

—¡Cuidado! —gritó Fabián al ver que la garza no pensaba detenerse ni elevar el vuelo.

Pero Ángela siguió inmóvil, de cara a lo que sería una inminente colisión. Sintió la brisa provocada por el aleteo de las alas. Y sus ojos se clavaron en aquellos otros ojos, tan negros, tan desconcertantemente humanos, tan vivaces e inteligentes, que parecían no guardar ninguna relación con el cuerpo que los contenía. Cuando la garza estaba por tocarle el rostro, ésta plegó su largo cuello y giró con precisión milimétrica, apenas rozando la mejilla de la muchacha que sintió al contacto una delicada caricia. Entonces, retomó altura y voló en círculos cada vez más estrechos.

—Quiere decirnos algo —masculló Ángela impresionada de sus propias palabras—. ¡Fabián, quiere que la sigamos!

—¿Cómo lo sabes?

—Lo vi en su mirada. ¿Tienes manera de conseguir una pala? —preguntó súbitamente.

—Sí, puedo sacarla de la bodega.

—Entonces ve a buscarla. Y vuelve pronto —suplicó ella.

Y al mirar hacia arriba, Ángela juró ver una sonrisa cómplice iluminar los singulares y oscuros ojos de la garza.

# 2

## Tres metros bajo tierra

La sombra del ave avanzó sin descanso por encima de la vegetación que los acompañó todo el camino. Ángela y Fabián recorrieron grandes extensiones cubiertas de lodo y arbustos de calafate. El frío parecía que había inmovilizado el viento, convirtiéndolo en un cristal que debía romperse para seguir avanzando. Ángela no se quejó. Ni una sola vez. Tenía la vista fija en el ser alado que les iba señalando la ruta. Fabián encabezaba la marcha con la pala en una mano mientras que con la otra quitaba las hojas de nalca y helecho para que pudieran caminar sin problemas.

Cuando comenzaron a ascender la empinada ladera de un monte, la joven se preguntó por primera vez si no había sido una decisión irresponsable permitirle a una garza que se hiciera cargo de su destino. Pero ya era demasiado tarde para arrepentirse. Respiró hondo y se agarró con fuerza para tomar impulso del tronco de un coihue y seguir su camino.

Avanzaban en silencio. Ángela sólo escuchaba la rítmica respiración de Fabián, tan acostumbrado a esos menesteres como el ave que seguía avanzando ajena por completo a lo que su vuelo iba provocando allá abajo. Cuando estaban a punto de llegar a la cumbre, la joven se detuvo unos momentos para recuperar el aliento. Entonces levantó la cabeza: su cuerpo entero se estremeció ante la sobrecogedora belleza del lugar al que habían llegado. Desde ahí pudo ver el valle completo, las cordilleras que rodeaban a Almahue, el océano que se adentraba en el continente dando origen a una costa refulgente como un acuario hecho de plata y a las coloridas embarcaciones que se aventuraban mar adentro.

—Ángela...

Era la primera vez que Fabián la llamaba por su nombre, nunca antes esas tres sílabas, mil veces escuchadas, le parecieron más hermosas. "Ángela". Se agradeció el hecho de haber seguido su impulso para llegar al fin del mundo con la intención de encontrar a Patricia. Si no lo hubiera hecho, nunca habría conocido al hombre que transformaba su vida y la ayudaba a vencer sus inseguridades y temores. Al girar para verlo, lo descubrió señalando un punto específico. Tenía el rostro desencajado y la boca abierta por la impresión. Con la mirada siguió la línea que le indicaba la mano y descubrió que, en el punto más alto, estaba una destartalada cruz de madera. Y, sobre ella, la garza en completo reposo.

Ángela corrió y cayó de rodillas junto al ave y lo que parecía ser la tumba que andaban buscando. Aún quedaban restos de la pintura blanca que alguna vez lucieron los dos palos unidos de manera perpendicular. Y si prestaba mucha atención, todavía se podía leer "Karl Wilhelm" escrito con la perfecta caligrafía de don Ernesto Schmied.

—¡La encontramos! —gritó emocionada.

El pájaro extendió las alas, en lo que pareció más una reverencia que un intento por alzar nuevamente el vuelo, y subió hacia el cielo para ser tragado por el techo de nubes que presagiaba más lluvia y tormentas.

Fabián clavó la pala en la tierra, mientras Ángela quitaba las piedras que rodeaban la cruz para hacerle más fácil el trabajo. Ninguno dijo nada. Ambos sabían lo que estaban haciendo: interrumpir el eterno descanso de un muerto. Suponían que eso debía traer consecuencias, aunque el cadáver fuera el de un mentiroso. Por lo mismo, tratarían de llevar a cabo su cometido con el mayor de los respetos.

Durante interminables minutos, lo único que oyeron fue el monótono sonido del metal hundiéndose en la tierra, y el bullicioso paso de una bandada de loros cachaña que alborotó la calma con sus aleteos verdiamarillos.

El mediodía borró las sombras al coronar sus cabezas. A esas alturas, el agujero ya era bastante profundo. Fabián se quitó el abrigo y lo colgó en la rama de un árbol cercano, y se quedó en mangas de camisa. Los músculos de sus brazos se dibujaban bajo la tela, marcándose cada que vez que hundía la pala entre los guijarros. Sudaba a pesar de las bajas temperaturas y del viento que se enfriaba aún más al entrar en contacto con el mar, para luego adentrarse y seguir congelando el continente. El sonido de la pala chocando inesperadamente contra un objeto los alertó.

Fabián detuvo de inmediato sus labores y miró a Ángela que ya se había puesto de pie para entrar al interior del agujero.

—¿Llegaste al ataúd? —preguntó con el alma en un hilo.

Fabián no le respondió.

Con la pala limpió la superficie de madera que pronto quedó a la vista. La golpeó un par de veces. Los tablones, podridos por los años y la humedad, crujieron antes de ceder un poco. Fabián le entregó a Ángela su herramienta y se arrodilló para continuar con las manos. Sus dedos se introdujeron en la pequeña abertura y presionó hacia un costado. Un chasquido anunció que la tapa del féretro estaba a punto de desbaratarse por completo para revelar su contenido.

—¿Quieres ver lo que hay adentro? —preguntó Fabián levantando la cabeza y descubriendo que su acompañante estaba lívida de espanto.

Ángela negó con la cabeza y retrocedió un paso. No se sentía capaz de asomarse a aquel ataúd que llevaba casi setenta años sepultado.

Durante un instante reflexionó: lo que allí se escondía no podría ser peor que tropezar con los restos de Benedicto Mohr en la cueva de Rayén. O tal vez no era eso lo que la aterraba. Quizá no era la presencia de un cadáver en descomposición el origen de ese temor irracional. Era... era otra cosa. Precisamente lo contrario. Se reprochó por llevar las cosas al límite y flaquear justo en el momento más importante. Le faltaba mucho, muchísimo, para considerarse a sí misma una persona valiente.

Cuando escuchó que Fabián intentaba retirar un par de tablas más, para aumentar así el tamaño del agujero, supo que era el momento de cerrar los ojos. El inequívoco vaho de un aire largamente viciado le abofeteó el rostro. Apretó con más fuerza sus párpados: Fabián ya había abierto el féretro.

—Tienes que ver esto —fue todo lo que le dijo.

No. No iba a ver nada. No necesitaba ver nada para comprender lo que estaba sucediendo. Por eso se alejó unos pasos, temblando de pies a cabeza. Sacudió la cabeza para alejar la desconfianza que le crecía en el pecho. Por más que lo intentaba, no podía evitar recordar las huellas en el barro que encontró al otro lado de su ventana. Y el robo del libro *Rayén*. Ahora todo tenía sentido. El misterioso autor de esas fechorías por fin tenía nombre y apellido.

—¡No hay nada! ¡Aquí no hay nadie! ¡Enterraron un ataúd lleno de piedras! —escuchó que gritó Fabián.

Claro, ella ya lo sabía. En el fondo, siempre lo supo.

Por algo la garza la llevó hasta ahí, para que de una vez por todas confirmara sus sospechas y dejara de desestimar sus propias conclusiones. Era un hecho: el padre de Rayén, Karl Wilhelm —o como se llamara el desgraciado botánico— había secuestrado a Patricia y ahora iba tras ella.

Él estaba tan vivo como cualquiera de los habitantes de Almahue.

Y eso fue lo que más la aterró.

# 3

## Trama y urdimbre

Cuando Ángela entró en casa de Rosa, la noche había llegado muchísimo antes de lo acostumbrado. A las dos de la tarde, el cielo se oscureció después de ser derrotado por un manto de nubes. "Son las tinieblas", alcanzó a escuchar a Fabián cuando terminaban de cubrir nuevamente con tierra la fosa vacía del supuesto Karl Wilhelm. Él levantó la vista hacia lo alto y frunció el ceño: ésas no eran buenas noticias. Y tenía razón: regresaron al pueblo avanzando a tientas por un camino ahora completamente en sombras, sólo guiados por el infatigable murmullo de los insectos que les señalaban la ruta hacia Almahue y por el sentido de orientación de Fabián que, por fortuna, seguía tan alerta como siempre.

Para entretener a Ángela durante el descenso y evitar que se asustara con el súbito oscurecimiento, Fabián le contó que las tinieblas respondían a una variación del clima que muy de vez en cuando se hacía presente. Cuando esto ocurría, la temperatura bajaba y producía una gruesa y sólida capa de nubes, un congelado escudo de vapor bloqueaba la luz del sol y los rayos ultravioleta. Como consecuencia, abajo, en la tierra, los confundidos animales se echaban a dormir: los pájaros regresaban a sus nidos, los zorros a sus madrigueras, el ganado cerraba los ojos y las gallinas no ponían más huevos mientras esperaban el amanecer. Los más pesimistas decían que, si las tinieblas se mantenían por muchas horas, los daños en la agricultura y ganadería serían considerables. Pero eso nunca había sucedido. No existía algún registro en Almahue que asegurara que ese fenómeno climático hubiera durado más de una tarde. Podían estar tranquilos.

Sin embargo, los más beatos del pueblo atribuían las tinieblas a los enojos divinos o al anuncio del fin del mundo. Fabián se echó a reír al recordar una anécdota: hacía muchos años, durante un día de negrura, doña Hortensia, una de las mujeres más persignadas del pueblo, se subió en un banco de la plaza para alertarlos sobre las clarísimas señales del Apocalipsis, diciéndoles que el fin de los tiempos estaba ahí, a la vuelta de la esquina.

—¡Una de las plagas que se narran en la Biblia es la oscuridad universal! ¡Ha llegado el tiempo del llanto!

¡Tienen que arrodillarse y arrepentirse antes de que sea demasiado tarde! —gritaba.

Afortunadamente nadie le hizo caso a la pobre mujer, porque a las pocas horas las nubes se disolvieron en lluvia y escarcha. Los pájaros alzaron el vuelo desde sus nidos, los zorros abandonaron sus madrigueras, el ganado siguió rumiando el pasto fresco y las gallinas se dedicaron a poner huevos.

A pesar de la tranquilidad que Fabián trató de imprimir en sus palabras, había un dejo de temor que Ángela adivinó a través de su relato. A la joven no le hizo gracia la posibilidad de quedarse viviendo una noche eterna, condenada a nunca más apreciar la luz del sol.

Cuando se despidieron frente a la puerta de Rosa ya no podían verse ni las manos, aunque los relojes aún no marcaban las cinco de la tarde.

—Tranquila. Esto se va a terminar mucho antes de lo que piensas —la calmó Fabián dándole un ligero beso.

Un nuevo espasmo, esta vez mucho mayor que los anteriores, lo sacudió cuando sus labios se posaron en los de Ángela. La muchacha sintió el respingo y se apartó de él de inmediato, sabiendo lo que había provocado esa violenta contracción.

—¿Te sientes mal? —preguntó.

—El *malamor*... otra vez —balbuceó mientras tanteaba el aire en busca de algo en donde recargarse a causa de la debilidad que sentía en sus extremidades.

—¡Hay que pedirle a Rosa que te prepare más antídoto!

—No te preocupes. Estoy bien... sólo necesito descansar un poco.

A pesar de sus reclamos, Ángela no consiguió que Fabián entrara con ella y le pidieran ambos a la ciega que preparara una nueva infusión. Con dificultad, a causa de la espesa oscuridad que los rodeaba, lo vio alejarse hasta que desapareció unos cuantos pasos más adelante, tragado por la lobreguez reinante.

Ángela entró a la casa, y avanzó a tientas por el largo y silencioso pasillo.

—¡Rosa! —gritó, y sólo escuchó su voz rebotar en cada uno de los muros de la casa.

Cruzó frente a la puerta de la cocina, que lucía silenciosa y completamente sola en la penumbra. "Seguro que Rosa está en su taller", concluyó.

Ángela orientó sus pasos hacia la parte trasera de la casa.

—Adelante —oyó que le decía, un segundo antes de que golpeara la puerta.

Al ingresar, la joven vio a Rosa sentada frente a su telar, cruzando las hebras de lana en un rítmico baile llevado por sus delicadas manos. Cuando iba a empezar a contarle la aventura vivida en lo alto del monte, para luego suplicarle que preparara otra ración de la pócima que vencía al *malamor*, sus ojos se clavaron como dos dardos en la enorme alfombra que colgaba de uno de los muros. La había visto la primera vez que entró al taller. En ella se mezclaban tres diferentes colores: marrón, rojo y negro.

En el centro había un círculo desde el cual surgían, tanto hacia la derecha como a la izquierda, otros círculos y triángulos de distintos tamaños, algunos coronados por cruces y flechas.

La sangre se le heló.

Ésos eran los símbolos que vio en la cueva de Rayén. Eran los mismos que descubrió dibujados con tinta roja sobre la piedra en los muros de la caverna donde encontraron los huesos de Benedicto Mohr. ¡Por eso tuvo la sensación de *déjà vu* al verlos iluminados por la linterna!

Ahí estaban. Por fin. Trazados con toda claridad por la urdimbre del tapete:

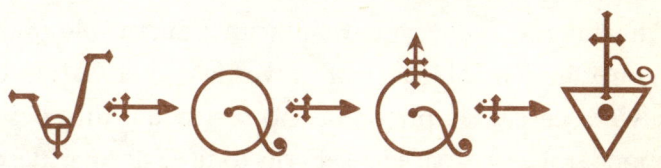

—¿Qué significan esos símbolos, los que están tejidos en la alfombra que cuelga de la pared? ¡¿De dónde los sacaste?! —exclamó tomando a Rosa por un brazo y obligándola a detener su trabajo.

La ciega endureció el rostro. Por vez primera, un rictus de desagrado tomó por asalto sus líneas de expresión, demostrando su incomodidad ante la pregunta que Ángela le estaba formulando.

—Por favor, es muy importante —rogó Ángela.

—Los soñé —fueron las únicas palabras que emitió por respuesta.

El inesperado y desolador maullido de Azabache las sobresaltó. El animal entró al taller dando tumbos, golpeándose contra las patas de la silla donde Rosa estaba trabajando y se dejó caer como si estuviera moribundo o completamente aturdido.

—Las tinieblas... Sí, Azabache, esta vez es grave... ¡Muy grave! —se lamentó Rosa, se puso de pie de un enérgico impulso y salió muy apurada abandonando la habitación.

Inmóvil, Ángela se quedó mirando los símbolos de la alfombra, grabándoselos en la memoria para siempre. "¿Qué quieren decir?, ¿qué significan?". Si tan sólo pudiera conectarse a Internet para investigar o si Carlos Ule estuviera cerca, las preguntas no serían tan difíciles de responder. Carlos parecía saberlo todo. Y lo que desconocía podía averiguarlo en su biblioteca móvil. El problema era encontrarlo. Una posibilidad era ir al astillero de los Schmied y, gracias al antiguo aparato de radio que ahí tenían, intentar comunicarse con Puerto Chacabuco. Tal vez, si alguien la escuchaba, podría darle su urgente recado a Carlos.

—Apenas salga el sol, pondré manos a la obra —sentenció.

Pero el sol, al menos para ella, no tenía intenciones de volver a aparecer.

# 4

## Transmutación

Silvia roncaba ligeramente ovillada en su lado de la cama cuando Walter se enderezó en el colchón, y echó con disimulo un vistazo para comprobar que su esposa seguía dormida. Se levantó sin hacer ruido. Se acercó a la ventana y descorrió un poco la cortina dispuesto a otear el exterior. Al otro lado, la noche más oscura de la que tenía memoria transcurría con toda calma, sin intenciones de llegar al amanecer. ¿Cómo saber si ella estaba buscándolo? Llevaba dos días sin poder ir al bosque para tranquilizarla. Desde que la noticia del nacimiento de una nueva y verde rama en el árbol de la plaza había recorrido la zona de extremo a extremo, ella estaba muy nerviosa. Y molesta. Por primera vez en casi setenta años, *algo* había logrado vencer el poder del *malamor*. Y ese *algo* tenía relación con la forastera. No podía permitir que las cosas cambiaran. La situación era más peligrosa de lo que había pensado. El destino de ese árbol maldito era secarse y arrastrar a Almahue a su destrucción. Así estaba escrito. Así fue anunciado. Ése era el castigo con el que todos pagarían la barbarie que habían cometido contra ellos.

Tenía que detener a Ángela Gálvez...

Walter se puso su grueso abrigo, tomó su bufanda y salió del dormitorio con el mayor sigilo posible. La verdad, no sabía por qué se tomaba tantas molestias para escaparse sin despertar a su mujer... Ella nunca abría los ojos. Después de que se tomaba un somnífero y esponjaba la almohada para recostar ahí la cabeza, no había poder humano que pudiera sacarla de sus sueños. "Ésa ha sido una gran ventaja", reflexionó Walter mientras bajaba uno a uno los peldaños de la escalera. Gracias a las pastillas, ella nunca había sospechado nada.

Cuando abrió la puerta y salió a la calle, el frío lo abofeteó y paralizó durante unos instantes. Pero no fueron las bajas temperaturas lo que impidieron que avanzara con toda la rapidez que quería, ni tampoco el lodazal en que se habían convertido los caminos. La oscuridad que envolvía Almahue era la más intensa de la que tenía memoria. Ella tenía que estar muy enojada para llamar a las tinieblas. La imaginó en el bosque, vibrando al compás del movimiento del ramaje de los árboles que la protegían. Seguramente alzó sus brazos, enormes, larguísimos, para convocar a las nubes del poniente que son las que se encargan de impedir que los rayos solares lleguen a la faz de la tierra. Les habrá gruñido, urgiéndolas a bloquear sin piedad cualquier atisbo de luz que daría vida y calor a los infelices que la dañaron. Walter sabía que las tinieblas durarían mucho más de lo acostumbrado. "Claro", se dijo, "las cosas nunca habían estado tan mal. Nadie había llegado tan cerca de su secreto".

Había que detener a Ángela Gálvez como fuera, para que no siguiera hurgando donde no le correspondía.

El eco de sus pasos desiguales avanzaba, incluso, más rápido que él. La cojera le impedía apurarse. Entonces echó un vistazo a su alrededor, pero era incapaz de ver más allá de su nariz. Estaba a salvo. La oscuridad era su aliada. Nadie descubriría lo que estaba a punto de suceder.

Avanzó a tientas hacia el centro de la calle, buscando el espacio necesario. Cerró los ojos y se sumergió en un pozo sombrío. Respiró hondo, llenando sus pulmones con la brisa helada que se le metió por nariz y boca. El olor a tierra mojada alborotó las células de su cuerpo, hizo bombear con más fuerza la sangre por sus venas. Un estruendoso tambor se adueñó del ritmo de sus pulsaciones, modificándolas a su antojo. Sus sienes latieron con tanta presión, que la cabeza le crujió desde el mentón hasta la coronilla.

Para apurar el proceso, comenzó a exhalar un aire tibio que se convertía de inmediato en vaho al entrar en contacto con el exterior. Sus pies parecían hundirse en el fango al tiempo que sus dedos se ponían rígidos. Esperó que la convulsión iniciara el proceso... La sintió incubarse en la base de la espalda: una pequeña vibración parecida a una cosquilla fue transformándose en una avalancha de lava que trepó por sus vértebras rumbo al cuello. Un calor de infierno se deslizó ahora por sus brazos y piernas. Se mordió los labios para no gritar, preso de un insoportable ardor que derretía sus ligamentos.

Estaba a punto de cruzar el umbral.

Apretó con fuerza los párpados, anticipándose al vértigo mortal que vendría a continuación. Su cuerpo comenzó a vibrar: se movía hacia delante y hacia atrás como si estuviera caminando en la cubierta de un bote que daba tumbos sobre las olas. Pero la inexistente marejada pronto empeoró. Walter Schmied, que parecía anclado por sus pies, se torcía de tal manera que desafiaba por completo las leyes de la gravedad. El balanceo aumentaba su inclinación: su frente casi tocaba la tierra y, al instante, se precipitaba en sentido contrario hasta que su nuca rozaba el suelo. La rotación transformó su cuerpo en un borrón impreciso, un celaje que emitía su propia luz y generaba viento al igual que una hélice de motor.

Ahí estaba: convertido en una explosión, en un *Big Bang* que pronto le daría un nuevo orden al caos. Podía sentir cómo sus músculos se licuaban y quedaban suspendidos en la nada unos instantes, a la espera de regenerarse en una nueva materia. El siguiente paso era desaparecer, evaporarse como la pintura diluida que se seca sin dejar rastro de color. Pero no. Antes de que todo terminara de desvanecerse, la aceleración fue disminuyendo poco a poco, y lo que parecía una masa deforme fue adquiriendo contorno, perfil y figura. En el lugar de Walter Schmied, del epicentro del vórtice, surgió otra persona: un hombre curvado hacia delante, con una prominente barriga y la cabeza calva.

Con la certeza de que nadie había presenciado su metamorfosis, se echó a caminar calle arriba con renovados bríos. Ángela sólo lo había visto con esta apariencia en dos ocasiones —una noche a bordo del ferri *Evangelistas*, y durante un breve instante cerca del árbol de la plaza. Estaba seguro de que si se encontraba con ella no lo reconocería.

Entonces, sabiendo que la intrusa tenía las horas contadas, enfiló sus pasos rumbo al bosque de Almahue donde, estaba seguro, su hija lo esperaba con los brazos abiertos.

# 5

## Oscuridad

Luego de diez horas de un reparador e ininterrumpido sueño, Ángela abrió los ojos. La caminata hasta la cima, donde supuestamente descansaban los restos de Karl Wilhelm, la había dejado completamente agotada. Pero su cuerpo no sólo sufría las consecuencias de haberse pasado un día entero caminando. El haber descubierto el ataúd vacío le confirmó que algo muy grave estaba ocurriendo. Y eso la aturdió. Jamás imaginó que una leyenda transmitida de boca en boca por crédulos y supersticiosos podía ser una realidad tan concreta como el hecho de que su vida corría peligro. Y no sólo la suya: también la de Patricia, y la de Fabián, quien una vez más sufriría los estragos del *malamor*, lo que convertía a su corazón en una verdadera bomba de tiempo.

Dando un largo bostezo puso fin a su descanso nocturno, se bajó de la cama y fue hacia la ventana. Descorrió las cortinas con un enérgico movimiento. Quería que la luz del sol la llenara de renovadas energías, pero el dormitorio quedó tan oscuro como antes. Afuera, el jardín era un manchón negro, tan denso e impenetrable que no le permitió identificar ni el más mínimo de los detalles. Incluso la siempre presente figura del espantapájaros había sido devorada por la hambrienta boca de las tinieblas.

Durante un instante, Ángela tuvo la impresión de que había despertado a mitad de la noche con el horario revuelto a causa de las emociones vividas en las últimas horas. Sin embargo, cuando abrió la puerta del dormitorio y escuchó a Rosa en la cocina, comprendió que era de día, que el hambre que su estómago acusaba no era otra cosa que la ausencia del desayuno, y que aún persistía sobre Almahue aquel fenómeno climático tan extraño como siniestro. ¿Cuántas horas más duraría la penumbra?

Encontró a Rosa envolviendo en trapos blancos el pan recién horneado, mientras la tetera hervía su fragante contenido sobre el fogón. A diferencia de otras mañanas, ella guardó silencio cuando Ángela se sentó frente a la mesa y empezó a prepararse un sándwich. Rosa siguió en lo suyo, ajena por completo a su huésped quien se quedó tan sorprendida como perpleja por el cambio de actitud.

—Buenos días —la saludó, cuando ya era evidente que Rosa no pensaba abrir la boca.

La ciega asintió con la cabeza y fue hacia la hornilla. Retiró la tetera y se sirvió un poco de infusión.

—¿Pasa algo? —inquirió Ángela, dispuesta a solucionar cuanto antes la incómoda situación.

Rosa dejó a un lado la taza humeante que tenía en una de sus manos, respiró tan hondo como pudo y avanzó hacia la joven. La tomó por el brazo, a la altura del codo, obligándola a ponerse de pie. Ángela quiso soltarse, pero Rosa ejerció una sorprendente presión que no le permitió moverse.

—Haz tu maleta... Vete de Almahue —sentenció—. ¡Ahora!

Impresionada por la hostilidad y rudeza de aquellas palabras, la joven quiso defenderse, pero no fue capaz. La ciega la sacó en vilo de la cocina, llevándola a través del corredor rumbo al dormitorio, donde la empujó sobre su maleta.

—¿No lo entiendes? —gritó—. Tienes que irte hoy mismo. ¡Lo antes posible!

—¡No! No me voy a mover de aquí mientras no encuentre a Patricia —se defendió Ángela sin salir del asombro.

—Fabián morirá si se queda a tu lado.

—¡No si tú le preparas uno de tus antídotos!

—La pócima no funciona dos veces. Ángela, lo siento, pero mucha gente está en peligro por tu culpa. ¡El pueblo entero va a sufrir las consecuencias si tú...!

Pero Rosa no fue capaz de terminar: la habitación entera se inclinó hacia un costado, como si los cimientos se hundieran repentinamente ante su propio peso. Las puertas del ropero se abrieron de par en par, lanzando al exterior todo su contenido. La pesada cama de bronce dio un brinco y luego se desplazó hacia el muro contrario, atrapando a Ángela entre el colchón y la pared. Una grieta partió el techo de lado a lado, y dejó a la vista los cables que chisporrotearon debido a un peligroso cortocircuito.

Cuando la segunda sacudida arremetió con más fuerza, los cristales de la ventana estallaron. Desde el exterior llegaron los despavoridos gritos de los vecinos, que se lanzaron a las calles oscuras presos del pánico por el agresivo terremoto. Ángela alcanzó a escuchar el desgarrador maullido de Azabache compartiendo su miedo. Grandes trozos de yeso se desprendieron del techo del dormitorio, contaminando el aire con un polvillo blanco que sólo aumentó la sensación de catástrofe. Ángela cerró con fuerza los párpados, intentando concentrarse para sortear de la mejor manera posible lo que parecía ser el derrumbe definitivo de la casa más antigua de Almahue. El ruido era atronador.

Junto con un iracundo rugido que surgió de las entrañas de la tierra, y que atravesó el parquet que daba saltos en el suelo, llegó inesperadamente la calma. Ángela se tardó varios segundos en abrir los ojos, temerosa ante lo que podía encontrarse. Cuando lo hizo, vio que a su alrededor todo era destrucción: la pared que separaba el cuarto del pasillo tenía un agujero tan grande que dejaba ver el otro lado. El ropero había caído de frente y estaba partido por la mitad. Una buena parte del techo yacía sobre la cama, y la lámpara de la mesita se había roto en mil pedazos. El piso se levantó en varias secciones, tragándose casi por completo la silla y la mesita donde ella, a veces, se sentaba a leer. Un bulto negro se asomó entre el estropicio. Azabache sacudió su pelaje y arqueó el lomo, quitándose de encima astillas, tierra y suciedad. El gato dio un brinco y cayó sobre Ángela, quien no tuvo otra opción que abrazarlo con fuerza y permitir que se quedara ahí, acurrucado contra su pecho.

"¿Y Rosa? ¿Dónde está Rosa?", pensó Ángela.

Salir en busca de su casera implicaba abandonar el breve espacio donde estaba atrapada, y eso era algo que le iba a tomar un tiempo debido a la magnitud de los daños. Cuando empezaba a retirar un pesado bloque de madera que le cerraba el paso, Ángela se detuvo al escuchar un ruido al otro lado de la ventana. Al voltear, un aleteo blanco que parecía alzar el vuelo desde el jardín terminó por elevarse en segundos hacia el cielo, perdiéndose en la negrura. "¿Qué fue eso?", pensó.

Durante unos segundos, un fogonazo iluminó de rojo el cielo de Almahue y, al instante, todas las luces del pueblo se apagaron. Ángela tuvo la sensación de quedar suspendida en medio del espacio, incapaz de adivinar hacia dónde estaban la derecha, la izquierda, o el camino para salir de las ruinas de ese dormitorio.

—¡Se cayó la torre de alta tensión! —escuchó que alguien gritaba desde la calle.

Entonces comprendió que todo Almahue se había quedado en la más completa oscuridad: con las tinieblas impidiendo la aparición del sol, y sin electricidad, los hogares estaban condenados a una virtual ceguera. Los lugareños se transformaron en invidentes desprotegidos ante cualquier ataque: en medio de aquella implacable sombra no había para dónde escapar. Apretó con fuerza a Azabache, y a tientas comenzó a liberarse de los escombros.

Al llegar al centro del cuarto, sus pies chocaron con un bulto de tela que le bloqueaba el paso. ¡Su mochila! Veloz abrió uno de los bolsillos externos, sacó su *iPod* y lo encendió. Por suerte lo había puesto a cargar la última vez que escuchó música, y la pila le duraría un par de horas. Ángela orientó la pantalla luminosa hacia el frente como si fuera una linterna, y trató de seguir avanzando hacia la puerta.

Cuando iba a salir al pasillo algo le llamó la atención: sobre los restos del ropero encontró una larga y hermosa pluma blanca. Azabache trepó hasta su cuello, y se colocó como si fuera una bufanda. Recogió la pluma con una ligera sensación de inquietud en su mente, sabiendo que la explicación de qué hacía ahí era mucho más sorprendente de lo que estaba dispuesta a aceptar. Al dirigir el *iPod* hacia el suelo, descubrió que había otra junto a sus pies. Y otra más, cerca de la cortina. Tres plumas que marcaban la ruta desde donde estaba Rosa hasta la ventana.

Descartando la descabellada idea con la que pretendía justificar la súbita desaparición de Rosa, salió al corredor. A como diera lugar, ella cumpliría la misión que se había propuesto la noche anterior, antes de quedarse dormida: pedirle ayuda a Carlos Ule para descifrar los símbolos que vio dibujados en la gruta y la alfombra. Y esta vez, incluso en contra de su voluntad, lo haría sola para no seguir afectando la salud de Fabián. Si las pócimas ya habían agotado sus poderes frente al hechizo del *malamor*, entonces Rosa tenía la razón: ella lo dañaba con su sola presencia.

—Vamos, Azabache. Tú serás mi única compañía —decretó.

Sin más, se lanzó hacia la calle repleta de personas aterrorizadas que preparaban improvisados campamentos al aire libre y encendían velas para vencer las tinieblas. En su urgencia por sobreponerse al terremoto, nadie reparó en ella ni en su frenética carrera rumbo al astillero. Iba absolutamente concentrada en el camino, los brazos extendidos hacia el frente, alerta ante cualquier accidente u obstáculo que entorpeciera su trayecto. Ésa fue la razón por la cual Ángela no se dio cuenta de que a unos cuantos pasos, alguien seguía el rojizo rastro de su cabello.

# 6

## El encuentro

—Por favor, venga conmigo. Salgamos de aquí —le rogó Egon a don Ernesto, que permanecía de pie en medio del estropicio provocado por el temblor.

Aún se bamboleaba la lámpara de bronce como un columpio que colgaba de las vigas cuando el joven irrumpió en el ático, preocupado por la condición de su abuelo. Lo encontró aferrado a una de las columnas que sostenían la techumbre, iluminado sólo por la luz del fuego que ardía en el calentador salamandra. Con un rápido vistazo comprobó que afortunadamente los daños no eran de consideración: los adornos estaban rotos, así como el espejo biselado que coronaba uno de los muros, y los libros estaban en el suelo. Pero no, no había grietas, ni ventanas descuadradas, el cristal de la claraboya estaba intacto... como en sus mejores tiempos. La casa había resistido los embates del terremoto.

—Bajemos. Puede haber una réplica. Yo lo ayudo —ofreció el nieto, pasándose la mano por el pelo para acomodarse los cabellos fuera de lugar.

Don Ernesto no respondió. No tenía la mínima intención de reunirse con Walter y Silvia, a quien todavía escuchaba gritar en el primer piso en medio de un ataque de pánico. Negó con la cabeza y caminó hacia la ventana redonda, esquivando el desorden que le bloqueaba el paso.

—Abuelo, ¿se va a quedar aquí? ¿Solo? —se sorprendió Egon.

En este instante, Walter entró al dormitorio. Tenía la respiración agitada y el aliento entrecortado, seguramente por el esfuerzo de subir arrastrando una pierna.

—¿Qué está pasando? —preguntó sin mirar a su padre.

—No quiere bajar —respondió el joven.

Don Ernesto Schmied le clavó la vista al recién llegado. Una expresión que combinó asombro y rechazo se dibujó en su rostro marcado por las arrugas.

—Vaya, ésta sí que es una sorpresa. Tú... aquí —lo encaró el anciano—. ¿Hace cuánto que no subías a verme?

—Si no quiere bajar, allá él —le dijo Walter a Egon, ignorando por completo las palabras de su padre—. Es peligroso que estemos aquí. ¡Vámonos!

—¡Tú no eres mi hijo! —gritó don Ernesto apuntándole con un dedo tembloroso pero no por eso menos desafiante.

Walter abandonó su impulso de salir del ático. Miró a su primogénito con un gesto de profundo cansancio, dejándole saber que por desgracia la confrontación recién empezaba. El muchacho asintió y sin decir palabra salió hacia el pasillo. No quería ser testigo de una nueva pelea.

—Aprovecha y vete con él —lo retó el viejo—. No tienes nada que hacer aquí.

—Escúchate. ¡Escúchate, papá! ¡Estás demente!

—No vuelvas a decirme papá. No sé quién eres... pero tú no eres mi hijo, no eres el que creció conmigo y un día desapareció en el bosque...

Walter apretó los puños y se mordió el labio inferior. Sintió una oleada de sangre subirle como una marejada por las venas rumbo a la cabeza. Un débil zumbido le inundó los oídos, preludio de un altercado que podía terminar de muy mala manera. Debía controlarse, evitar cualquier error frente a su supuesta familia. Ése sería su fin. Y el de *ella*.

—¿Y quién se supone que soy? ¿Eh...? —preguntó el aludido, inhalando lo más hondo que pudo en un intento por desaparecer el zumbido de sus tímpanos.

—Quién sabe. Un impostor... Alguien que supo ocupar su lugar —subió el tono de voz para enfrentarlo—. ¿Acaso pensaste que no me daría cuenta? ¡Dime...! ¿Dónde está mi verdadero hijo? ¡¿Qué hiciste con él?!

El esposo de Silvia consideró que era el momento de salir de ahí.

El anciano decrépito había resultado mucho más inteligente de lo que imaginó. Por más que se esforzaba en imitar al verdadero Walter, siempre hubo detalles que se le escaparon. Sin embargo, no podía negar que haberse transmutado en el hijo de los Schmied fue una gran idea: así había entrado a la familia que tanto daño les había causado a él y a su hija. El día que encontró a Walter en el bosque, estaba moribundo después de caer por la ladera. Tenía el tobillo derecho roto con una fractura expuesta, la cadera dislocada y un profundo corte en el cráneo. Las heridas le impedían caminar. Sus conocimientos de botánica y anatomía le advirtieron de inmediato que ese hombre iba a morir de todas formas. Sólo que él apuró el proceso. Así fue como tomó su apariencia y continuó con su vida. Lo enterró sabiendo que la tierra húmeda, las lluvias y el tiempo borrarían cualquier indicio. Después se escondió en la cueva, para darle mayor dramatismo al asunto y justificar cualquier duda que pudiera surgir ante su nuevo comportamiento. Así le sería fácil excusar algún error, diciendo que los días de pesadilla vividos en el bosque lo habían cambiado por dentro y fuera. Eso fue lo que hizo. Silvia, por lo demás, era una esposa distante. Nunca reparó en los signos que podrían delatarlo. Tampoco cuestionó sus largas ausencias, cuando él se escapaba al monte y entraba en contacto con la naturaleza. Con su vida. Con su poder.

—Eres un pobre anciano, un loco, un ignorante. Nadie te va a creer lo que estás diciendo —contestó con una voz distinta a la habitual. Una voz antigua que don Ernesto había escuchado setenta años atrás.

—No me ofendes con tus palabras. Sé muy bien lo que estoy diciendo.

—Ser ignorante como la más elemental de las criaturas es la mayor ofensa que se puede cometer, que no se te olvide, papá —masculló, retrocediendo en el tiempo.

Cuando Walter salió del dormitorio, el patriarca de los Schmied cerró los ojos algo aturdido. Con la sensación de haber abierto una puerta al pasado y por la que el propio Karl Wilhelm se había colado hasta su habitación, se dejó caer en la cama con un temblequeo de huesos y alma. ¿Era posible? ¿Acaso era posible lo que estaba pensando?

# 7

## Una puerta cerrada

A diferencia de la primera vez que fue al astillero, esta vez no había movimiento de empleados ni de gaviotas que salieran a recibir a Ángela. Por el contrario, el lugar parecía una solitaria y decrépita bodega donde el olor a salitre y barniz anidaba en cada esquina. Desde que abrió la pesada puerta del astillero, comprobó, a pesar de la oscuridad reinante, que el temblor también había provocado estragos en el negocio de los Schmied. Lo que fuera el monumental espinazo de un barco, ahora lucía como un esqueleto roto cuyos restos se esparcían por el lugar. Parte de la techumbre se había desplomado y a través de las grietas se colaban chiflones que congelaban aún más el viciado aire. Ángela avanzó veloz hacia la parte trasera, iluminando el camino con la pantalla de su *iPod* y con el gato de Rosa aún trepado en sus hombros.

Cuando estaba a punto de abrir la puerta que decía "Privado" se detuvo en seco: había escuchado pasos a sus espaldas. La sangre se le heló en las venas. Si alguien la sorprendía ahí podría acusarla de invadir una propiedad sin permiso, o de estar robando aprovechándose del caos y los destrozos.

—¿También lo escuchaste, Azabache? —le susurró al felino que frotó su cabeza contra la oreja de la joven.

Convencida de que el ruido era producto de su imaginación o del viento patagónico que se colaba por las rendijas, abrió sigilosamente la puerta y entró a la oficina de Egon. Un rápido barrido con su improvisada linterna le permitió ver que las fotografías de yates, cruceros, catamaranes y diferentes tipos de navíos, no estaban en las paredes, sino en el suelo. En una mesa lateral encontró el antiguo aparato de radio, cubierto por algunos fólderes y papeles que cayeron desde las estanterías, y rodeado por la colección de botellas que contenían barcos en su interior, de las cuales muy pocas estaban intactas.

Entonces el gato saltó al suelo y como una mancha aún más negra se quedó cerca del escritorio. Ángela oprimió un botón del transmisor que decía *On* y una luz verde se encendió. Era una suerte que esos dispositivos funcionaran con batería y permitieran comunicarse a pesar de las circunstancias más difíciles, como las que estaban viviendo en el pueblo. Apenas hizo girar la perilla que supuso era el volumen, una serie de ruidos estridentes e incomprensibles se dejaron oír en la bocina. Ignorando la estática que hacía vibrar la pequeña antena que salía por un costado, tomó el micrófono y apretó el botón lateral tal como había visto hacer al capitán del ferri *Evangelistas* durante su travesía.

—¿Hola...? ¿Hola? Soy Ángela Gálvez, y estoy llamando desde Almahue... ¿Hay alguien que me escuche?

Guardó silencio.

El único sonido que oyó era el de Azabache rascando alguna superficie. Lo descubrió cerca de una de las patas del escritorio de Egon, dando pequeños arañazos a una de las tablas del suelo. Lo llamó chasqueando los dedos, pero el gato continuó concentrado en su tarea, ajeno por completo a los intentos de la muchacha por interrumpir su actividad.

—Soy Ángela Gálvez y estoy llamando desde el astillero de Almahue. Necesito comunicarme con Carlos Ule, en Puerto Chacabuco. ¿Hay alguien que me esté escuchando? —repitió subiendo un poco el tono de su voz.

De pronto, el metálico zumbido que se escuchaba cambió por una serie de agudos y rítmicos pitidos. Y, por debajo de la estridencia, muy débil al comienzo, Ángela alcanzó a percibir una voz.

—Aquí Puerto Chacabuco. Atención, Almahue. Cambio.

La joven se apresuró a repetir una vez más, pero esta vez con la voz entrecortada por la emoción, que necesitaba contactar urgentemente a Carlos Ule, el profesor que circulaba con su biblioteca móvil. Si alguien lo conocía o tenía manera de hacerle llegar la información, le rogaba que le dijera que se dirigiera a Almahue lo antes posible, que asuntos de vida o muerte requerían de su presencia en la zona. También le dijo a su interlocutor que un terremoto azotó al pueblo provocando daños y el derrumbe de una torre de alta tensión.

—Entendido. Gracias. Cambio y fuera.

Del mismo modo que aquella voz hizo su aparición en medio del molesto ruido de las transmisiones, desapareció tragada por la estática. Ángela se quedó unos instantes en silencio, esperando sin suerte alguna nueva confirmación de que su mensaje había llegado fuerte y claro a su destino. Pero sólo escuchó los rasguños frenéticos de Azabache que insistía en arañar una de las tablas del suelo, junto al escritorio de Egon.

—¿Qué pasa? —preguntó acercándose al gato, iluminando el lugar donde estaba.

Entonces vio que el animal había dejado a la vista lo que parecía ser una profunda fisura entre las maderas. A diferencia de los daños producidos por el temblor, ésta no era una grieta de bordes irregulares: era una perfecta línea recta. Ángela acercó su mano y al tocarla, sintió un ligero vientecillo colarse hacia el exterior por la rendija. Azabache continuó ahora restregando enérgico su pata contra una argolla de metal atornillada al suelo, que la muchacha recordó de inmediato: "Es la entrada a un sótano abandonado. Yo también vivo doblándome el tobillo cuando la piso", ésa fue la explicación que Egon le dio cuando tropezó con ella.

—¿Quieres que la abra? ¿Es eso? —sugirió, y de inmediato recibió un maullido como respuesta.

Ángela empujó el escritorio hacia un costado, dejando a la vista la compuerta que comunicaba con lo que supuso era una bodega subterránea bajo la oficina. Tomó el aro de metal, único elemento que le permitiría levantarla, y tiró con todas sus fuerzas. No fue capaz de desplazarla ni un milímetro. Afirmó los pies contra el suelo, respiró hondo, y tomó con ambas manos la argolla. Fue inútil. Aquélla parecía ser una puerta condenada, que nadie había usado en años, a la que probablemente el salitre, el moho y el óxido bloquearon para siempre.

—Lo siento, no puedo —se disculpó con Azabache que engrifó el lomo en señal de protesta—. Vámonos, por favor.

Cuando estaba a punto de salir de la oficina, Ángela chocó de frente contra el cuerpo de un hombre que la sujetó con fuerza por ambos brazos.

Iba a gritar, dispuesta a defenderse como fuera de aquel intruso, pero el aroma a madera ahumada, a bosque mojado por la lluvia, a cielo cubierto de nubes que despedía, se le metió a la nariz y tranquilizó de golpe el desboque de su corazón.

—¡Fabián! —exclamó aunque no podía ver su rostro.

—¿Qué haces aquí? —lo escuchó preguntar con la voz cargada de angustia.

—La pregunta es ¿qué haces tú?

—Te seguí desde la casa de Rosa. Me imaginé que podías necesitar ayuda y por eso...

Pero Fabián dejó en suspenso su respuesta... Una convulsión lo hizo curvarse, haciéndole llevar las manos al vientre. Ángela retrocedió asustada, sabiendo que era la responsable del terrible dolor que lo aquejaba.

—¡Por favor, vete! No quiero hacerte daño... Rosa me dijo que ya no puede prepararte un antídoto contra el *malamor*.

Fabián se enderezó lo más rápido que pudo, apretando las mandíbulas para contener el dolor. No permitiría que un hechizo que le era completamente ajeno le echara a perder la vida, y lo obligara a ponerle punto final a uno de los sentimientos más fuertes y hermosos que había experimentado en toda su existencia. Estaba decidido a dar la batalla. Aunque su cuerpo sucumbiera preso de temblores y calambres... Ángela merecía el sacrificio.

—¡Te lo ruego, déjame sola! Estamos hablando de tu vida y...

Esta vez fue Ángela la que no consiguió terminar su frase. Un sorpresivo beso borró de un zarpazo todo lo que les rodeaba y unió sus mundos. Se besaron como nunca antes lo habían hecho, intentando esconderse el uno dentro del otro, midiendo la magnitud de su amor a través de su lengua y sus labios. Sus corazones golpetearon con tanta fuerza que hasta Azabache fue capaz de escucharlos.

Se separaron después de algunos segundos. A pesar de la penumbra sostenida por la luz del *iPod*: Ángela vio a Fabián sonreír como un niño que sabe que hizo algo indebido y que, a pesar de todo, no siente ninguna culpa.

—Ahora salgamos de aquí —dijo él con decisión, aunque la cabeza le daba vueltas y un intenso zumbido se apoderaba de sus tímpanos.

A pesar de sus intenciones, no consiguió avanzar hacia la puerta de la oficina. Tuvo que apoyarse en donde pudo para evitar que las rodillas se le doblaran a causa del malestar que lo invadió por dentro.

—Vamos a esperar unos minutos —pidió—. En lo que me recupero.

—Déjame ir por ayuda —suplicó Ángela.

—Estoy bien. Tranquila. En un momento estaré listo para seguir adelante.

Ángela le acercó la silla de Egon. Ella aprovecharía el tiempo para ver si conseguía abrir de una vez por todas aquella compuerta del suelo. Cuando Fabián le preguntó el motivo de su interés, ella le contó la obsesión de Azabache por obligarla a prestar atención a la entrada de lo que parecía ser el sótano. Fabián se inclinó y tomó la argolla entre sus manos.

—No, cuidado, tú estás débil —advirtió la muchacha.

Pero movido por la curiosidad, Fabián empezó a ejercer toda su fuerza en jalar de la argolla. En su cuello se marcó una gruesa vena. Los músculos de sus brazos se tensaron. El rechinar de los viejos goznes alertó a Ángela: Fabián lograba su propósito. El joven aplicó un último impulso, sus manos rojas se aferrabana al aro de metal. La pesada tapa cayó hacia atrás, dejando a la vista una abertura en el suelo. De inmediato, el gato se lanzó hacia abajo, desapareciendo en medio de la oscuridad.

—¡Azabache, no! —gritó Ángela sin poder detenerlo.

Fabián le quitó el *iPod* y lo dirigió hacia el agujero: la luz de la pantalla, cada vez más débil, iluminó los peldaños de una improvisada escalera de madera que se adentraba en una total penumbra. Desde las profundidades brotó un desagradable olor a humedad, a tierra podrida, a comida descompuesta. Un lejano maullido les indicó que la distancia que los separaba era larga. Abajo, muy abajo, como si fueran un par de estrellas gemelas en medio del espacio, vieron brillar los ojos del gato. Y de pronto, sin que nada presagiara su aparición, surgieron otras dos pupilas que, tras un breve brillo y pestañeo, desaparecieron.

—¡Hay alguien allá abajo! —exclamó Fabián.

Ángela intentó retenerlo por la ropa, decidida a evitar que bajara a las profundidades de aquel sótano, pero fue inútil: luego de verlo saltar al vacío, escuchó sus pasos internándose en la oscuridad. La luz del *iPod* fue haciéndose más y más distante, titilando como la llamita de una vela que amenaza con extinguirse.

Ángela supo que no tenía otra opción. Sin reflexionar mucho en lo que estaba haciendo, extendió su pie y lo apoyó en el primer peldaño. Se afianzó como pudo del borde de la compuerta y empezó a descender, paso a paso.

Cuando su cabeza entró en el sótano, la oscuridad fue aún mayor. Un frío de ultratumba salió a recibirla y no la abandonó durante todo el camino. Lo único que le recordaba que estaba bajando una escalera y no que flotaba en medio de un mar de tinta, eran el roce de su mano contra una rugosa pared que le servía de apoyo y el hecho de que sus pies se turnaran para pisar los tablones que cada vez eran más débiles y resbalosos a causa de la intensa humedad.

—¿Fabián…? —murmuró, y el eco de su voz rebotó un centenar de veces antes de esfumarse en una vibración parecida a la de una nota musical.

—Aquí… —oyó.

La suela de uno de sus zapatos le avisó que había llegado al fondo: pisaba una superficie irregular cubierta de piedrecillas. No quiso despegarse del muro, temerosa de caer en un agujero o perder el camino de regreso a la escalera. Se quedó inmóvil, calculando el siguiente movimiento, tratando de orientarse en medio de su ceguera de ojos abiertos.

—¿Fabián…? —volvió a preguntar asustada por el prolongado silencio.

El destello de su *iPod*, a varios metros de distancia, atrajo su atención. Respiró aliviada. Ahí estaba Fabián, que se iluminó a sí mismo para que ella pudiera verlo. De paso, alumbró también otro cuerpo, el de una mujer que parecía inmovilizada contra una pared a causa de una breve cadena que le atenazaba el brazo.

Desde el suelo, las pupilas de Patricia, a punto del desmayo y la agonía, brillaron llenas de esperanza.

# 8

## Vigilia

Sin que nadie se lo propusiera, la actividad en torno al árbol de la plaza se convirtió en un constante ir y venir de todos los habitantes de Almahue. A pesar de que los relojes apenas marcaban las once de la mañana, la insondable oscuridad reinante los hacía comportarse como si fuera medianoche. Muchos decidieron no volver a sus casas, temerosos de que una réplica terminara por derrumbar lo que había quedado en pie. Poco a poco se fueron recostando en colchones, sillas o incluso en las mesas que sacaron. Para combatir el frío, algunos levantaron improvisadas tiendas de campaña usando las bancas como soporte. También ataron una cuerda desde el tronco hasta el poste del único farol de la glorieta, apagado como el resto del pueblo, y desde ahí colgaron frazadas, mantas de lana, e incluso, ponchos para crear un cortaviento. Otros prendieron fuego para calentar sus almuerzos que, dadas las circunstancias, parecían cenas. Unos más trajeron velas y cirios que sacaron de la capilla, y los distribuyeron en puntos estratégicos para así iluminar lo que imaginaron sería su larga vigilia.

Silvia Poblete se apoderó de uno de los cuatro bancos de la plaza y no hubo fuerza humana que consiguiera moverla de ahí. No había terminado de sacudirse la tierra cuando ella bajó a tropezones la escalera, gritando que todos debían abandonar la casa. Corrió hacia la calle sin echarse un abrigo encima y desde ahí vio cómo su hogar se estremecía de techo a suelo como una cajita de fósforos que alguien agita para saber si queda alguno en su interior. Con el alma en un hilo miró hacia la copa del árbol, rogando a los cielos que alguna hoja verde delatara que aún corría savia al interior de esas ramas, y que la maldición de la bruja no fuera la causante de la tragedia que estaba viviendo.

"¡Y para que conozcan todo el odio que les tengo, el día que este árbol se seque por completo el pueblo entero desaparecerá! ¡Tragado por la tierra y barrido por el viento!" Las palabras de Rayén se transmitían de abuelo a hijo, y de hijo a nieto, para que nadie olvidara que una fatal amenaza pendía sobre sus cabezas. "Por lo pronto podemos estar tranquilos", reflexionó Silvia al comprobar que las únicas dos ramas saludables seguían intactas. Se acomodó en la banca y, desde ahí, vio salir a Elvira del interior de la casa cargando un chal de lana gruesa que de inmediato le puso sobre los hombros.

—¿Y Egon? ¿Y Walter? ¡¿Dónde se metieron?! —exclamó exagerando un poco el vibrato de su angustia para que a nadie a su alrededor le quedara duda de que estaba preocupada por los suyos.

—Yo creo que subieron a ver a don Ernesto, señora —respondió la cocinera.

—¡No! ¡Que bajen! Puede ser peligroso —se lamentó—. ¿Y Fabián? ¿Dónde está que no lo veo?

A Elvira se le apretó el corazón. Desconocía el paradero de su hijo, pero sí sabía con quién estaba. Desde la pelea en la cocina no habían vuelto a cruzar palabra. Y la culpa de todo era de la forastera... Si ésta le hubiera hecho caso cuando le rogó que se regresara a la capital. ¡Ángela era la responsable de todos los problemas que tenía con Fabián!

—¡Egon, no vuelvas a dejarme sola nunca más! —gritó Silvia abriendo los brazos como si estuviera en un escenario y no a mitad de la calle cuando vio salir a su primogénito del interior de la casa de los Schmied.

El hombre cruzó hacia la plaza justo a tiempo para recibir a su madre que se le lanzó hecha un mar de lágrimas y lamentaciones. De esta manera los habitantes de Almahue se darían cuenta que no sólo era una mujer sensible, sino que también había educado perfectamente a su único hijo, ya que velaba por ella y por su integridad física.

—Tranquila, mamá. Lo peor ya pasó.

—¿Y tu padre?

—Está con el abuelo, que no quiere bajar —respondió Egon, alzando la vista hacia el vértice superior del techo de su casa, allá donde se veía la redonda ventana apenas iluminada.

—¡No es posible! Si mi suegro pretende seguir jugando al ermitaño, allá él. Pero Walter... ¡Walter, ven! —chilló sin éxito—. Anda a buscarlo. ¡Y tráelo aunque sea en contra de su voluntad! ¿Está claro?

Egon asintió y entró nuevamente a su hogar. Todo estaba en penumbras. Avanzó hacia el primer peldaño de la escalera y gritó proyectando la voz en dirección al segundo piso:

—¡Papá...!

En ese instante escuchó cerrarse una puerta a sus espaldas.

—¿Papá? ¿Eres tú?

Nadie le contestó. Atravesó el hall, escuchando sólo el tic tac del reloj de péndulo y el crujido que provocaban sus pisadas en el parquet.

Entró a la cocina. El vapor del guiso que Elvira dejó a medio preparar, antes de salir corriendo por culpa del temblor y el apagón, le dio de lleno en el rostro y le recordó lo hambriento que estaba.

—¿Papá?

Una sombra, recortada contra la negrura exterior, cruzó de lado a lado por una de las ventanas. Alguien estaba en el patio de servicio. Egon se precipitó hacia afuera, dispuesto a enfrentar al extraño. A lo mejor era alguien que había entrado a su casa a robar, aprovechándose de la oscuridad reinante.

—¡¿Quién anda ahí?! —vociferó al vacío, sin obtener respuesta.

Esperó unos instantes. Aguzó el oído, pero nada escuchó. Tal vez había sido su imaginación. Las cosas estaban tan alborotadas en el pueblo y dentro de su cabeza, que no sería extraño que viera lo que no era. Entró nuevamente a la cocina alzándose de hombros.

Afuera, inmóvil tras la verja de madera contra la cual se escondió, Walter Schmied exhaló un largo suspiro. Tenía que apurarse si quería regresar pronto, antes de que Silvia y su hijo empezaran a alarmarse por su ausencia. No le tomaría mucho tiempo llegar al astillero, cumplir su objetivo y regresar. En el trayecto inventaría una excusa para justificar su desaparición. Según calculaba, Patricia tendría que estar muerta. Y si no lo estaba, él se encargaría de que lo estuviera. Palpó el revólver oculto bajo la ropa, sujeto al cinto de su pantalón. "Todo en orden", se dijo.

No sería difícil llevar a cabo sus planes. Ya lo había hecho muchas veces. Si Patricia moría, podría convertirse en ella cuando las cosas se complicaran y largarse de Almahue sin que nadie sospechara que bajo aquella adolescente universitaria se escondía él. *Él*. Era el plan perfecto. Celebró haberla encerrado el día que la encontró en la oficina de Egon, preguntando por su hijo. Desde que la vio supo que podía servirle para algo. Ya estaba cansado de tener que representar el papel de Walter. El primogénito de Ernesto Schmied tenía una vida muy monótona. Gris. Inútil. Transformarse en Patricia era lo mejor que podía hacer para salir ileso en caso de que las cosas fallaran.

Y entonces, sin poder ocultar una amplia sonrisa de triunfo por el final que se avecinaba, se echó a andar rumbo al astillero.

# 9

## Frente a frente

Las dos amigas estuvieron largos instantes abrazadas, en silencio, soportando con los labios cerrados el huracán de emociones. Ángela no pudo contener las lágrimas. Apenas rodeó con sus brazos a Patricia estalló en un llanto que mucho tenía de felicidad y alivio. Fabián se alejó unos pasos, acercándose a la escalera del sótano maloliente, para darles un momento de privacidad. La batería del *iPod* ya casi se había terminado. Pronto tendrían que salir de ahí.

—¿Qué pasó? ¿Por qué estás aquí? ¡¿Quién te hizo esto?! —la bombardeó Ángela apenas fueron capaces de sobreponerse al inesperado encuentro.

—Hambre... —murmuró la joven.

—¿Cómo? ¿No has comido nada? —se espantó—. ¡Fabián! ¡Ven, ayúdame a sacarla de este lugar! —gritó llena de angustia.

El muchacho le entregó el *iPod* y trató de desprender la argolla que unía la cadena al muro. Por más que tiró con todas las fuerzas de su debilitado cuerpo no consiguió arrancarla. Se enrolló la cadena en una mano, apoyó un pie contra el muro y, haciendo presión con su mismo cuerpo, intentó aflojar los tornillos. Imposible. Tendría que salir para conseguir una herramienta para continuar la tarea.

—Quédate con ella —dijo Ángela con decisión—. Voy a subir a buscar algo con que aflojar la cadena.

—Prefiero hacerlo yo —rebatió él.

—No. Tú estás débil. Si puedes, sigue tratando de soltarla. Cuando entramos vi algunas cajas con martillos, pinzas... Voy a traer todo lo que encuentre.

—Apúrate. Ya no le queda mucha pila a este aparato —señaló mientras le mostraba la débil luz de la pantalla.

Ángela no fue capaz de decir nada. Un puño de congoja le apretó la garganta y no la dejó respirar durante un instante. El peso de la responsabilidad cayó sobre sus hombros como una mochila de piedras. Tenía que actuar con rapidez. Con Fabián cada vez más enfermo por culpa del *malamor*, ella estaba a cargo. Debía subir la resbalosa y frágil escalera y conseguir las herramientas para salvar a Patricia antes de que fuera demasiado tarde. Le impresionó lo flaca que estaba. Probablemente llevaba semanas sin comer. Aunque no quería reconocerlo, había tenido la sensación de abrazar un esqueleto. Y eso sólo contribuyó a aumentar su cuota de pesimismo.

—¡Apúrate! —dijo Fabián con urgencia.

La joven avanzó a tientas en busca del primer peldaño.

De pronto escuchó a sus espaldas la voz de su amiga, más parecida al quejido agónico de un moribundo que al recuerdo que ella tenía de su sonido original.

—Esposo...

Ángela se detuvo. Vio a Fabián que apuntaba el *iPod* hacia el rostro demacrado y macilento de Patricia, que ya ni siquiera podía abrir los ojos.

—Culpa... esposo... —masculló haciendo un enorme esfuerzo.

¿Qué quería decir? ¿Había escuchado bien?

Controló el impulso de regresar junto a su compañera para pedirle que completara la frase. ¿Quién era el responsable de esta atrocidad? ¿Era Egon, como ella suponía? ¿A quién pretendía culpar diciendo *esposo*?

—¡Por favor, ve rápido! —la urgió Fabián volviendo a tomar la cadena para seguir tratando de aflojar la argolla.

Ángela se lanzó escaleras arriba. Varias veces estuvo a punto de perder el paso, tropezándose en su desesperación por llegar a la puerta que comunicaba con el despacho de Egon. Su zapato patinó en una mancha que supuso era musgo, o parte del tablón que estaba ya podrido, y cayó de rodillas. Se golpeó un codo y el brazo le hormigueó hasta la punta de los dedos. Quiso gritar de impotencia. Tenía la sensación de llevar una vida entera viviendo como un topo, avanzando a ciegas, con los ojos inútiles ante la invencible oscuridad. Se levantó como pudo y siguió subiendo. El cambio de temperatura y la densidad de la oscuridad le hicieron saber que había salido del sótano. Antes de adentrarse en la oficina, escuchó el extenuado resuello de Fabián, de seguro exhalado al jalonear la cadena para hacer ceder los eslabones que capturaban a Patricia.

Ángela atravesó la oficina con toda la velocidad que la penumbra le permitió. Cuando iba a abrir la puerta para salir hacia el hangar, una voz metálica, medio oculta bajo una sucesión de pitidos e interferencias de estática, resonó inesperadamente entre aquellas paredes.

—Atención, Almahue. Atención, Almahue. Aquí Puerto Chacabuco. Cambio.

¡Era el aparato de radio! De seguro le tenían noticias de Carlos Ule y una respuesta a su mensaje. Dudó en ir hacia el micrófono y tomar la llamada.

—Atención, Almahue. ¿Me oyen? Cambio.

No. No podía. Fabián estaba esperando con urgencia allá abajo las herramientas, y no podía fallarle. Además, la vida de Patricia era mucho más apremiante que cualquier necesidad por hablar con el profesor dueño de la biblioteca rodante. Sacudió la cabeza, borrando el impulso de tomar el micrófono, y abrió la puerta.

El astillero estaba en completo silencio.

¿Dónde había visto la caja de herramientas? Avanzó siguiendo la línea de uno de los muros. Por más que trató de concentrarse en la negrura, no pudo evitar que su mente revisara las alternativas para "culpa" y "esposo". Era obvio que Patricia trataba de delatar a alguien... Al responsable de su cautiverio, lo más probable.

Se detuvo, llevándose una mano al pecho.

"¡Ángela, esto es horrible...! ¡Horrible! ¡Tienes que ayudarme! ¡Por favor! ¡Por favor...! ¡Ven a salvarme, te lo ruego! ¡La culpa es de... es, de... esp...!" La culpa es de... ¿un esposo? ¿*Esp* quería decir *esposo*? ¿Eso fue lo que trató de comunicarle su amiga en el video? ¿Qué esposo? Si eso era cierto, Egon no era el culpable, pues seguía soltero y sin prometida a la vista. Si Patricia estaba prisionera en el astillero de la familia de los Schmied, eso quería decir que uno de sus integrantes era el responsable del secuestro. Era lo lógico: tenía acceso a las instalaciones. Nadie se extrañaría de verlo entrar y salir de su propiedad. ¿Quién? ¿Qué esposo? ¿Se estaba refiriendo a...?

Un monocorde silbido interrumpió sus reflexiones. La aguda nota se abrió paso entre los escombros y el desorden, y le resonó en la cabeza. Y entonces, con horror, Ángela lo comprendió todo... No le fue difícil imaginar a Walter maniatando a Patricia, arrastrándola al amparo de la noche hasta la oficina de la bodega. ¿Por qué? ¿Cuáles habían sido sus razones? Y lo peor de todo: ¿qué estaba haciendo ahí en ese momento?

Ángela buscó refugio tras una gran plancha de madera desprendida del techo y le sirvió de perfecto escondite. Asomó la cabeza por un costado. Divisó la silueta de Walter Schmied avanzando con paso cansino, delatándose por la cojera de su pierna derecha. Venía solo. Las manos le colgaban. Tenía el cuello erguido, desafiante. Ángela entendió que no tenía alternativa: si el marido de Silvia se dirigía hacia la oficina para bajar hacia el sótano, ella tendría que tomar cartas en el asunto.

Buscó algo con qué golpearlo, o por lo menos para detenerlo mientras daba la voz de alerta a Fabián. Palpó con urgencia en torno a ella. Nada encontró que le sirviera para el propósito que tenía en mente. Sólo había basura, alambres y restos de una estantería. Empezó a desesperarse.

Los pasos del hombre se acercaban cada vez más. Los escuchaba cada vez más cerca. Ángela cerró los ojos hasta provocar una descontrolada pirotecnia en su cabeza. Durante un instante vivió su fantasía recurrente: imaginar que cuando alzara los párpados estaría a salvo, en su casa, acompañada por su madre y Mauricio. Y Patricia. Los cuatro se reían de una anécdota sin importancia. Pero no. Esta vez tampoco ocurriría. Estaba a merced de lo que no podía controlar.

Los pasos se detuvieron.

La joven abrió los ojos y volvió a asomarse fuera de su escondite. Vio a Walter inclinado sobre algo que no alcanzó a distinguir. Un pequeño chispazo dio origen a una llama, y Ángela comprendió que había prendido un fósforo. El fuego iluminó un reducido espacio, una burbuja anaranjada que se fue acercando a una lámpara de aceite que aún colgaba de su gancho en la pared.

Sí, era un hecho: Walter Schmied se disponía a bajar al sótano.

La bodega se llenó de sombras que bailaron al compás de la mecha que ardió tan pronto como la lumbre entró en contacto con ella. La breve luz que inundó el lugar le permitió descubrir que a unos cuantos metros estaba un grueso garfio con el que Fabián podría hacer palanca y, muy probablemente, soltar la cadena de la pared. "¡Perfecto!", pensó. Sólo tenía que salir de su guarida, recogerlo sin hacer ruido, y correr a la oficina antes de que Walter la descubriera.

¿Podría lograrlo? No tenía otra alternativa. Volvió a espiar al recién llegado y lo vio de espaldas, concentrado en manipular la lámpara que estaba encendiendo.

Era el momento de actuar.

Intentó controlar la descarga de adrenalina que le nubló la vista y, con el mayor sigilo, abandonó su escondite. Sin hacer ruido avanzó hacia el garfio y lo levantó. Todo iba muy bien. Walter seguía en lo suyo, ajeno por completo a lo que sucedía tras él. Con el garfio en la mano empezó a caminar hacia la puerta con letras doradas. Un paso más. Y otro. La distancia entre ella y la oficina se acortaba a cada segundo. Intentó apurar la marcha. Por ir con la vista hacia el frente, no se percató de un rollo de cables con el cual tropezó. Ángela se cayó y el garfio provocó un gran ruido al rebotar contra los tablones. Walter giró sorprendido y se encontró con Ángela que, desde el piso, lo miró aterrada.

—¡¿Y tú qué haces aquí?! —exclamó el hombre desenfundando su revólver que llevaba oculto tras la ropa.

Ángela palideció al ver el arma.

Ya no tenía dudas: el esposo de Silvia era el culpable.

Walter dejó la lámpara de aceite que tenía en las manos junto a sus pies y comenzó a avanzar hacia Ángela, que ni siquiera intentó levantarse. Cualquier movimiento podía ser fatal.

—¿Qué estás haciendo aquí? —repitió con una voz que ya no se parecía nada al amable sonsonete que Ángela conocía.

—¿Por qué le hizo eso?, ¡¿por qué encerró a mi amiga en el sótano?! —gritó la joven.

El rostro de Walter se contrajo en un rictus de sorpresa. ¿Cómo era posible que la estúpida afuerina supiera lo que él había hecho? ¿Acaso había conseguido abrir la puerta del sótano? Apretó con fuerza los dedos en torno al mango de la pistola. Lo mejor que podía hacer era dispararle. Estaban solos. No había testigos. Todos los almahuenses estaban en la plaza, indiferentes a lo que sucedía en el astillero. Puso el dedo en el gatillo. Era cosa de aplicar un poco más de fuerza. Sólo un poco más. Incluso podría apoderarse del cuerpo de la entrometida en lugar del de su amiga. Lanzaría su cadáver junto al de Patricia, sellaría la puerta para siempre, y asunto resuelto. Disparar. Ésa era la solución.

—¡No va a salirse con la suya!, ¿me oyó? —lo desafió Ángela mordiendo las palabras con ira—. ¡Me voy a encargar de que todos sepan quién es usted!

Walter contuvo una carcajada. "Ay, niñita, si de verdad supieras *quién* soy", se dijo.

Cerró un ojo para afinar la puntería. Ahí, al otro lado de la mira, estaba su próxima víctima. Aterrada, indefensa. Apenas iluminada por el parpadeante resplandor de la lámpara de aceite.

—Hiciste muy mal en venir hasta aquí —señaló Walter—. Cavaste tu propia tumba.

En el momento exacto en que su dedo índice comenzó a jalar el gatillo, un ronco graznido lo sacó de su concentración. Volteó, desconcertado. Un violento picotazo le hirió la mejilla. Walter manoteó sin saber qué estaba pasando. A través de sus propios brazos que giraban como aspas tratando de espantar a lo que estaba atacándolo, divisó una enorme garza que se alejaba unos metros para volver a lanzarse en picada contra él. Walter disparó un par de veces, sin dar en el blanco. El ave, con la fuerza de un proyectil, enfiló directo hacia su cuerpo, lacerándolo nuevamente, esta vez a la altura del cuello. Ángela aprovechó la confusión para ponerse de pie y tomar el garfio. Durante unos instantes se quedó mirando a la garza, tan familiar a esas alturas, impresionada por su habilidad para volar entre los pilares del astillero, elevarse hacia el techo y caer como un arma blanca sobre Walter Schmied que daba gritos de dolor.

—¡Gracias! —gritó Ángela y obtuvo un corto graznido por respuesta.

Walter no tuvo más remedio que soltar el revólver para cubrirse el rostro.

Aturdido por los golpes y la sangre que le manchaba las manos, no vio la lámpara de aceite y la pateó en su intento de escapar. El líquido inflamable se escurrió por uno de sus costados y alcanzó varias maderas que de inmediato comenzaron a arder. Ángela abrió enormemente los ojos: ¡en unos minutos la bodega se incendiaría con ellos adentro! Corrió desesperada hacia la oficina de Egon, se acercó a la puerta abierta en el suelo, y lanzó el garfio hacia el interior.

—¡Fabián! ¡Apúrate! ¡El lugar se está incendiando! —chilló desde lo alto.

El muchacho escuchó caer la herramienta. Con desesperación se acercó a la escalera, usando pies y manos para encontrar el garfio y liberar a Patricia que cada vez respiraba con mayor dificultad. Volvió a encender el *iPod*, rogando que los últimos minutos de pila le sirvieran para encontrar el garfio. La pantalla parpadeó unos instantes y un mensaje de *Out of battery* se adueñó de la superficie.

—¡¿La encontraste?! —oyó que le gritaba Ángela desde la oficina.

—¡No! ¡No sé dónde cayó! —respondió él sintiendo que un creciente malestar se apoderaba de sus miembros.

La terrible preocupación que Fabián sentía por Ángela sólo era amor... un amor que también era castigado por el hechizo de la bruja. Cada vez que la imaginaba en peligro, un aguijonazo se ensañaba en una parte de su cuerpo. Cuando escuchó que el astillero se estaba quemando, sintió que sus pulmones se desgarraban y se mordió los labios para contener un grito y no angustiar a las dos amigas que confiaban en él. Su corazón comenzó a latir irregularmente. Era un tambor desafinado que bombeaba sin concierto la sangre al resto de su cuerpo. Un sudor frío le bañó la nuca y lo hizo estremecerse: comprendió que el colapso era inevitable. Estaba a punto de perder la batalla contra el *malamor*.

Desesperado, cayó de rodillas y revisó el suelo con las manos en busca de la herramienta. De pronto, los dedos de su mano derecha rozaron el frío metal del garfio.

—¡Apúrate, por favor! —lo urgió desde lo alto—. ¡Todo se está llenando de humo!

Al levantarse, Fabián orientó la pálida luz del *iPod* hacia el muro sobre el que se apoyaba la escalera. Al hacerlo, distinguió unos dibujos trazados directamente sobre la piedra:

Ahí estaban los mismos símbolos que habían visto antes en las paredes de la cueva donde encontraron el cadáver de Benedicto Mohr.

¿Qué estaba pasando en Almahue? ¿De qué se trataba esa historia secreta que ocurría bajo sus propias narices, y de la que nadie nunca se había enterado?

—¡Walter Schmied está aquí, con una pistola, y quiere matarme! —gritó Ángela con medio cuerpo asomado por la abertura—. ¡Él es el culpable de todo! ¡Por favor libera rápido a Patricia!

Fabián corrió hacia la argolla. Usando el garfio como palanca, comenzó a ejercer presión. Cerró los ojos y apretó los labios para concentrarse y juntar las pocas energías que quedaban en su organismo. Tenía que hacerlo. No existía la posibilidad de fallar. Un resplandor anaranjado dibujó en el techo el contorno de la puerta: las llamas cada vez estaban más cerca. Volvió a jalar haciendo palanca con el garfio e intentado separar el aro del muro. Entonces escuchó cómo comenzaban a ceder los tornillos.

Ángela pensó en bajar al sótano para ayudar a Fabián. Pero volteó hacia la puerta y con horror vio que el humo comenzaba a colarse por las rendijas del marco. Tenían que salir. ¡No había tiempo que perder!

—Atención, Almahue. Aquí Puerto Chacabuco. Cambio —escuchó en las bocinas del radio, y una ilusión renovó sus esperanzas.

Corrió hacia el viejo aparato. Sacudió los vidrios de la colección de botellas de Egon, tomó el micrófono, apretó el botón lateral y exclamó a quien pudiera oírla:

—¡Aquí Almahue! ¡Hay un incendio en el astillero! ¡Hay personas atrapadas! ¡Necesitamos ayuda!

De pronto, una mano masculina se posó en su hombro. Durante un instante pensó que era Fabián, que por fin había liberado a Patricia y estaba de regreso en la oficina. Pero no reconoció su olor, ni la tibieza que su palma transmitía.

—Hiciste muy mal en venir hasta aquí —oyó en un amenazador susurro.

Walter Schmied la tomó por el cuello, inmovilizándola. Acercó su rostro ensangrentado, dispuesto a todo.

—Echaste todo a perder —masculló—. Ella está enojada. Muy enojada.

Walter apretó con más fuerza la garganta de Ángela, que abrió la boca con desesperación para tragar un poco de aire. ¿Y la garza? ¿Dónde estaba su amiga para defenderla? ¿Era el fin? ¿Así acabaría todo? Una extraña languidez se fue apoderando de sus extremidades, y un progresivo hormigueo se adueñó de sus músculos. En ese momento, una exclamación llegó hasta sus oídos desde el fondo de la tierra:

—¡Lo conseguí! ¡Rompí la cadena!

Walter emitió un ronco sonido de sorpresa que lo distrajo por un segundo. Ángela aprovechó el instante para estirar el brazo hacia un lado y tomar una de las pocas e intactas botellas que tenía en su interior un barco de colección. Haciendo acopio de toda su energía, la estrelló en la cabeza de su atacante. Sintió el estallido y, de inmediato, la presión en su garganta desapareció.

Tenía que huir. Corrió hacia la puerta de la oficina. Al abrirla, el lengüetazo caliente de las llamas la paralizó: una buena parte de la bodega ardía. Algunas vigas amenazaban con desplomarse en cualquier momento. El humo cargado de hollín invadía las cuatro esquinas.

Entonces escuchó el apremiante maullido. "¿Azabache? ¿Eres tú?", pensó. Orientó la cabeza en dirección al llamado del gato, y lo encontró con el lomo engrifado, en señal de emergencia. A su lado la vio, tumbada entre los escombros del terremoto, peligrosamente cerca del fuego. ¡La garza estaba herida y el felino le estaba avisando! Sin pensarlo dos veces corrió hacia el ave y la tomó entre sus brazos. Tenía un manchón rojo a un costado del cuerpo, en el nacimiento de una de sus alas. La herida era producto de una bala. El ave curvó su largo cuello. Sus intensos ojos negros se posaron en los de Ángela. No hubo necesidad de palabras: todo quedó dicho en ese simple contacto de pupilas.

—Tranquila, Rosa. Yo te voy a sacar de aquí —la calmó acariciando su plumaje—. ¡Y a ti también, Azabache!

Los rápidos pasos a sus espaldas la alertaron del peligro: Walter estaba fuera del despacho, enfurecido, respirando como un animal herido de muerte. Sin embargo, pasó junto a Ángela y fue hacia el revólver que estaba en el suelo. Con él en las manos, se enderezó, apuntando hacia ella. Tenía la mirada turbia de odio, el rostro salpicado de sangre. A sus espaldas el fuego lamía los muros con gula, convirtiéndolo todo en un remolino de oscilantes amarillos y rojos.

—¡Vas a morir, intrusa! —vociferó a todo pulmón.

—¡¿Papá?! —se escuchó por encima de las llamas.

Egon Schmied entró corriendo al lugar, cortando la humareda con el cuerpo y protegiéndose la cabeza con los brazos. Miró con horror a Walter que seguía apuntándole a la joven con el revólver.

—¡¿Qué estás haciendo?! —exclamó, sin dar crédito a lo que sus ojos veían.

Walter giró hacia el recién llegado y, sin decir una palabra, le disparó. Egon sintió la bala zumbarle cerca de la oreja, y fue a estrellarse varios metros más atrás, contra uno de los pilares de la construcción. ¿Su progenitor había enloquecido? Walter erró el blanco por escasos centímetros. ¡Estaba vivo de milagro! Walter abrió los brazos. Tenía los puños apretados y echó la cabeza hacia atrás. Una gruesa y palpitante vena se le marcó en la piel, partiendo la frente en dos.

—¡Yo no soy tu padre! —clamó con una voz que definitivamente no era la suya.

Walter cerró los ojos y respiró hondo, llenándose los pulmones de humo. Las pulsaciones de su corazón se alteraron sin cadencia alguna. Comenzó a inhalar un aire tibio, cada vez más caliente, cada vez más frenético, que avivó la lumbre a su alrededor.

—¿Qué pasa? —gimió Egon sin poder entender lo que sucedía frente a él.

Ángela protegió a la garza contra su pecho y permitió que Azabache se ocultara tras sus piernas.

Impresionada, vio convulsionar el cuerpo de Walter como si fuera a darle un ataque de epilepsia. Al instante comenzó a vibrar: se movía hacia delante y hacia atrás, anclado por los pies, torciéndose de un modo tal que desafiaba por completo las leyes de la gravedad. El balanceo fue aumentando cada vez más el grado de inclinación y velocidad, hasta convertirlo en un manchón de viento y celeridad. En el centro del tornado comenzó a materializarse una nueva imagen: una anatomía oscura, contrahecha, de largos brazos más parecidos a las ramas de un árbol que a las extremidades de un ser humano.

Donde antes estaba la cabeza se alzó ahora una masa informe, cruzada de grietas y nervaduras, con dos ojos crueles y sanguinarios en medio de su semblante. La figura crujió y comenzó a desenrollarse sobre sí misma, trémula, levantándose como una raíz que olfatea el aire en busca de alimentos y minerales.

Ángela dio un grito aterrada, incapaz de asumir lo que estaba viendo a través del humo y las brasas que volaban por el aire. Escuchó cómo la puerta de la oficina se abría de un golpe para dejar salir a Fabián, que traía a una desmayada Patricia en sus brazos. Él se detuvo en seco al descubrir en mitad de la bodega aquella visión de pesadilla que se erguía amenazante y repulsiva.

Con uno de sus brazos vegetales, la criatura azotó a Egon, quien cayó desmadejado sobre un montón de cajas. Entonces giró hacia Ángela que comprendió que ella era la siguiente. La muchacha intentó moverse, pero el terror clavaba sus pies al suelo.

Un violento golpe estremeció las puertas principales del astillero, abriéndolas de par en par.

Dos potentes focos irrumpieron cegando a todos por un instante. El rugido de un motor se precipitó a toda velocidad, abriéndose paso entre las llamas con una maniobra arriesgada y temeraria. Ángela alcanzó a leer "Biblioteca Móvil" en un costado de la carrocería, antes que el vehículo acelerara hacia lo que hasta muy poco era Walter Schmied, que no alcanzó a reaccionar.

Todos oyeron el mortal impacto de la colisión. La criatura salió despedida al centro del fuego. De inmediato comenzó a arder, crepitando como leña seca. Un viscoso y líquido combustible brotó de su esqueleto, formando un enorme manchón en el suelo. Un doloroso lamento estremeció los muros, la techumbre y la región entera cuando la hoguera terminó por devorar y tragarse aquella figura de infierno. Entonces se hizo el silencio. Y fue recién que recordaron que sus vidas aún estaban en peligro.

—¡Todos al auto! —oyeron gritar a Carlos Ule desde el volante—. ¡En cualquier momento esto se viene abajo!

Y Ángela, tan aturdida como devastada, obedeció de inmediato.

# EPÍLOGO

Aquel que mira fuera, sueña.
Quien mira en su interior, despierta.

Carl Jung

# 1

## La razón y los motivos

Su madre le sonreía a través de la ventana. Estaba muy contenta por volver a verla. Ella levantó la mano para saludarla y con una seña la invitó a cruzar la calle para que entrara en su casa... Apenas le faltaban unos cuantos pasos para estar con su madre, para dejar atrás los horrores. Pero no podía llegar. Aunque Ángela caminaba sin pausa, no podía acercarse a su destino. La calle cada vez era más ancha: las aceras se separaban como los espejos que se enfrentan para multiplicar sus dimensiones hasta el infinito. La imagen de su madre sonriéndole, urgiéndola a llegar, retrocedía sin que pudiera alcanzarla. "Apúrate, hija. Ven. Te estoy esperando", la oyó decir a lo lejos. Entonces empezó a correr. Pero la calle se transformó en una enorme planicie de asfalto, en un universo de cemento cruzado por un paso de cebra pintando de amarillo. "Mamá. ¡Mamá! ¡¡Mamá!!", gritaba sin que la voz le saliera.

Cuando Ángela despertó, tardó varios segundos en descubrir dónde estaba.

Paseó su mirada desorientada por el techo, por los muros desnudos y, cuando vio la ventana redonda, supo que estaba en el dormitorio de don Ernesto Schmied. Tuvo miedo, mucho miedo. Iba a bajarse de la cama, cuando una mano, con toda suavidad, la detuvo y la obligó a quedarse acostada.

—Tranquila —le pidió Fabián con dulzura—. No hay prisa, ninguna prisa.

El muchacho estaba sentado junto a ella y le sonreía. Ángela se incorporó, confundida. ¿Qué hacía ahí? Entrecerró los párpados a causa de la inclemente luz que se colaba por la ventana y que rebotaba en todas las paredes del ático.

—¿Y las tinieblas?

—¿No te acuerdas? —Fabián le devolvió la pregunta y se quedó a la espera de su respuesta.

Lo primero que Ángela rescató de su memoria fue el intenso olor a humo. A madera quemada. A aire viciado. Sus oídos se volvieron a llenar con el intenso crepitar del incendio. Ahí estaban todos otra vez en el astillero envuelto en llamas, la Van de Carlos Ule ingresando como un milagro en el momento preciso, el cuerpo de Walter

Schmied —o lo que fuera en lo que se había convertido— aventado hacia el fuego, su grito de dolor al verse consumido por el mismo.

Entonces recordó su carrera hacia la biblioteca móvil, la garza herida y sujeta contra su pecho, sorteando el peligro con habilidad. Fabián no tardó en llegar a su lado y recostar a Patricia en el asiento delantero. Su amiga tenía los ojos cerrados. Su cuerpo estaba a punto de agotar todas sus fuerzas. Después de esto, él se regresó para ayudar a Egon a salir de entre las cajas donde cayó luego de que fuera lanzado por el aire por el que creía era su padre.

Apenas estuvieron dentro del vehículo, el chofer pisó el acelerador haciendo chillar las llantas. Carlos le agradeció al Cielo haber contestado su celular cuando le avisaron desde Puerto Chacabuco que alguien llamado Ángela Gálvez pedía ayuda con urgencia desde Almahue.

A través del parabrisas vieron cómo el astillero comenzaba a desplomarse, convertido en un infierno que era necesario atravesar. Escucharon los golpes de las vigas contra el techo del vehículo, así como las explosiones que hacían vibrar los cristales de las ventanillas. Carlos se aferró al volante y congeló un grito cuando vio que la puerta desaparecía consumida por la hoguera. No tenía más opción que cruzar el portal en llamas, saltando por encima del derrumbe que les bloqueaba el paso.

—¡Agárrense! —gritó antes de apretar a fondo el pedal.

Desde la cama de don Ernesto Schmied, Ángela revivió la sensación de pánico que tuvo cuando su mirada fue enceguecida por una lengua ardiente que envolvió el auto y lamió las ventanas. El calor se disparó en un segundo. Las ruedas treparon los escombros y catapultaron el vehículo al vacío.

Por un instante, sólo por un breve instante, tuvieron la sensación de flotar en el aire. Ingrávidos. Livianos. Las brasas arañaron el vientre del coche y aterrizaron con estrépito. Todos los libros saltaron de sus estanterías, sepultando a Fabián y Egon que iban en la parte trasera. La carrocería crujió como si fuera a partirse por la mitad mientras los neumáticos derrapaban en la tierra mojada. Carlos pisó el freno unos metros antes de caer al mar, dejando una larga huella marcada en el lodo. Desde ahí, vieron colapsar el astillero que se desplomó sobre sus cimientos, iluminando la oscuridad con sus llamas.

De pronto, un intenso resplandor encendió el agua de la costa y el interior de la Van se llenó de reflejos líquidos. Fue entonces cuando Ángela levantó la vista hacia el cielo y fue testigo del prodigio: una pequeña abertura amarilla se dibujó en la bóveda negra. Un círculo perfecto fue creciendo al igual que una pupila que se dilata, y proyectó una columna de luz que de inmediato entibió el mundo.

Las sombras huyeron a sus guaridas, espantadas por la marea incandescente que se tomó el poder sin avisarles. Derrotadas, las tinieblas no tuvieron más remedio que descorrer su cortinaje de noche.

¡El día, por fin, había regresado!

—¿Cuánto ha pasado? —preguntó la joven acomodándose en la cama.

—Casi un día. No quisimos despertarte —le dijo Fabián, y le acarició la mejilla—. Fuiste muy valiente, gracias a ti, Patricia está a salvo.

—¿Y ella dónde está?

—Abajo, con don Ernesto y Carlos. No te preocupes —la calmó—. Mi mamá ya se encargó de alimentarla. Va a estar bien.

Ángela lanzó hacia atrás el esponjoso edredón relleno de plumas de ganso. Y caminó hacia el escritorio de cortinilla plegable, repleto de cajones y gavetas que abrió sin descanso hasta encontrar lo que estaba buscando. Armada con papel y lápiz, se sentó y comenzó a trazar líneas sobre la hoja que tenía el membrete de la familia de los Schmied en lo alto.

Fabián se acercó, curioso, y espió por encima de su hombro.

—¿Qué haces?

—Dibujando los símbolos que vimos en la cueva. Necesito mostrárselos a Carlos —respondió concentrada.

—Yo también los vi en el sótano donde estaba Patricia. Alguien los había pintado en la pared.

Cuando la joven iba a agregar que además formaban parte de una de las alfombras de Rosa, el corazón le dio un brinco dentro del pecho. "¡Rosa!", pensó y de inmediato volteó hacia Fabián, pero él se le adelantó como si le hubiera leído el pensamiento.

—Rosa está en su casa. Está bien. Parece que con el terremoto se hizo una herida en un hombro, pero es sólo un rasguño.

—¿Y el pájaro?

—¿Cuál?

—La garza. La garza con la que me subí al auto de Carlos.

Fabián frunció el ceño, desconcertado.

—Yo no me acuerdo de ninguna garza. ¿Estás segura de lo que dices?

Ángela no lo dejó seguir hablando. Sólo le cubrió los labios con los dedos. Ya no estaba segura de nada aunque no necesitaba cerrar los ojos para ver a la garza cruzando el aire para enfrentarse a Walter Schmied. Su rastro blanquecino dejaba un surco en el humo en cada uno de sus ataques. Si ella estaba viva, era gracias a la garza de albo plumaje. Ya sabría compensar y agradecer su valentía.

Cuando bajaron a la sala, encontraron a Patricia envuelta con un grueso chal de lana y un plato de lentejas en la mano. A su lado, Egon seguía con atención el trayecto de la cuchara hasta la boca de la joven, asegurándose que se comiera todo. Don Ernesto y Carlos hablaban cerca de la ventana, aún impactados por lo que había ocurrido.

—¡Despertó la bella durmiente! —dijo el anciano cuando vio entrar a Ángela.

Luego de aceptar, sin muchas ganas, que Elvira le sirviera una porción de lentejas, se sentó junto a Patricia y recostó la cabeza contra el hombro de su amiga.

—¿Y tu madre? —le preguntó a Egon.

—Sedada. Está... bueno, imagínate. Ella piensa que mi... que él... murió en el incendio. No le he explicado nada. Y creo que tampoco lo haré... Se volvería loca.

—Yo siempre dije que no era mi hijo —agregó don Ernesto—. Mi verdadero hijo murió hace años, en un accidente en el bosque. El ser que vivió con nosotros... no era Walter.

—¿Pero entonces quién era? —Patricia dejó su plato en la mesa del centro y enfrentó la mirada de los demás—. Cuando me amarró para llevarme a la bodega se veía muy... humano —acotó con ironía.

Egon miró a Ángela compungido. Antes de hablar, se pasó la mano por el cabello revuelto, al que claramente no le había aplicado gel esa mañana.

—Sólo para que te quedes tranquila, yo nunca le hice nada a tu amiga —confesó.

—¿Egon? ¡No! ¡Jamás! Nunca me puso un dedo encima —explicó Patricia.

—Pero... ¿entonces el celular que encontramos en el dormitorio? —preguntó Fabián.

—Encontré el teléfono en mi oficina del astillero. Lo reconocí y me puse muy nervioso, porque Patricia ya había desaparecido. Tuve miedo que me culparan, por eso lo escondí.

—Me lo quitó ese hombre después de que te mandé el mensaje —continuó Patricia.

—Gracias a él estoy aquí —le sonrió su amiga.

Las dos se abrazaron. Parecía increíble que la angustia llegara a su fin.

—Alguien me puede explicar quién era Walter Schmied —pidió Fabián.

—Yo creo que la clave para descubrir eso está aquí —dijo Ángela y se levantó para darle a Carlos el dibujo que hizo en el ático—. Necesito saber qué significan estos símbolos.

El profesor recibió el papel y se quedó observándolo en silencio unos instantes.

—¿De dónde sacaste esto?

Ángela y Fabián le contaron sobre las tres ocasiones en las que vieron aquellos trazos. La primera, en la cueva junto al cadáver de Benedicto Mohr. La segunda, en la alfombra del taller de Rosa. La tercera, en la pared del subsuelo donde Walter tenía prisionera a Patricia. Sin decir una palabra, Carlos salió corriendo hacia el exterior. A través de la ventana lo vieron zambullirse en la parte trasera de su Van, hurgando en el desorden que se divisaba desde la abertura de la puerta.

Regresó a la casa con un grueso volumen en la mano. Tomó asiento, se mojó la yema del índice con saliva, y comenzó a pasar las páginas a toda velocidad.

—¿Qué es lo que estás buscando en...? —alcanzó a decir Ángela antes de que el profesor le pidiera silencio con un gesto.

De pronto señaló una imagen en el libro con el índice.

—¡Lo sabía! ¡Aquí está! —exclamó.

Todos se inclinaron sobre el libro que Carlos tenía en las rodillas. Leyeron en grandes letras mayúsculas: "TRANSMUTACIÓN". Y, bajo ese título, todos reconocieron el dibujo que habían observado.

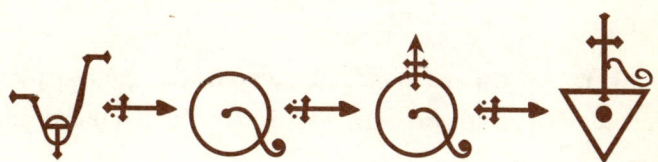

—No entiendo... ¡No entiendo nada! —se lamentó Ángela.

—¿Transmutación es como convertir algo en otra cosa? —aventuró Patricia.

—Escuchen —dijo Carlos, y carraspeó antes de comenzar a leer—. "La transmutación es la conversión de un elemento químico en otro, debido a una alteración en su núcleo, lo cual implica una variación en el número de protones y neutrones".

Un hondo silencio se apoderó de la sala. El chofer de la biblioteca móvil, sabiendo que la audiencia estaba ávida de más información, continuó leyendo:

—"La transmutación es la transformación física que sufre un ser en su organismo, la cual no sólo se acompaña de importantes cambios en su fisiología, sino también en su psicología y en sus aptitudes y capacidades."

Ángela se llevó la mano a la boca, ahogando una exclamación. Carlos levantó la vista y le clavó los ojos al tiempo que asentía.

—Sí. Estos dibujos son una fórmula: una ecuación que permite transmutar un cuerpo en otra cosa.

—Por eso él... —Egon se alejó unos pasos, moviendo la cabeza de un lado a otro.

—Sí, por eso tu padre fue capaz de transformarse en... en eso que se convirtió —dijo Ángela sin dar crédito a lo que pronunciaba su boca.

—¿Quién era Walter Schmied? —intervino Fabián.

—El padre de Rayén —contestó don Ernesto con seguridad—. Reconocí su voz. Era la misma que le oí hace setenta años. Quién sabe cuánto tiempo llevaban él y su hija dando vueltas por el mundo antes de llegar a Almahue.

Fabián abrió los ojos y la boca, intentando comprender lo que escuchaba. Por fin, todas las piezas comenzaban a acomodarse en su cabeza.

—¿Entonces Rayén está viva?

—Sí. Muy probablemente está viva —asintió el anciano—. Encarnada en otro cuerpo.

Antes de que la conversación se sumiera en una espiral de cuestionamientos que no los llevaría a ninguna parte, Carlos pidió silencio alzando la mano. Cuando la calma volvió a instalarse, prosiguió con la lectura:

—"Es difícil establecer una diferencia clara entre la transmutación y la metamorfosis, salvo en el hecho irrefutable que la metamorfosis existe en la naturaleza, mientras la transmutación no" —dijo casi sin hacer una pausa. Tragó aire y continuó—. "La metamorfosis ocurre una sola vez y es irreversible, mientras la transmutación es, por el contrario, repetitiva y, por ello, tal vez tiene un carácter reversible".

—Un momento —dijo Fabián alzando su voz para hacerse oír—. Entiendo que esa fórmula haya estado dibujada en la cueva donde encontramos el cuerpo del explorador, porque ahí vivía Rayén. También me queda claro que la hayamos visto en la pared del sótano, porque ése era el refugio de Walter. Pero, ¿por qué Rosa utilizó esos símbolos en una alfombra? ¿Cómo los conoció?

Ninguno pudo ofrecerle una respuesta. La única persona que sí podía hacerlo prefirió callar: Ángela decidió que ése sería su secreto con Rosa. Un trato justo por haberle salvado la vida.

# 2

## Secretos revelados

La cocina, a diferencia del resto de la casa, estaba intacta tras el terremoto. Arropadas por los fragantes vapores que humeaban desde la estufa de leña, las macetas lucían sus saludables hojas, tallos y flores. Rosa, a pesar de la herida en el hombro, se movía por el espacio con su habitual eficiencia y certeza, reducido en parte por la presencia de un gran canasto repleto de papas de diferentes tamaños y colores. Abrió las puertas de los anaqueles; sacó vasos, platos, cubiertos, y dispuso la mesa para el almuerzo. Ángela y Fabián la ayudaron a calentar el pan en la hornilla, y a exprimir limones para preparar una bebida.

—No tienen de qué preocuparse —los calmó entregándoles tres servilletas de hilo para que acomodaran en sus lugares—. No me duele. Sólo fue un rasguño. No vi cuando me cayó un trozo de techo encima —agregó con una sonrisa.

Ángela le tomó las manos y se quedó mirándola. Las pupilas deslavadas de la dueña de la casa relampaguearon un instante, llenas de complicidad. Ahí estaban, ellas se entendían sin palabras.

"Gracias."

"No, gracias a ti."

"Puedes estar tranquila. Tu secreto está a salvo conmigo."

Ambas sonrieron en silencio, mientras entrelazaban los dedos.

—No sabes cuánto me alegro que tu amiga haya aparecido sana y salva —retomó Rosa la conversación—. ¿Pudiste rescatar tu ropa de los escombros?

—Una poca. Casi nada, pero da lo mismo. ¿Y tú, qué vas a hacer con esta casa? ¿Te vas a ir a otra parte?

—Claro que no. Hace muchos años este lugar también quedó en ruinas. Es cosa de volver a levantar las paredes y el techo. No me importa. Tengo tiempo.

Ángela no quiso ahondar en el tema. No imaginaba a la frágil Rosa clavando ni alzando vigas, pero, por alguna razón que prefirió no explorar, supo que su anfitriona hablaba en serio.

—¿Y tú, Fabián, cómo te sientes?

—Mejor que nunca. Ya no tengo dolores —contestó el muchacho con entusiasmo—. Puedo abrazar, besar y tocar a Ángela sin sentir que voy a morir.

—Supongo que el amor hizo su trabajo. Para eso existe, para vencer al odio —fue su única respuesta.

Dicho eso, se acercó a la estufa. Abrió la tapa y dejó que el acaramelado aroma del pastel de papas le avisara que la cocción estaba en su punto.

—El almuerzo ya está. Voy a servir.

—Entonces iré a buscar mis cosas para dejarlas cerca de la puerta, por si Carlos llega a buscarme con Patricia para irnos a Puerto Chacabuco —dijo Ángela con tristeza—. Así gano un poco de tiempo.

Salió de la cocina con el llanto golpeándole los párpados.

Los dolores que sentía no eran producto del *malamor*, sino de una profunda amargura que había tratado de evitar, pero que ya era incapaz de detener. Era el momento de decirle adiós a Fabián. La idea de subirse a un auto que la llevaría lejos de Almahue, le partía el corazón con un hacha de doble filo.

Entró al que fuera su dormitorio. A plena luz del día, la visión de los destrozos era aún más desoladora. Encontró su mochila en una esquina, junto al cadáver del ropero. Iba a tomarla, cuando una mano masculina se le adelantó y le arrebató el morral sin compasión.

Al girar, descubrió que Fabián la miraba con los ojos brillantes por las lágrimas contenidas.

—Quédate —suplicó en un suspiro—. Te lo ruego. Quédate.

Ángela permaneció en silencio, tratando de procesar el huracán de imágenes que cruzaba su mente en una fracción de segundo: vio a su madre y a su hermano Mauricio esperándola ansiosos en su casa; recordó el largo y sombrío corredor de la facultad a la que pretendía regresar para contar su historia; su dormitorio, los pósteres de sus películas favoritas, su colección de películas alineadas bajo el televisor. Ésa era su vida. Santiago era su mundo. ¿Qué iba a hacer en Almahue? ¿Cómo podía continuar sus estudios?

Fabián abrió la boca, pero esta vez no fue para seguir hablando. La rodeó por la cintura y la abrazó con un suave vigor. La besó largamente, sin aspavientos ni artificios. Le dio un beso de amor verdadero, de ésos que son inmortales porque unen las almas para siempre.

Cuando se hizo hacia atrás, descubrió que la joven aún tenía los ojos cerrados.

—Quédate —repitió esperanzado—. Déjame hacerte feliz.

Ángela abrió los párpados y se enfrentó a la mirada de Fabián.

En ese momento se escuchó a lo lejos la bocina de la Van de Carlos Ule: habían llegado a buscarla.

El tiempo se acababa. Tenía que decidirse.

Entonces respiró hondo, lo más hondo que pudo, llenándose los pulmones de aire y el cuerpo de valentía. Apretó los puños, sabiendo que saltaba al vacío sin red de protección. Y, con clara conciencia de que podría arrepentirse el resto de su vida, se recostó en el hombro de Fabián y le musitó su respuesta.

# 3

## Regreso a Almahue

Su llanto se confunde con la lluvia que azota el corazón del bosque. Los árboles que la rodean escurren agua por sus troncos y ramas. Un lodazal convierte el humus en brava marea que se traga todo lo que encuentra.

Pero a ella no le importa.

Está ciega.

No escucha.

Sólo tiene sentidos para vivir el dolor que la sacude.

Grita hacia el cielo y los truenos desordenan las corrientes marinas.

Vuelve a gritar y relámpagos estallan sobre su cabeza.

Es su manera de sufrir, su manera de anunciar que esto no se va a quedar así.

A sus pies está su padre... Unos restos carbonizados que ella misma rescató de las cenizas del astillero de esa familia que ella desprecia con todo su ser. Otra vez un incendio. Pero esta vez él no consiguió escapar de las llamas como en aquella ocasión, hace ya tantos años. Estira un brazo. Acaricia lo que fue el cuerpo robusto del hombre que la cuidó durante siglos. Y grita otra vez, para desencadenar el viento de huracán que sacude la espesura como verde bandera al viento.

Su cuerpo vestido de neblina y humedad se estremece, vibra con la intensidad de un volcán en erupción, crece, alcanza las copas de sus amigos guardianes, abre los brazos para atraer toda la energía.

Su decisión está tomada.

"Esto no se va a quedar así."

Cierra los ojos. La savia que le corre por las venas comienza su frenética carrera nutriendo ramas, brazos, troncos, piernas, dedos y raíces. Sus poros se abren como una boca aullante, su cuerpo es un bramido que espanta a las gotas de lluvia que no se atreven a tocarla.

Su furia no tiene límites.

Su poder no tiene rival.

Su piel, que con los años se ha endurecido hasta adquirir las grietas de un leño centenario, comienza a retraerse. Los surcos se llenan. Las arrugas desaparecen. La elasticidad regresa a su rostro envejecido. Imágenes plagadas de círculos, triángulos y flechas se suceden tras sus párpados. El follaje de su cabeza se riza, se junta, se convierte en un enmarañado cabello que le cae sobre los hombros. El bosque entero es testigo de los años que ella retrocede, cuatro, cinco, siete décadas.

Una carcajada juvenil retumba como una campana de domingo.

Es ella.

Ha regresado.

Descalza e indomable.

Su breve y tosco vestido se levanta y muestra sus torneados muslos.

Rayén sonríe: su venganza apenas comienza.

Es tiempo de visitar a Ernesto Schmied, la única persona que aún vive y que la conoció en persona hace ya tanto tiempo.

Necesita mirar a los ojos a la forastera insolente que se atrevió a desafiarla.

Quiere encargarse del hijo de la cocinera que derrotó su hechizo.

Ya es hora de entrar en acción.

Ella no olvida. Nunca lo hará. El dolor de un corazón roto es inmortal. Por eso se despide de su padre con un beso que se lleva el viento.

Las pozas de agua reflejan su rostro de adolescente. Las piedras del camino celebran su regreso. El bosque le dice hasta pronto.

Y ella, Rayén, la mujer que un día condenó a todos al *malamor*, endereza la espalda, aprieta los labios y, sabiendo que hace lo correcto, inicia su retorno a Almahue.

# ÍNDICE

## PRIMERA PARTE

1. 25 segundos — 15
2. Amigas inseparables — 23
3. Hay que encontrar a Patricia — 31
4. Hacia el fin del mundo — 35
5. Puerto Montt — 41
6. Mitos, leyendas — 49
7. Un libro inesperado — 57
8. El fin del mundo — 63
9. El bosque profundo — 67
10. El árbol de la plaza — 71
11. Sobrevivir — 79
12. Razón de ser — 87
13. Prohibido amar — 97
14. Despertar — 105
15. El desayuno — 111
16. Bienvenida a casa — 117
17. Parece que fue ayer — 129

## SEGUNDA PARTE

1. Pueblo hostil — 143
2. Paz — 151
3. Fuego en el bosque — 157
4. Cocina fragante — 161
5. Viaje interior — 171
6. Febrero, 1939 — 177
7. Hora de investigar — 199
8. Walter Schmied — 207
9. Escondites — 217

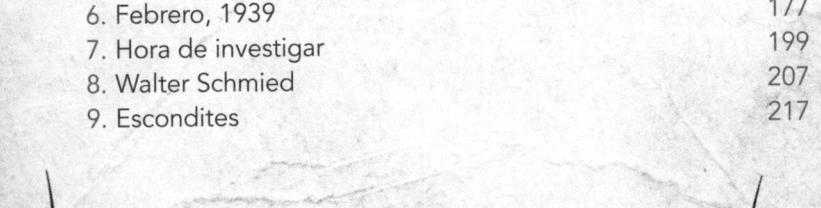

| | | |
|---|---|---|
| 10. | El espantapájaros | 227 |
| 11. | Bajo tierra | 233 |
| 12. | Septiembre, 1939 | 237 |
| 13. | Nada es lo que parece | 255 |
| 14. | Encuentros inesperados | 271 |
| 15. | Aliento de bosque | 277 |
| 16. | Hallazgos | 285 |
| 17. | La caverna | 293 |
| 18. | Diciembre, 1939 | 305 |
| 19. | Escribir un resumen | 321 |

## TERCERA PARTE

| | | |
|---|---|---|
| 1. | Ojos negros | 333 |
| 2. | Tres metros bajo tierra | 341 |
| 3. | Trama y urdimbre | 347 |
| 4. | Transmutación | 353 |
| 5. | Oscuridad | 359 |
| 6. | El encuentro | 367 |
| 7. | Una puerta cerrada | 373 |
| 8. | Vigilia | 383 |
| 9. | Frente a frente | 389 |

## EPÍLOGO

| | | |
|---|---|---|
| 1. | La razón y los motivos | 411 |
| 2. | Secretos revelados | 423 |
| 3. | Regreso a Almahue | 427 |

Esta obra se terminó de imprimir en abril de 2011
en los talleres de Litográfica Ingramex, S.A. de C.V.
Centeno 162-1, Col. Granjas Esmeralda,
C.P. 09810, México, D.F.